Pretty Lara?

Alle Personen und Ereignisse sind frei erfunden.

Sarah Way

Pretty Lara?

Roman

Bibliografische Information der Deutschen Nationalbibliothek:
Die Deutsche Nationalbibliothek verzeichnet diese Publikation in der Deutschen Nationalbibliografie; detaillierte bibliografische Daten sind im Internet über http://dnb.dnb.de abrufbar.

© *2016* **Sarah Way**

Cover: **Design by Katharina Körner, all rights reserved**

Herstellung und Verlag: BoD – Books on Demand, Norderstedt

ISBN: 978-3-7431-0113-5

Für alle, die auf Liebe hoffen
Es gibt sie da draußen, und sie kommt, wenn man es am wenigsten erwartet.

Danke

… an Kati, Du bist die Beste! Ohne Deine Arbeit hätte das Buch kein Gesicht!

… an meine Eltern, ja, ist mal was anderes, doch ich hoffe, es gefällt Euch trotzdem ;)

… und natürlich an Lena, für Deine unendliche Geduld mit mir und die Inspiration. Jeden Tag.

LARAS Mobil-Telefon klingelte. Sie schaute auf das Display, und ihr Herz machte einen kleinen Hüpfer. Es war eine unterdrückte Nummer. Sollte das tatsächlich *der* Anruf sein? Quatsch, rief sie sich zur Ordnung. Es war natürlich irgendeine Type, die ihr weismachen wollte, sie hätte in einem Gewinnspiel gewonnen, an dem sie nie teilgenommen hatte. Aber sie war gerade in der Stimmung, diesen Idioten gehörig die Meinung zu sagen, also hob sie ab.

»Hallo?«, meldete sie sich barsch, bereit, den Anrufer bereuen zu lassen, je diesen Job angenommen zu haben.

»Hier ist das Büro von Nathan Canavan, Ms. Holmes.«, hörte sie eine weibliche Stimme am anderen Ende. »Wir möchten Ihnen mitteilen, dass Mr. Canavan eingewilligt hat, Sie zu empfangen. Stellen Sie sich auf eine Woche ein, und bringen Sie Kleidung mit, die festlichen sowie geschäftlichen Anlässen angemessen ist. Ein Fahrer holt Sie um Punkt sechs Uhr ab. Haben Sie noch Fragen?«

Jetzt schlug Laras Herz bis zum Hals. Nie im Traum hätte sie gedacht, dass ihre freche Anfrage tatsächlich erhört werden würde. Als ihr Professor die Aufgabe gestellt hatte, ein Interview nebst Artikel über eine interessante Persönlichkeit aus der Stadt oder Familie zu schreiben, war ihr zunächst ihre Großmutter eingefallen. Doch dann fügte er scherzhaft hinzu: »Und wem es gelingt, eines mit Nathan Canavan zu führen, kann dieses Semester in Urlaub fahren.« Der ganze Hörsaal hatte gelacht. Nathan Canavan! Ausgerechnet! Der so charismatisch wie rätselhafte Gründer der Canavan-Group, über den man weniger wusste als über das Leben in der Tiefsee. Er war Mitte dreißig, seit mindestens zehn Jahren Millionär und seit ungefähr drei – so vermutete man – Milliardär. Ab und zu sah man ihn bei Charity-Events über den roten Teppich laufen, oder er hielt Reden auf Kongressen oder Vorträge zu Finanz-Themen. Danach verschwand er aber sofort wieder in der Versenkung. Manchmal für Monate. Im Prinzip hätte ihr Professor auch ›der Mond‹ oder ›Richard der Dritte‹ sagen können, die Aufgabe wäre ähnlich erfolgversprechend gewesen. Doch dann, einen Abend später, hatte sie Bernadette, ihrer besten Freundin und Mitbewohnerin, bei einer Flasche Wein davon erzählt. Und diese hatte sie mit dem Thema nicht mehr in Ruhe gelassen. Noch eine Flasche später war ihr Kampfgeist geweckt worden, und ihre Hemmungen waren im Wein ertrunken. Sie hatte sich hingesetzt und eine E-Mail geschrieben, in der sie Mr. Canavan den Sachverhalt darlegte. Sie könne natürlich verstehen, dass er seine Privatsphäre schätze, doch sie frage sich, ob er es verantworten könne, eine hart arbeitende Studentin, wie sie es sei, den ganzen Frühsommer in der Uni verrotten zu lassen. Dazu lud sie ein Foto von sich mit flehendem Blick, in einem Haufen von Papier und Büchern. Bernadette fand es super. Kichernd und scherzend hatten sie beide den Sendebutton gedrückt und danach noch eine Flasche Wein vernichtet. Der nächste Morgen brachte Kopfschmerzen und die peinliche Erinnerung. Das war vor fünf Tagen gewesen.

»Ms. Holmes?«, fragte die weibliche Stimme und riss sie aus ihren Gedanken.

»Ja, ich … äh … nein, vielen Dank.«

»Gut. Achtzehn Uhr, seien Sie bereit. Einen schönen Tag noch, Ms. Holmes.« Es klickte in der Leitung, und Stille folgte. Lara hätte sich gerne noch für den rüden Ton vom Anfang entschuldigt und für ihr Gestammel, und einen schönen Tag hätte sie auch gerne zurück gewünscht, doch es war zu spät.

»Bernadette!«, wollte sie rufen, doch ihre Stimme brach weg, und es wurde zu einem kläglichen: »Böar«. Sie schluckte und versuchte es noch einmal, mit mehr Erfolg. »Bernadette!«

»Hm? Was?«, kam es verschlafen und leicht genervt aus dem Nachbarzimmer. Bernadette pflegte nie vor zehn aufzustehen und vor elf ansprechbar zu sein. Jetzt war es neun. Lara ging hinüber und starrte ihre Freundin an. Diese wühlte sich aus ihren Kissen und blinzelte vorwurfsvoll zwischen Haarsträhnen hindurch. »Was?«, wiederholte sie ungehalten und rieb sich die Stirn.

»Du ahnst nicht, wer mich gerade angerufen hat!«, flüsterte Lara.

Bernadettes Miene verfinsterte sich, obwohl Lara eigentlich nicht erwartet hatte, dass dies noch möglich gewesen wäre. »Wenn es nicht Nathan Canavan war oder unser Vermieter, der uns die Wohnung schenken will, dann endet dein kurzes Leben in genau zwei Sekunden.« Sie stöhnte und kniff die Augen zusammen.

Lara schaute bedeutungsvoll und nickte langsam.

Bernadettes Augen wurden mit einem Schlag groß. »Im Ernst?«, rief sie, »Mr. Jenkins schenkt uns die Wohnung?«

»Nein, du Idiotin«, keuchte Lara fassungslos. »Das andere!« Sie schüttelte den Kopf. »Himmel, Bernadette, etwas weniger Alkohol ab und zu würde dir vielleicht mal ganz gut tun!«

Bernadette erstarrte. »Wow«, murmelte sie. Dann trat ein breites Grinsen auf ihr Gesicht. »Wenn das so ist, dann verzeih' ich dir alles!« Sie sprang lachend aus dem Bett, rannte auf Lara zu und umarmte sie stürmisch. Sie hüpften beide juchzend auf der Stelle, dann nahm sie Laras Kopf zwischen beide Hände und schaute sie schelmisch an. »Aber du musst zugeben: Ohne Alkohol wäre es nicht dazu gekommen.« Sie zwinkerte ihr zu. »Wo ist der Sekt?«

»Bernie, ich denke nicht ...«, wollte Lara einwenden, doch Bernadette unterbrach sie: »Pille-palle! Das muss gefeiert werden! Und ein Schlückchen schadet eh nicht, das macht locker!« Sie verschwand in der Küche.

»Ich werde erst heute Abend abgeholt«, merkte Lara an und folgte ihr, aber ihre Freundin ließ sich nicht beirren.

»Um so besser, dann hast du keine Fahne mehr! Ah, hier ist er!« Bernadette erhob sich mit einer Flasche, die sie aus der Speisekammer gekramt hatte. »Na ja, kalt ist was anderes, aber das wird schon gehen. Hol Gläser!«

Lara rollte mit den Augen, tat aber, was Bernadette verlangte. Sie hatte Recht. Sie war jetzt schon so aufgeregt, dass sie keinen klaren Gedanken fassen konnte. Und bei jedem Schritt hatte sie das Gefühl, auf Pudding zu laufen. Wie sollte sie so den Tag überstehen, geschweige denn alle nötigen Vorbereitungen treffen? Wenn sie sich nicht beruhigte, würde sie spätestens am frühen Nachmittag einen Nervenzusammenbruch erleiden.

Bernadette ließ den Korken knallen und schenkte ein. »Auf deine Karriere, meine Süße«, rief sie, als die Gläser mit einem zarten ›Ping‹ zusammenstießen, kippte den Inhalt in einem Zug hinunter, kicherte und goss nach. »So! Und jetzt erzählst du, während ich uns Frühstück mache!« Sie trank das Glas bis zur Hälfte leer, stellte es neben dem Herd ab, ging zum Kühlschrank und förderte Eier, Milch, Käse und Tabasco zu Tage.

Lara roch den Sekt, spürte, wie ihr flau wurde und stellte das Glas auf den Tisch. »Er will, dass ich eine Woche bei ihm bleibe«, sagte sie halblaut.

Bernadette fielen beinahe die Eier aus den Händen. In einer akrobatischen Rettungsaktion verhinderte sie eine Katastrophe, dann fuhr sie herum und starrte Lara an. »Sag das noch mal!«

»Er will ...«, begann Lara.

»Uuuuuhiii!«, quietschte Bernadette. »Das ist ja der Wahnsinn! Weißt du, was das heißt?«, fragte sie mit weit aufgerissenen Augen. »Du hast aber auch immer ein Schwein! Warum passiert mir so was nicht?« Sie stürzte den Rest des Sektes runter und goss sich erneut ein.

»Das heißt, dass ich eine Woche Zeit habe, das Interview zu führen«, beantwortet Lara die Frage, auf die Bernadette keine Antwort erwartet hatte. Zumindest nicht diese.

»Herzchen, wer ist jetzt die Idiotin?«, warf sie ihr mit einer Augenbraue dicht unter dem Haaransatz zu, drehte sich um und schlug die Eier auf.

»Ich weiß nicht, was du meinst«, gab Lara etwas irritiert von sich.

Bernadette schnaubte. »Glaubst du wirklich, dass ein Typ wie Nathan Canavan eine völlig unbedeutende Studentin für eine Woche zu sich einlädt, nur, damit sie in Ruhe ein Interview führen kann?« Sie betonte das Wort ›sie‹ in ihrer unnachahmlichen Weise, die einem sofort klarmachte, wo man in der Welt stand, ohne dass es noch weiterer Adjektive und Beschreibungen bedurfte. »Himmel, Lara, ein bisschen mehr Lebenserfahrungen ab und zu würde dir vielleicht mal ganz gut tun!« Ihre Stimme imitierte Laras Tonfall von vorhin in schlafwandlerischer Sicherheit – inklusive des Gesichtsausdrucks.

Lara verzog die Lippen und nahm jetzt doch einen Schluck Sekt. Irgendwie verlief das Gespräch nicht so, wie sie es erwartet hatte. Ihr Magen fühlte sich mittlerweile an, als hätte jemand an ihm Teigverarbeitung geübt. »Das ist doch Blödsinn!«, versuchte sie einen Konter. »Glaubst du wirklich, ein Typ wie Nathan Canavan hat es nötig, eine völlig unbedeutende Studentin – und noch dazu eine, die aussieht wie ich – eine Woche zu sich zu holen, um ...« Sie trank noch einen Schluck, und ihre Finger drehten das Glas in sinnloser Aktivität.

Bernadette ertränkte die fertigen Rühreier in Tabasco und platzierte einen Teller vor Lara.

»Wenn sich ihm besagte Studentin so willig anbietet, warum nicht? Einfacher kann er ein bisschen Spaß doch nicht haben, oder?« Sie grinste schnippisch und setzte sich Lara gegenüber. »Und außerdem habe ich dir schon tausendmal gesagt, dass du nicht schlecht aussiehst. Höchstens ein wenig ... einfach«, fügte sie nonchalant hinzu und schob sich Rührei in den Mund.

»Herzlichen Dank, Bernie, du bist die beste Freundin, die man nur haben kann«, ätzte Lara.

Bernadette nickte eifrig. »Meine Rede seit Jahren, Süße«, erwiderte sie und klimperte mit den Augen.

»Aber das Schlimmste ist, du hast Recht«, überging Lara den Kommentar. »Das Büro hat gesagt, ich soll Sachen für geschäftliche und festliche Anlässe mitbringen, und ich habe einfach **nichts** dergleichen im Schrank!« Sie stützte ihren Kopf auf und fuhr sich durch die Haare. Gedankenverloren nahm sie etwas von dem Rührei und spuckte es gleich wieder aus. »Gott, Bernie, dieses Mal hast du dich wirklich selbst übertroffen!« Sie stand auf und holte sich eine Scheibe Toast.

»Memme«, versetzte Bernadette und aß demonstrativ eine extra volle Gabel. »Aber was willst du? Ich muss schließlich fit sein, wenn wir gleich shoppen gehen!«

»Echt, du kommst mit?« In Anbetracht der Tatsache, dass es gerade mal halb zehn war, konnte Lara nicht so ganz glauben, was sie da hörte.

Bernadette spülte das Ei entschlossen mit einem Glas Sekt herunter. »Herzilein, das war mein Plan in der Sekunde, als du mir die Nachricht überbracht hast. Ich kenne das Drama, das du deinen Kleiderschrank nennst, okay?« Sie hielt den Kopf schief und machte ein mitleidig wissendes Gesicht. »Es mag ja Männer geben, die auf den simplen College-Look stehen – auch wenn ich noch keinem begegnet bin und du offenbar auch nicht – aber das hier spielt definitiv in einer anderen Liga!«

»Hey, da war immerhin Bill!«, wandte Lara ein.

Bernadettes Gesicht reichte als Antwort völlig, dennoch fügte sie hinzu: »Du meinst den Bill, der eine Star-Trek-Figuren-Sammlung in der geerbten Glasvitrine seiner Oma hatte?«

»Ich mag Star Trek«, murmelte Lara schmollend.

»Du meinst den Bill, der, nachdem er endlich ran durfte, bemerkt hat, dass er noch nicht bereit für eine Beziehung ist, weil er«, Bernadette lachte künstlich hüstelnd, »noch etwas erleben will? Den Bill, der …«

»Ist ja gut! Ich habe es ja verstanden!«, gab Lara auf.

»Fein! Dann gehst du jetzt duschen, und ich mach' eine Liste von Shops, die wir abklappern!«

Lara nickte ergeben und verschwand im Bad. Manchmal hasste sie Bernadette für ihre Ehrlichkeit, auch wenn sie ihr im Grunde unglaublich dankbar war. Ehrlichkeit unter Freundinnen war nicht häufig anzutreffen, das wusste sie nur zu gut. Und Bill war wirklich ein Arschloch gewesen. Aber sie wollte es nicht unbedingt so detailliert unter die Nase gerieben bekommen. Wenn sie nur halb so ehrlich zu sich selbst war wie Bernie mit ihr, dann musste sie zugeben, dass sie sich nur über sich selbst ärgerte, weil sie ihn zur Sprache gebracht hatte. Sie streifte Höschen und Schlaf-Shirt ab und drehte das Wasser auf. Viel mehr als die Erinnerungen an Bill und die Bemerkungen über ihren Look machte ihr die Andeutung zu schaffen, es könne Nathan Canavan darum gehen, ›Spaß‹ mit ihr zu haben. Wie absurd! Oder doch nicht? Sie wusste ja gar nichts über diesen Typen. Jedoch hatte sie schon einige Storys von Bernadette gehört, wie sich Kerle mit Geld so verhielten in den Clubs, in denen sie sich herumtrieb. Sie sahen Frauen wie Trophäen. Trophäen ... Lara verzog unwillkürlich das Gesicht. War sie das? Sah er sie so? Sie wollte doch einfach nur das Interview. Was, wenn er es wirklich missverstanden hatte? Was, wenn er enttäuscht war, eine simple Studentin zu treffen, die einfach nur ein Interview mit ihm wollte?

›Du denkst schon wieder viel zu viel, Kind‹, hörte sie die betulich mahnende Stimme ihrer Mutter in ihrem Kopf. ›Wart es doch erst mal ab. Es wird schon alles werden.‹

Gedemütigt von der Tatsache, auch noch ihr Recht geben zu müssen, drehte sie das Wasser auf kalt und ließ den Schock die Gedanken fortscheuchen.

»Denkst du vielleicht dran, dass ich auch noch ins Bad muss, und ich dafür etwas länger brauche als du?«, holte sie Bernadettes Stimme endgültig zurück in die Gegenwart.

Irritiert drehte Lara das Wasser ab. »Komm doch rein!«, rief sie durch das Handtuch vor ihrem Gesicht. »Du bist doch sonst nicht so zimperlich!«

»Würde ich ja gerne«, gab Bernadette genervt zurück, »aber du hast abgeschlossen.«

Lara stutzte. Sie schloss normalerweise nie ab. Schnell stieg sie aus der Dusche und öffnete. »Verzeih«, entschuldigte sie sich kleinlaut. »Ich weiß auch nicht, wie das passiert ist. Ich war wohl in Gedanken.«

»Ich kann dir sagen, wie das passiert ist«, behauptete Bernadette und nahm den Tonfall an, den sie immer anschlug, wenn sie meinte, Lara die Welt erklären zu müssen. »Du hast Schiss! Und du hast dich unbewusst eingeschlossen, um dich unerreichbar für Nathan zu machen.« Sie zog sich den Slip aus, knüllte ihn zusammen und feuerte ihn in den überquellenden Wäschekorb, während sie weitersprach. »Ich verstehe das, aber es gibt doch gar keinen Grund. Sei selbstbewusst! Er hat dich ausgewählt!«

»Vielleicht habe ich mich auch einfach *bewusst* eingeschlossen, um mich für deine Hobby-Psychologie unerreichbar zu machen«, entgegnete Lara und lächelte süßlich, »die im Übrigen nicht unbedingt seriöser wird, wenn du sie ohne Unterhose vorträgst.« Sie nickte in Richtung Bernadettes entblößten Unterleibs und hielt inne. »Warum hast du grüne Schamhaare?«

»Also erstens«, begann Bernadette, und ihr Kopf wackelte dabei hin und her wie bei einer Kobra, »ist diese Aussage vollkommen unlogisch, denn du hast bereits zugegeben, dass du nicht wusstest, warum du dich eingeschlossen hattest. Zweitens habe ich Recht mit oder ohne Unterhose, also, was macht es für einen Unterschied? Und drittens«, sie stockte, errötete, nahm eine trotzig offensive Haltung ein und fuhr fort: »war gestern St. Patrick's Day, was du bestimmt mitbekommen hättest, wenn du dich nicht immer in deinen Büchern vergraben würdest.« Ihr BH flog zu dem Slip, und sie verschwand in der Dusche.

Lara starrte einen Moment an die Stelle, wo Bernadette eben noch gestanden hatte, dann prustete sie los und konnte nicht mehr aufhören zu lachen, bis ihre Haare trockengeföhnt waren.

»Schön, dass es dir so viel Freude bereitet«, rief Bernadette, als sie die Kabine wieder verließ, und es hörte sich an, als rede sie mit einer Grenzdebilen.

Lara gluckste erneut. »Oh, Bernie, du bist schon eine Nummer.«

»Genau das hat Tom McIntyre auch gesagt!«

»Oh Gott«, murmelte Lara.

Bernadette grinste selbstzufrieden und begann, sich zu schminken.

Der Tag verging wie im Flug. Zumindest, als die halbe Stunde vorrüber war, in der Lara noch auf Bernie warten musste, nachdem sie sich schon längst ihren obligatorischen Lidstrich gezogen hatte. Bernie hatte sie durch vier Geschäfte getrieben, bis sie ein Business-Outfit gefunden hatten und durch weitere sechs für das Abendkleid. Die Schuhe zu beidem erhielten sie glücklicherweise in ein und demselben Laden. Um viertel vor fünf betraten sie wieder ihr kleines Appartement und Lara fühlte sich, als sei sie Teil eines dieser Filme gewesen, in denen die Protagonisten durch solche Szenen immer im Zeitraffer flitzten. Ihre Füße und Beine schmerzten, und hätte es sie nicht zu viel Kraft gekostet, sie hätte unter ihre Schuhe geschaut, um nachzusehen, ob die Sohlen geschmolzen oder zumindest durchgelaufen waren. Aber es hatte sich gelohnt. Bernie hatte bereits einen guten Teil der Verkäuferinnen der High Streets an den Rand eines Sanatoriumsaufenthaltes gebracht und nicht viel mehr als: »Nein! Nein! Um Himmelswillen, nein!«, von sich gegeben, als eine wunderschöne, schwarze Kombination aus Röhrenhose, Waistcoat und Jackett gebracht wurde, die wie angegossen saß. »Na bitte, geht doch«, hatte sie gesagt, und das rechte Auge der Verkäuferin hatte gezuckt. Danach hatten sie sich einen Latte gegönnt – Bernie natürlich Low-Fat, sie wollte ja schließlich noch einen Brownie dazu. Einer der wenigen Momente, die in Laras Erinnerung in normaler Geschwindigkeit abliefen. Hoffnung war in ihr aufgekeimt, dass jetzt alles einfacher werden würde, es gab ja schließlich eine Menge schöne Abendkleider da draußen. Ach, wie sehr hatte sie sich getäuscht. Aber auch hier zahlte sich Bernies Beharrlichkeit aus. Lara fragte sich jetzt zwar, wie sie die Miete nächsten Monat aufbringen sollte – alleine die Pumps hatten mehr gekostet als sie in einem ganzen Jahr für Schuhe ausgab – doch verspürte sie ein angenehmes Glühen in ihren Wangen, das sie über diese Frage hinwegtröstete. Sie hatte sich etwas gegönnt, und es fühlte sich großartig an. Sie seufzte glücklich und erhob sich von dem Küchenstuhl, zu dem sie es gerade noch so geschafft hatte.

»Wohin willst *du* denn?«, fragte Bernie leicht spitz, als sie ihre Aktivität wahrnahm.

»Packen«, antworte Lara lakonisch.

»Das kannst du gleich noch!«, erwiderte Bernie. »Jetzt trinken wir erst mal auf den gelungenen Einkauf.« Sie hielt Lara ein randvolles Glas hin. Lara setzte zum Protest an, aber Bernies Blick erstickte ihn im Keim. Ergeben nahm sie es. Eigentlich konnte sie es auch gut gebrauchen, so abgekämpft, wie sie war. Gegen die Fahne gab es ja Minz-Bonbons. Gut, gegen die Müdigkeit gab es auch Kaffee, aber sie hatte einfach nicht die Energie, sich gegen Bernie zu wehren. Nach dem Sekt vielleicht, aber dann wäre es eh zu spät. Sie stürzte ihn runter.

»Braves Mädchen«, lobte Bernie zufrieden. »So, jetzt darfst du packen gehen und dich vorbereiten. Ich mache dir in der Zeit was zu essen!«

Lara schloss die Augen. Fuck! Sie hatte den Sekt auf völlig leeren Magen getrunken.

›Tja, mein Kind, so ist das halt. Wenn man nicht für sich einsteht, muss man die Konsequenzen tragen‹, tadelte sie ihre Mutter im Geiste mit ihrem du-willst-ja-nicht-auf-mich-hören-Sing-Sang, den Lara bereits anfing zu hassen, als sie neun war.

»Danke«, murmelte sie. »Ich weiß aber nicht, ob ich was runterkriege.« Das flaue Gefühl im Magen von heute

Morgen war zurück und hatte sich in ein ausgewachsenes Ziehen verwandelt. Noch eine halbe Stunde ...

»Ich mache Obstsalat«, verkündete Bernadette. »Und du *wirst* was davon essen, und wenn ich es dir durch einen Trichter einflößen muss. Ich werde nicht zulassen, dass du umkippst, gerade, wenn Nathan dir die Hand reichen will.«

»Mr. Canavan«, korrigierte Lara matt. »Ja, gut, einverstanden.« Diese Vorstellung war wirklich nicht angenehm und durchaus im Bereich des Möglichen. Zu gut erinnerte sie sich an den Vorfall bei einem Konzert ihrer Lieblingsband.

»Mr. Canavan«, echote Bernadette mit der Stimme einer pikierten Sekretärin hinter ihr, als sie auf den Flur trat. Dann sackte ihre Stimme um eine Oktave und klang eher wie die einer gestandenen Puffbesitzerin, als sie grummelte: »Maximal einen Tag lang. Dann ist es ›Nathan‹, Schatzi, darauf verwette ich meinen Arsch.«

Lara spürte, wie sich ihr Magen weiter zusammenzog, verkniff sich aber eine Antwort. Sie hatte einfach zu wenig Zeit, als dass sie sie auf eine Diskussion mit Bernie verschwenden könnte. Außerdem war es so, dass Bernies Worte Wirkung zeigten, egal, was Lara auch im Kopf dagegenzusetzen versuchte. Also besser dem Thema so wenig Raum wie möglich geben. Sie holte ihren Trolley aus der kleinen Kammer, kämpfte kurz mit der Lawine, die sein Fehlen darin auslöste, und begab sich in ihr Zimmer. Als sie alles Nötige in dem Koffer verstaut hatte, holte sie das Business-Outfit aus der Tüte. Einen Augenblick starrte sie es unentschlossen an, dann packte sie es zu den anderen Sachen. Mr. Canavan würde sie so kennenlernen, wie sie wirklich war. Er hatte eine simple Studentin zu sich eingeladen, und genau diese würde bei ihm eintreffen. Klare Fronten! Das Abendkleid konnte sie nicht in den Koffer legen, aber es hatte eine blickdichte Hülle. Also auch da alles auf der sicheren Seite. Sie spürte den Sekt und rollte mit den Augen. Sie war sowieso nicht in der Verfassung, auf hochhackigen Schuhen zu laufen. Im Bad zog sie noch einmal den Lidstrich nach und wuschelte sich etwas durch die Haare. So, das musste reichen! Es ist ein Interview, Mr. Canavan, kein Date!

»Essen ist fertig«, säuselte Bernie aus der Küche, als sie Bürste und Make-up im Koffer verstaut hatte. Lara checkte ihre Wanduhr. Zehn vor sechs. Ihr Magen machte ihr deutlich, was er jetzt von Nahrungsaufnahme hielt, doch sie ignorierte ihn. Sie nahm den Koffer, stellte ihn neben die Tür und ging zu Bernie in die Küche. Dort erwartete sie ein Teller, auf dem ein kleingeschnittener Apfel und ein paar Bananenstückchen lagen, und Bernies entschuldigender Blick.

»Sorry, mehr war nicht da«, grinste sie.

Laras Augenbrauen trafen sich oberhalb ihrer Nase. »Was ist denn mit der Wassermelone ... ach, vergiss es«, beendete sie den Satz, als sie in das schuldbewusste Hündchen-Gesicht Bernies blickte. Sie würde ja schon Mühe haben, das Wenige herunterzubekommen. Sie setzte sich und schob sich einen Löffel voll in den Mund. Tapfer kaute und schluckte sie.

»Siehste, geht doch!«, zwitscherte Bernie, dann erstarrte sie. »Wie siehst *du* denn aus?« Unglaube und Panik wechselten sich auf ihren Zügen ab. »Du musst in fünf Minuten los!«

Lara blickte sie so entschieden an, dass Bernie tatsächlich zusammenzuckte. »Ich bleibe, wie ich bin, verstanden?«, knurrte sie.

»Ist ja gut, ist ja gut«, stammelte Bernie und hob abwehrend die Hände. »Ist ja dein Date.«

Lara sog die Luft ein, um eine sehr direkte Antwort auf das eben Gehörte zu geben, als es klingelte. Der Ton fuhr ihr durch den Körper wie ein elektrischer Schlag. Sie richtete den Löffel auf Bernie. »Da hast du noch mal Glück gehabt. Ich brauche dich jetzt!«, presste sie hervor, ließ ihn fallen und sprang auf.

Bernie blieb sitzen und schaute sie lauernd an. »Jetzt? Du brauchst mich *jetzt*?«

»Oh, Bernie, bitte!«, flehte Lara, sah, dass sie sich keinen Millimeter bewegen würde, und fügte hinzu: »IMMER! Ich brauch' dich immer! Zufrieden?«

»Voll und ganz, mein Schatz«, strahlte Bernie.

»Gut!« Eine Woge Panik ergriff Lara. »Oh Gott, Bernie! Was soll ich ... habe ich alles?« Sie hastete auf den Flur und stolperte über ihren Koffer.

»Laaara«, rief Bernie gedehnt. »Gaaaanz ruhig.«

»Aber der Fahrer ist da! Er wartet auf mich!« Ihre Augen schossen wild über die Tapete im Flur und entdeckten dabei merkwürdigerweise alle Mängel, die sie zu bieten hatte.

Bernie stellte sich vor sie und legte ihr die linke Hand auf die Schulter. Mit der rechten schnippte sie vor Laras Gesicht, bis ihr Blick sie fand. Sie schaute sie fest an.

»Herz, du musst dir mal eines merken: Du bist eine Frau! Eine *Dame* in den Augen des Fahrers. Er muss nicht nur auf dich warten, er rechnet sogar damit. Es ist sechs Uhr, wenn du zur Tür heraustrittst, und keinen Augenblick früher. Verstanden?«

Lara schluckte und nickte zaghaft.

»Hm«, machte Bernie. »So ist das richtig. Und jetzt hör mir zu und hake ab: Zahnbürste, Make-up, Pille, Tampons, Deo, Parfüm, Haarbürste, Computer, Aufnahmegerät ...«

»Ja, ja, ja, brauche ich nicht, ja, ja, ja, ja«, antwortete Lara und bemühte sich dabei, ihrer Stimme einen festen Klang zu geben, während ihre Augen sich in Bernies festhielten.

»Schmuck?«

Lara fiel das Herz in die Hose. »Schmuck?«, krächzte sie. »Warum denn Schmuck?«

Bernie lächelte spöttisch. »Für das Abendkleid, du Dussel.«

Lara begann zu zittern. »Ich habe keinen Schmuck! Oh Gott, Bernie! Ich habe keinen!« Ihre Hände fuchtelten hilflos in der Luft. Bernies Lächeln wurde mild.

»Na, wie gut, dass du mich hast, nicht wahr? Warte hier.« Sie verschwand in ihrem Zimmer. Einen Augenblick später – der Lara wie eine Ewigkeit vorkam – erschien sie wieder, eine Schatulle vor sich haltend.

»Was ist das«, flüsterte Lara.

»Das, meine Süße, ist: mein Schaaaatz, my preciousssssss«, witzelte sie mit heiserer Stimme und einer fürchterlichen Grimasse.

»Bernie!«, stöhnte Lara und trat nervös von einem Fuß auf den anderen. Bernie lachte und öffnete die Schatulle. Laras Augen wurden riesig. Darin lag, auf blauem Samt gebettet, ein Diamanten-Collier. Das Licht der Deckenlampe fing sich in den Steinen und ließ sie glitzern. Es sah aus, als hätte jemand einen Teil des Nachthimmels in diese Schatulle gelegt.

Bernie hob ruckartig die Hand und hielt sie vor Laras Augen.

»Hey, was soll das?«, rief Lara irritiert.

»Oh, es sah so aus, als fielen deine Augen gleich aus deinem Kopf, und ich wollte verhindern, dass sie auf dem Boden landen«, antwortete Bernie unschuldig und nahm sie wieder weg.

Einen Moment starrte Lara ihre Freundin an, dann musste sie lachen. Als sie sich wieder beruhigt hatte, fühlte sie sich schon besser. Sie schaute auf das Collier. »Es ist wunderschön!«, hauchte sie.

»Es hat meiner Großmutter gehört«, erklärte Bernie.

»Der Schauspielerin?«

»Genau der. Meinem Vorbild. Sie hat es von einem niemals genannten Verehrer geschenkt bekommen. Ich persönlich glaube ja, es war Prinz Philip, aber Omi hat geschwiegen wie ein Grab bis ins Grab. Allerdings hat die Queen sie auf einem Empfang ganz merkwürdig ...«

»Bernie!«

»Ach ja, sorry, wie dem auch sei: Ich leihe es dir.« Sie grinste stolz. »Ah bab bab!«, rief sie, als Lara zur Ablehnung ansetzte, und legte ihr den Finger auf die Lippen. »Du hast keine Wahl. Und da du einen Dame bist und keine Diva, solltest du dich jetzt nach unten begeben.«

Lara schaute sie ergriffen an. »Danke«, sagte sie mit erstickter Stimme. »Du bist die beste Freundin der Welt!«

»Die Allerbeste«, bestätigte Bernie trocken. »Und jetzt: auf!« Sie drückte Lara die Schatulle in die Hand und schob sie zum Koffer. An der Schwelle umarmte Lara sie zum Abschied. »Danke! Danke für alles, Bernie.«

»Gern, meine Süße. Ich bin ja so stolz auf dich. Aber geh jetzt. Sonst muss ich noch heulen, und dann musst du heulen, und dein Mascara verläuft und so.«

»Zu Befehl!«, rief Lara und unterdrückte eilig die Tränen.

»Grüß Nathan von mir«, rief Bernie ihr nach, während sie die Treppe hinunterlief.

»Mr. Canavan«, flötete sie zurück und hörte Bernie lachen. Dann klickte die Tür.

In dem Moment, als sich ihre Wohnungstür geschlossen hatte, war die Hektik zurück. Lara spurtete förmlich die Treppen hinunter, den Koffer hinter sich herziehend, der dabei Geräusche verursachte, als rolle eine Bowlingkugel die Stufen hinab. Sie war mindestens fünf Minuten zu spät. Eine Ewigkeit in der Geschäftswelt! Wer fünf Minuten zu spät seine Aktien verkaufte, war mitunter innerhalb dieser Zeit vom Millionär zum Sozialhilfeempfänger geworden. Wer fünf Minuten zu spät zu einem Bewerbungsgespräch kam, konnte gleich wieder gehen! Wer ... verflixt, warum hatte sie sich von Bernie bequatschen lassen?

›Du bist eine Frau, eine Dame ...‹

Nein, sie war eine unbedeutende Studentin, die die Chance ihres Lebens bekam! Und was machte sie? Sie verspätete sich! Sie sprang die letzten beiden Stufen hinunter. Der Trolley knallte hinter ihr auf und schlingerte wie die Autos in diesen Fernsehserien in San Francisco. Hoffentlich war der Fahrer noch da! Sie riss die Haustür auf, sah den großen, schwarzen Wagen und den älteren Mann in Anzug davor, war unendlich erleichtert und setzte noch im Laufen zu einer Entschuldigung an, als der Koffer an der Tür hängen blieb. Sie wurde zurückgerissen, und aus ihrem Mund kam statt der Entschuldigung ein: »Äck!« Sie balancierte eine unangenehme Sekunde in grotesker Haltung auf dem rechten Bein, konnte einen Sturz gerade noch verhindern und fand sich mit dem Gesicht zur Tür wieder, wo sie einen Moment völlig irritiert stehen blieb.

»Ms. Holmes, vermute ich«, hörte sie eine freundliche Stimme hinter sich.

Oh Gott! Wie peinlich! Sie spürte, wie ihr das Blut in die Wangen schoss. Sie fuhr herum. ›Nein‹, hätte sie am liebsten gesagt, ›ich kenne diese Frau nicht, Sie irren sich,

ich bin auf dem Weg zum Flughafen, um meine Maschine nach Timbuktu zu bekommen. Auf nimmer Wiedersehen!‹ Stattdessen sagte sie: »Ja, äh ... ja, genau.« ... leider.

Interessanterweise zeigte das Gesicht des Mannes keinerlei Spott. Nur professionelle, aber dennoch ehrliche Freundlichkeit. »Guten Abend, Ms. Holmes«, sagte er. »Mein Name ist Benson. Wenn Sie gestatten?« Er legte mit fragendem Blick die Hand an den Trolley.

Seine selbstverständliche Art mit ihr umzugehen, gab Lara ein wenig ihrer schon lang vermissten Sicherheit zurück. Nicht viel, doch es reichte für ein Lächeln, als sie nickte.

Benson lächelte höflich zurück, befreite den Koffer aus der Tür und nahm ihr die Schutzhülle mit dem Kleid darin ab, blieb aber neben ihr stehen. Laras kleines bisschen Sicherheit verabschiedete sich zügig und mit eingeklemmten Schwanz. Warum stand er da noch? Musste sie sich bedanken? Natürlich! »Äh ... Danke!«, stammelte sie. Toll. Warum tauchten ›ähs‹ immer da auf, wo man sie am wenigsten brauchen konnte? Konnte man sie überhaupt brauchen?

»Stets zu Diensten, Ms. Holmes«, antwortete Benson mit einer angedeuteten Verbeugung und ... blieb immer noch stehen.

»He«, lachte Lara albern, und Verzweiflung machte sich breit. Worauf wartete der Mann?

»Wann immer es Ihnen beliebt, Ms. Holmes.« Benson machte eine dezente Geste in Richtung des Wagens.

»Oh!«, entfuhr es Lara. »Oh, Entschuldigung! Ich … uh …« Sie brach ab und schaute unwillkürlich auf den Boden.

»Nicht doch, Ms. Holmes«, antwortet Benson sofort. »Dazu besteht kein Anlass.« Es klang so ehrlich, dass Lara sich tatsächlich besser fühlte. Sie nickte dankbar und ging zu dem schwarzen Ungetüm am Straßenrand. Benson setzte sich simultan in Bewegung und erreichte die Tür genau rechtzeitig, um sie ihr zu öffnen. Bevor sie in den riesigen Fond lief – ja, man konnte wirklich fast hineinlaufen – schaute sie noch einmal zurück zum dritten Stock. Bernadette stand am Fenster und winkte ihr, wie ein Flummi springend, zu. Lara verdrehte die Augen, aber winkte zurück. Im ersten Stock entdeckte sie Mrs. Beasley. Im Gegensatz zu sonst sah Lara dies jetzt mit einer gewissen Genugtuung. Mrs. Beasley machte ziemlich deutlich, was sie vom ach so zügellosen Leben der Studenten hielt, und hatte sich zum moralischen Wächter des Hauses erklärt. Sie kontrollierte streng, wer ein und aus ging, und meldete regelmäßig dem Vermieter, wenn ein Mann bei ihnen übernachtete, und sei es auch nur, weil man zusammen gelernt und besagter Mann keine Lust mehr hatte, nach Hause zu laufen. Gott sei Dank war Mr. Jenkins in dieser Hinsicht völlig entspannt. Er hatte Lara und Bernie nur darüber informiert und darauf hingewiesen, dass sich das Problem angesichts des fortgeschrittenen Alters von Mrs. Beasley vermutlich bald von selbst erledigen würde. Bis dahin könnte man es auch als kostengünstigen Sicherheitsdienst sehen. Im Prinzip gab sie ihm da Recht, dennoch hatte es sie genervt, von dieser Frau eine gewisse Leichtlebigkeit und Klassenlosigkeit unterstellt zu bekommen. Umso mehr freute es sie, dass diese jetzt sah, in was für ein Auto sie im Begriff war, einzusteigen. Sie winkte auch ihr zu, was zur Folge hatte, dass sie sofort hinter den Gardinen verschwand. Treffer! Als sie in den Fond kletterte, vergaß sie Mrs. Beasley aber sofort wieder. Es war unglaublich! Sie hatte eher das Gefühl, in ein gemütliches kleines Zimmer in einem Wellness-Hotel zu kommen als in ein Auto. Es duftete nach Leder, fein gemasertes Holz entzückte ihre Augen, und es gab so viel Platz, dass sie sich schon ein wenig verloren vorkam, als sie sich in einem der riesigen Sitze niederließ, der sie umfing wie der sündhaft teure Fernsehsessel ihres Vaters. War das nicht sogar ein Fernseher, da vor ihr? Eingeschüchtert faltete sie die Hände, legte sie in den Schoß und wartete, bis Benson ihren Koffer verstaut hatte.

»Die Regelung für das Klima- sowie für das On-Board-Entertainment-System befindet sich in der Konsole rechts neben Ihnen. Ebenso die Sitzverstellung. Natürlich können Sie mich jederzeit ansprechen, wenn Sie etwas brauchen, Ms. Holmes«, erklärte er, als er hinter dem Steuer Platz genommen hatte.

»Mhm, danke!«, rief Lara etwas lauter als eigentlich nötig, weil er so viel weiter weg wirkte als in normalen Autos, und tat so, als hätte sie verstanden, was er da gerade gesagt hatte. Benson lächelte und ließ den Wagen an. Die Beleuchtung dimmte sich, und über Lara erschien wie aus dem Nichts ein Sternenhimmel aus winzig kleinen Lichtern. WOW! Sie schluckte. Erst, als sie beiläufig aus dem Fenster sah, bemerkte sie, dass sie schon fuhren. Aufregung kitzelte sie am Gaumen. In was für eine Welt begab sie sich da? Würde Nathan ... Mr. Canvan! Mr. Canavan – verdammt! ... würde er erwarten, dass sie wusste, wie man sich in solchen Kreisen verhielt? Ihr wurde mit einem Schlag bewusst, wie deplatziert sie in ihrer kurzen Jeans mit der schwarzen Strumpfhose darunter und ihrer weißen, legeren Bluse in diesem Prunk wirkte und bereute es jetzt schon, nicht auf Bernadette gehört zu haben. Wie sollte das erst bei Mr. Canavan werden? Ihre Handflächen wurden klamm. Verzweifelt rieb sie sie aneinander. Sie konnte ihm doch keine Fischflossen reichen!

»Ist Ihnen zu kalt, Ms. Holmes?«, erkundigte sich Benson nach einer Weile aufmerksam mit einem Blick über den Innenspiegel.

»Was? Oh! Nein ...« Doch! Und zu heiß und zu feucht und zu trocken! »Nein, danke. Ich ... Es hat mich nur etwas gejuckt«, antwortete sie und gab ihrer Stimme sämtliche souveräne Nebensächlichkeit, die sie aufbringen konnte. Allerdings wurde diese sofort wieder durch ein Lachen vernichtet, dass sich aus irgendeiner Soap hierher verirrt haben musste. Anders konnte sie sich dieses fürchterlich überdrehte Geräusch nicht erklären. Aus ihr war es jedenfalls nicht gekommen!

»Natürlich, Ms. Holmes«, erwiderte Benson. Er machte eine Pause, als müsse er kurz überlegen, dann fuhr er fort. »Sie müssen verzeihen, Ms. Holmes, dass ich das nicht gleich bemerkt habe. Ich muss Ihnen gestehen: Ich bin etwas nervös. Sehen Sie, ich fahre selten junge Menschen. Ich möchte natürlich, wie immer, alles richtig machen, habe aber keinen blassen Schimmer, was diese von mir erwarten. Daher meine Überbemühung und Fehleinschätzung. Und natürlich rede ich auch viel zu gestelzt, oder? Das muss doch schrecklich albern auf Sie wirken, Miss!«

Lara blickte verwirrt auf. »Was? Oh, nein, bitte! Sie machen das toll!«, rief sie rasch, aber voller Überzeugung. »Sie sind Chauffeur! Sie müssen so sein! Ich fände es komisch, wenn Sie nicht so wären!«

»Ich bin sehr froh, dass Sie das sagen, Miss«, schickte Benson nach hinten, während er die Spur wechselte. »Sie meinen also, ich habe mir wieder einmal ganz umsonst Sorgen gemacht. Sie und eventuelle andere junge Menschen, die ich noch fahren werde, akzeptieren mich so, wie ich bin, weil sie wissen, was ich bin. Ich fahre also am besten – kleines Wortspiel durchaus beabsichtigt – wenn ich einfach so bin, wie ich bin. Aber was, wenn ich einen Fehler mache? Nehmen mir die jungen Leute das nicht übel? Wenn ich zum Beispiel Jugendsprache nicht verstehe oder aus Versehen sage: ›Hey, was passiert?‹, statt: ›Was geht ab?‹, würde man mich nicht auslachen oder sich hinter meinem Rücken über mich lustig machen und mich als dumm sehen?«

Lara schaute ihn entgeistert an. »*Jeder* macht Fehler«, keuchte sie. »Außerdem weiß man doch, dass Sie einen ganz anderen Hintergrund haben!« Sie überlegte einen

Moment. »Natürlich ist es witzig, wenn jemand ein Sprichwort falsch sagt, und ich würde lachen. Aber doch nicht bösartig! Ich würde Sie freundlich korrigieren, und beim nächsten Mal wüssten Sie es dann. Es ist doch eine Form des Respekts, wenn jemand versucht, sich die Gepflogenheiten und Sprache einer bestimmten Gruppe anzueignen und ihnen so Interesse signalisiert. Machen Sie sich doch nicht so viele Gedanken. Junge Menschen sind auch nur Menschen. Und sollte Sie doch einmal jemand dafür verachten, dann ist das ausschließlich das Problem dieser Person und nicht Ihres, verstehen Sie?« Lara hatte sich regelrecht in Fahrt geredet. Dieser arme Mann!

»Das sind sehr weise Worte, Ms Holmes. Ich danke Ihnen dafür.« Sein Blick fand den ihren über den Innenspiegel. Sie wollte schon etwas darauf sagen, als sie bemerkte, dass er ihren Blick etwas länger festhielt als erwartet, und sie plötzlich verstand. Verlegen, aber auch erleichtert, schaute sie auf den flauschigen Teppich vor sich. »Nein, ich glaube, ich muss mich bedanken.«

»Ich weiß nicht, wovon Sie sprechen, Ms. Holmes«, behauptete Benson trocken.

Lara schmunzelte. »Und ich muss Ihnen etwas gestehen.«

»So?«

»Es hat gar nichts gejuckt. Ich war nervös und hatte klamme Hände.«

»Aber jetzt sind Sie es nicht mehr?«, fragte Benson und dirigierte den schweren Wagen mit zwei Fingern um eine Kurve.

»Nein ... uhm«, Lara brach ab und setzte erneut an. »Doch, aber nicht mehr so sehr.« Sie lächelte.

»Gut für Sie«, sagte Benson und beschleunigte, was Lara nur bemerkte, weil sich die Umgebung schneller an ihnen vorbeibewegte. »Da wir gerade bei Geständnissen sind: Ich muss Ihnen auch etwas gestehen.«

»So?«

»Ich habe meine Tochter tatsächlich einmal mit: ›Hey, was passiert‹, begrüßt, als ich sie von der Schule abholte.«

Lara prustete. »Und Sie leben noch?«

»Ja, ich bin selbst überrascht.« Ein verschmitztes Grinsen huschte über seine Züge. Lara lachte, und es löste noch ein wenig der Anspannung.

»Sehen Sie, Mr. Benson, alles halb so wild«, rief sie.

»Exakt, Ms. Holmes. Und es ist nur Benson, wenn Sie mir diesen Hinweis erlauben.«

»Sicherlich«, antwortete Lara. »Ich kann Ihnen ja schlecht weise Worte sagen und sie dann selber nicht befolgen.«

»Sie sind zu gütig, Ms. Holmes.«

Der Wagen fuhr nun eine leicht ansteigende Allee hinauf. Lara konnte die Bäume im Scheinwerferlicht sehen. Erst, als sich ein riesiges, viktorianisches Anwesen in ihr Blickfeld schob, realisierte sie, dass es keine normale Allee war, sondern eine Auffahrt. Warmes Licht erhellte die zahllosen Fenster und verbreitete eine märchenhafte Atmosphäre, für die Lara jetzt aber so gar keinen Sinn hatte. Die eben noch weggelachte Aufregung war mit aller Macht zurück.

»Sind wir schon da?«, fragte sie, und es gelang ihr nicht ganz, die Panik in ihrer Stimme zu unterdrücken.

»Jawohl, Ms. Holmes«, antwortete Benson, hielt vor dem Portal und verließ den Wagen.

Lara spähte aus dem Fenster. ›Wie romantisch!‹, hörte sie Bernadette in ihrem Kopf quieken, und ihre Hände wurden so klamm, dass sie allen Ernstes nachschaute, ob sich Tau darauf gebildet hatte. Benson öffnete ihr die Tür. Lara atmete tief durch, dann stieg sie aus dem Auto. Gerade, als sie den ersten Fuß auf den knirschenden Kies gesetzt hatte, trat eine Person aus dem Portal. Nathan? Sie war so abgelenkt, dass sie völlig vergaß, ihr linkes Bein nachzuziehen. Sie strauchelte und wäre fast aus dem Wagen gefallen. Nur Bensons schneller Griff bewahrte sie davor. Erneut stieg ihr die Schamesröte ins Gesicht. Gott sei Dank entpuppte sich die Person, die aus der Tür gekommen war, als Hausdame.

»Willkommen auf Blackwater Manor, Ms. Holmes«, begrüßte sie Lara freundlich, aber auch leicht besorgt. »Ist alles in Ordnung?«

»Danke. Ja. Ja, mein Bein war nur eingeschlafen«, log Lara.

»Oh ja, das passiert auf Reisen schon einmal«, gab sich die Hausdame verständnisvoll – Wenn die wüsste! – »Mein Name ist Lily. Wenn Sie mir bitte folgen wollen? Mr. Canavan erwartet Sie bereits.« Sie machte kehrt und ging voraus.

Lara zögerte einen Moment.

»Ihr Gepäck wird auf Ihr Zimmer gebracht«, versicherte ihr Benson, der es falsch interpretiert hatte. Ihr blöder Koffer war das Letzte, an das sie jetzt dachte. Gleich würde sie ihn treffen. Wie würde es werden? Sein Gesicht tauchte vor ihr auf, eine Augenbraue hochgezogen und ein joviales Grinsen um seinen Mund. ›Lara, wie schön, dass du gekommen bist‹, hörte sie eine Schlafzimmerstimme, von der sie noch nicht einmal wusste, ob sie überhaupt zu ihm gehörte. Er nahm ihre Hand und küsste sie, während seine dunklen Augen sie fixierten. ›Fühl dich wie zu Hause.‹

»Ms. Holmes?« Die Hausdame war stehen geblieben und blickte sie fragend an.

Lara riss sich zusammen und folgte ihr. Sie betraten eine gigantische Empfangshalle, in der Lara sich noch kleiner und deplazierter vorkam als in dem Auto. Alte Gemälde hingen an den Wänden, eiserne Kerzenständer, Gobeline, Rüstungen, all das erfasste Lara mit einem Blick, doch keinen Mr. Canavan. Das machte die Sache aber nicht besser. Je länger es dauerte, bis sie ihn endlich traf, desto aufgeregter wurde sie. Die Frau, die sich als Lily vorgestellt hatte, schritt die ausladende Treppe vor Kopf empor, dann einen breiten Korridor entlang, an dessen Ende sich eine Flügeltür befand. Darüber prangte ein Wappen, das Lara nicht kannte, ihr aber gehörigen Respekt einflößte. Die Hausdame blieb stehen und klopfte. Laras Herz pochte so laut, dass es in ihren Ohren wie ein Echo des Klopfens klang.

Ohne auf ein Zeichen zu warten, öffnete die Hausdame die Tür. »Ms. Holmes für Sie, Mr. Canavan«, verkündete sie dabei.

Da war er! Nathan Canavan, der geheimnisvolle Milliardär. Er saß hinter einem riesigen Schreibtisch, voll mit Papieren und Monitoren, vertieft in ein Schriftstück. Als sie eintraten, schaute er auf und erhob sich. Er war kleiner, als Lara erwartet hatte, aber dennoch recht beeindruckend. Es war vor allem die Art, wie er sich bewegte. Ruhig und von einer selbstverständlichen Autorität, die Lara sofort faszinierte. Und er sah wirklich unglaublich gut aus. Lächelnd kam er auf sie zu.

»Ms. Holmes. Schön, dass Sie es einrichten konnten. Ich hoffe, Sie hatten eine gute Fahrt.« Er ergriff ihre Hand und schüttelte sie. Ohne eine Antwort abzuwarten, fuhr er fort: »Lily wird Ihnen Ihr Zimmer zeigen und Ihnen das Abendessen bringen. Ich habe leider noch zu arbeiten, aber Sie sind sicherlich sowieso erschöpft. Morgen besprechen wir dann alles. Lily wird Sie um sieben abholen. Sämtliche Annehmlichkeiten von Blackwater Manor stehen Ihnen selbstverständlich zur Verfügung, Sie brauchen nur zu klingeln, Ms. Holmes. Noch Fragen?«

Lara starrte ihn an. Es war ein wenig so, als hätte die ganze Zeit ein schönes Musikstück die Szene untermalt, aber plötzlich jemand die Nadel des Plattenspielers angestoßen und sie hässlich über die Rillen kratzen lassen. Nicht, dass Lara noch Plattenspieler besaß, aber sie hatte genug Filme gesehen, in denen es genau so ablief. Sie schüttelte unwillkürlich den Kopf.

»Gut«, entgegnete Nathan Canavan. »Angenehme Nachtruhe, Ms. Holmes« Damit wandte er sich ab und begab sich wieder hinter seinen Schreibtisch.

Erst auf dem Gang kam Lara wieder etwas zu sich. Und sie kam sich unglaublich blöd vor. Natürlich wollte Mr. Canavan nichts anderes, als ihr ein Interview geben! Irritiert nahm sie noch etwas anderes wahr: Enttäuschung! Wieso? Es war doch so gelaufen, wie sie es eigentlich erwartet hatte! Sie war aus keinem anderen Grund hierher gekommen, als dieses Semester frei zu haben. Verfluchte Bernadette und der Floh, den sie ihr ins Ohr gesetzt hatte! Sie konnte doch eigentlich völlig entspannt und zufrieden sein. Warum war sie enttäuscht?

Du bist nicht enttäuscht. Du ärgerst dich nur, dass du dich hast so bequatschen lassen, erklärte ihr eine Stimme hinter ihrer Stirn. Ja, so war es, beschloss sie.

»Bitte sehr, Ms. Holmes«, holte sie Lily aus ihren Gedanken. Sie hatte eine Tür geöffnet und wies auf den Raum dahinter. »Was darf ich Ihnen bringen?«

»Einen Burger«, kam es aus Lara, wie aus der Pistole geschossen. Sie brauchte jetzt einen Burger. All dieser Prunk erschlug sie. Sie war Studentin, verdammt nochmal! Dann registrierte sie, dass es vielleicht etwas zu befehlend klang, und fügte freundlich hinzu: »und eine Cola, bitte, wenn es möglich ist.«

»Selbstverständlich«, antwortete Lily. »Medium rare?«

Lara sackte in sich zusammen. »Kann ich einfach einen Burger bekommen?«, fragte sie kläglich.

Entgegen der Erwartung lächelte Lily. »Also, einen Burger mit viel Fleisch, Käse und Bacon und eine große Cola.«

Laras Augen leuchteten, und sie nickte dankbar, dann war sie allein. Sie schaute sich um. Das erste, was sie sah, war das fantastische Bett. Es war der Traum eines jeden kleinen Mädchens und eines größeren erst recht. Vier gewundene Holzsäulen stützten einen prächtigen Baldachin aus rotem Brokat. Auf dem Bett türmten sich Kissen unter einer zum Brokat passenden Decke mit goldenen Ornamenten. Ein Grinsen stahl sich auf ihr Gesicht. Hatte sie eben gedacht, der Prunk erschlüge sie? Was war los mit ihr? Es war großartig! Sie kickte ihre Schuhe weg, nahm Anlauf und schmiss sich auf das Bett. Dort wippte sie giggelnd und zappelnd auf der Matratze.

»Oh!« Sie hielt inne und machte eine ausladende Handbewegung, als sie die Portraits an den holzgetäfelten Wänden entdeckte, die sie allesamt mit einer Mischung aus Entrüstung und missbilligendem Interesse anschauten. »Verzeihung!« Sie kicherte noch einmal, sprang vom Bett und lief zu der Tür gegenüber. Sie konnte ein: »Yesss«, nicht unterdrücken, auch wenn sie sich dabei ziemlich kindisch vor kam, als sie das Badezimmer dahinter sah. Weißer Marmor, dunkles Holz und eine im Boden eingelassene Badewanne, so groß, dass bequem ein Schwimmzug darin möglich war. An dem Waschtisch hätte sich eine ganze Schulklasse die Zähne putzen können. Fuck, sie hatte kleinere Wellness-Bereiche in Hotels gesehen, die sich damit rühmten.

Es klopfte. Lara lief in stiller Vorfreude das Wasser im Mund zusammen. Schnell begab sie sich zur Tür und öffnete. Davor stand Lily mit einem Ungetüm von einem Burger, einer Flasche Cola und einer Tafel feinster Schokolade.

»Ich dachte, ein wenig Nachtisch könnte Ihnen gefallen, Miss«, nahm sie schmunzelnd Bezug darauf.

»Sie sind ein Engel!«, rief Lara verzückt.

»Nein, eine Frau«, entgegnete sie, zwinkerte und platzierte das Tablett auf dem Schreibtisch vor einem der hohen Fenster. »Stellen Sie es einfach vor die Tür, wenn Sie fertig sind. Wünsche, wohl zu speisen«, sagte sie und ging.

Als sie den Burger vor sich sah, kam Lara eine teuflische Idee. Sie hatte Bernadette noch nicht verziehen, was ihre Bemerkungen betraf. Schnell begab sie sich in das Badezimmer, ließ Wasser in die Wanne und gab etwas von den Essenzen dazu, die sie fand. Dann holte sie ein paar der im Zimmer verteilten Kerzenleuchter und positionierte sie darum herum. Ihr Plan verzögerte zwar den Punkt, an dem sie ihre Zähne in diesem perfekten Burger versenken konnte, aber er war es wert. Sie wartete, bis sich ein beeindruckendes Schaumgebirge gebildet hatte, dann zündete sie die Kerzen an, holte das Tablett mit dem Essen, stellte es an den Rand der Wanne, holte ihr Telefon und machte ein Foto von dem Stillleben, das sie kreiert hatte. Dieses sendete sie mit den Worten: ›Bin gut angekommen! Danke nochmal!‹, an Bernadette, zog sich aus und ließ sich in das heiße Wasser gleiten. Voller Wonne ergriff sie das Ungetüm und biss hinein. Der Geschmack ließ sie seufzen. Enttäuscht? War sie vorhin wirklich *enttäuscht* gewesen? Gott, Lara! So bescheuert kannst auch nur *du* sein!

Sie schloss die Augen und verschwand unter der Schaumdecke.

Sie konnte nicht sagen, wie lange sie noch in diesem paradiesischen Zustand verweilt hatte. Der Burger war jedenfalls schon lange verschwunden, der letzte Rest Cola warm, und von der Schokolade waren nur noch ein paar Krümel übrig. Sie hatte eigentlich abwarten wollen, bis das Wasser zu kalt wurde, hatte aber irgendwann einsehen müssen, dass ihr eher die Haut von den Knochen abfiel, bevor dies geschah. Satt, müde und völlig entspannt war sie aus der Wanne gekrochen, hatte sich dabei gefühlt wie das erste Wesen aus der Ur-Suppe und hatte sich, so, wie sie war, ins Bett fallen lassen. Sie hatte noch geschafft, sich abzutrocknen und die Haare in einen Turban aus Handtuch zu wickeln, mehr aber auch nicht. Das rächte sich jetzt. Verzweifelt stand sie vor dem Spiegel und versuchte, das Gestrüpp, das gestern noch ihr Haar gewesen war, in den Griff zu bekommen. Im Prinzip wäre das kein so großes Problem, wenn sie sich den Wecker gestellt hätte. Sie schwor sich, nachzusehen, ob diese vermaledeiten Badeessenzen irgendwelche Drogen enthielten. Wie hatte sie das vergessen können? So war sie von Lilys Klopfen geweckt worden. Gott sei Dank schien diese schon so etwas geahnt zu haben, denn sie hatte durch die geschlossene Tür gerufen: »Ich komme in einer Viertelstunde, um Sie abzuholen, Ms. Holmes.«

Sie wusste nicht, wann sie das letzte Mal so schnell aus dem Bett gesprungen war. Seit ihrer Schulzeit hatte sie stets darauf geachtet, dass sie pünktlich kam. Eigentlich für nichts und wieder nichts! Was waren schon Einträge ins Klassenbuch oder eine kleine Rüge der Professoren? Und kaum bekam sie die Chance ihres Lebens, verspätete sie sich, wo es nur ging.

Ein Blick auf die Uhr sagte ihr, dass von der wertvollen Viertelstunde, die Gott ihr in Form von Lily als Gnadenfrist gewährt hatte, schon sieben Minuten vergangen waren. Wo waren sie hin? Sie hatte doch nichts getan, als sich zweimal durch ihre Haare zu fahren. Sie gab auf, ihnen irgendeinen ›Style‹ abzutrotzen, raffte sie zusammen und bändigte sie halbwegs mit einem Gummi. Dann schlüpfte in sie das Business-Outfit, sammelte Notizblock, Aufnahmegerät und Telefon ein, hastete noch einmal ins Bad, um sich zumindest den Lidstrich zu ziehen, und legte den Stift gerade hin, als es erneut klopfte.

»Ich komme!«, rief sie, schnappte sich die Sachen und trat vor die Tür.

»Danke«, flüsterte Lara, während sie die endlosen Gänge des Hauses entlangliefen.

»Ich war auch mal jung, Ms. Holmes«, antwortete Lily geflissentlich.

Sie erreichten ein Speisezimmer. Nathan Canavan erhob sich, als sie eintraten. »Guten Morgen, Ms. Holmes. Ich sehe, Sie haben gut geschlafen«, begrüßte er Lara.

Fuck! FUCK! FUCK! FUCK! Wieso merkte der Kerl das? Männer achteten doch nie auf Haare!

»Wunderbar, ich freue mich, wenn sich neue Gäste schon in der ersten Nacht wohl fühlen.«

»Kann ich das so schreiben, Mr. Canavan?« Lara wusste nicht, wie das aus ihr herausgekommen war. Aber jetzt war es zu spät. Warum nicht gleich noch ein passendes Gesicht dazu machen? Wenn schon untergehen, dann mit fliegenden Fahnen!

Nathan Canavan, schaute sie verdutzt an. »Sie reden nicht lang um den heißen Brei, was, Ms. Holmes?« Er schürzte die Lippen. »Das gefällt mir und zeigt, dass ich den richtigen Riecher hatte. Bitte, setzen Sie sich. Wir können uns unterhalten, während Sie essen. Ich wusste nicht, was Sie mögen, deshalb habe ich eine kleine Auswahl kommen lassen.«

Lara ließ den Blick über den Tisch wandern. Klein? Es gab Croissants, mehrere Sorten Müsli, Toast, Brötchen, Aufschnitt in Hülle und Fülle, Früchte, Pancakes, Marmeladen, Eier, Bacon – es sah aus, wie das Buffet in einem Fünf-Sterne-Haus. Jetzt tat es ihr doch leid, dass sie so zickig gewesen war. Sie hatte nun einmal verschlafen. Sie konnte froh sein, dass er nur so darauf reagiert hatte.

»Verzeihen Sie, Mr. Canavan. Ich habe tatsächlich sehr gut geschlafen, deshalb habe ich es nicht mehr geschafft, meine Haare zu machen. Ich werde das sofort nachholen. Es wird auch nicht wieder vorkommen. Ich bin sonst sehr pünktlich.«

Wieder schaute er verdutzt, dann lachte er plötzlich. »Ich meinte eigentlich, Sie sehen sehr erholt aus, Ms. Holmes.« Er schaute sie unverwandt an.

»Oh! Oh, natürlich!« Super, Lara! Du lässt kein Fettnäpfchen aus. Mach weiter so und du bist hier schneller wieder weg, als du bis drei zählen kannst. Die Stimme ihrer Mutter bahnte sich ihren Weg, präzise wie ein Skalpell: ›Eine Dame hält den Mund und lächelt, mein Kind!‹

Na ja, zumindest lächeln konnte sie jetzt noch. Sie tat es, setzte sich und kam sich dabei vor wie in der ersten Klasse, als sie voller Überzeugung eine Antwort gegeben, diese sich aber als völlig falsch herausgestellt hatte.

»Kaffee ist in der linken, Tee in der rechten Kanne«, erklärte Canavan und nahm ihr gegenüber Platz. Lara nahm Kaffee.

»Sie fragen sich sicher, warum Sie hier sind«, begann er und hatte damit tatsächlich nicht Unrecht. »Sie haben sicher schon gehört, dass ich ein sehr privater Mensch bin, der keine Interviews und auch sonst nicht viel von seinem Leben preisgibt.« Er beobachtete sie dabei, wartete aber keine Antwort ab. »Der Grund hierfür ist simpel. Ich vertraue Reportern nicht. Jeder von ihnen hat eine eigene Agenda und vertritt wiederum eine Zeitung, die ebenfalls eine Agenda hat.«

Lara nahm ein Croissant, obwohl ihr Magen immer noch wie zugeschnürt war, und pulte etwas von der Kruste ab. »Was lässt Sie denken, dass ich keine Agenda habe?«

Canavan grinste. »Das denke ich nicht«, antwortete er. »Doch Sie haben die richtige – zumindest, wenn Sie in Ihrer E-Mail nicht gelogen haben.«

Lara stopfte sich den Fetzen in den Mund. »Sie meinen, ein Semester frei zu bekommen?«

Canavan nickte. »Freiheit, Ms. Holmes. Darauf kommt es an.«

Lara schluckte. Sie war nicht sicher, ob sie verstand, worauf er hinaus wollte.

»Keine Sorge, Ms. Holmes. Im Prinzip ist es gar nicht wichtig, dass Sie verstehen, warum Sie hier sind, sondern, dass *ich* weiß, warum ich Sie geholt habe«, deutete er ihr Gesicht richtig. »Ich habe nicht die Absicht, Ihnen ein reines Interview zu geben.« Er hob beruhigen die Hand, als Laras Blick flackerte. »Natürlich werden wir sprechen, doch Ihre Hauptaufgabe wird sein, mich eine Woche lang zu begleiten. Eine Woche mein Leben zu teilen. Wenn Nathan Canavan schon an die Öffentlichkeit geht, dann soll es jemand machen, der weiß, wovon er schreibt.«

Lara nahm einen Schluck Kaffee. »Warum überhaupt an die Öffentlichkeit gehen? Sie sind doch bisher ganz gut ohne gefahren.«

»Gute Frage, Ms. Holmes«, lobte er sie.

Lara registrierte, dass sie sich durchaus mehr darüber freute, als sie erwartet hatte.

Canavan sah aus, als überlege er einen Moment. »Nun, das mag vielleicht so wirken«, gab er zu. »Dennoch«, erklärte er, »ist es an der Zeit, ein paar Dinge ans Licht zu bringen. Es ist nicht gut, wenn sich zu viele Geheimnisse um einen ranken.«

Für den Bruchteil einer Sekunde schien ein Schatten über sein Gesicht zu laufen. Es ging so schnell, dass Lara nicht sicher war, ob sie es sich vielleicht doch nur eingebildet hatte. Sie wurde auch sogleich von der Frage abgelenkt, die das Echo einer Bemerkung Canavans in ihr ausgelöst hatte.

»Sie sagten, es solle jemand machen, der weiß, wovon er schreibt ...« Sie stockte einen Moment, um all ihren Mut zusammenzunehmen. Das war die erste, wirklich persönliche Frage, die sie Nathan Canavan stellte, und sie hatte keine Ahnung, wie er darauf reagieren würde. »Gibt es nicht schon Personen in Ihren Kreisen, die Sie nicht erst eine Woche schulen müssen?«

Canavan lachte, aber nicht abfällig. »Ms. Holmes, das ist genau der Punkt. Ich möchte, dass jemand über mich schreibt, der weder mit mir noch mit diesen Kreisen je etwas zu tun hatte. Ich möchte jemanden mit einem unverstellten Blick auf die Dinge.«

»Woher wissen Sie, dass ich diesen Blick habe?«

»Ihre E-Mail hat das eindrücklich bewiesen. Ich kann Ihnen versichern, dass es in dieser Art von Gesellschaft nicht üblich ist, so an Personen heranzutreten.«

Lara atmete ein, brach ab, schwieg und lächelte.

»Das war frisch, natürlich, unverstellt«, summierte Canavan, und Lara musste wieder einmal einsehen, dass ihre Mutter ab und an ganz gute Ratschläge gab. Wenn nur dieser Tonfall nicht wäre! »Genau das, was ich will.«

Lara bemühte sich, ihre leichte Verlegenheit zu überspielen, was ihr auch halbwegs gelang. »Wie wollen Sie also vorgehen?«

»Wie gesagt, Sie werden eine Woche lang mein Leben teilen. Sie werden sozusagen ein Schwamm an meiner Seite sein, der alle Eindrücke aufsaugt, die sich ihm bieten werden.« Ein belustigter Zug umspielte seinen Mund. »Dieser Vergleich bezieht sich im Übrigen ausschließlich auf die Eigenschaften besagten Objekts, nicht auf seine Erscheinung – um eventuellen Missverständnissen vorzubeugen.«

Lara trank schnell eine Schluck Kaffee, in der Hoffnung, die Tasse würde ihr rotes Gesicht wenigstens etwas verbergen.

»Es gibt eigentlich nur drei Regeln«, fuhr Nathan Canavan fort. Lara horchte auf. »Erstens: Sie werden sich nicht in Business-Gespräche einmischen, es sei denn, Sie werden von mir oder einer anderen Person dazu aufgefordert. Wie Sie dann reagieren, bleibt Ihnen überlassen.«

»Das ist selbstverständlich, Mr. Canavan«, sagte Lara schnell. Sie war etwas überrascht, dass er es für nötig befand, diese Regel auszusprechen.

»Zweitens: Sie werden mit niemandem über Ihre wahre Aufgabe sprechen. Ich werde Sie im Geschäftskreis als meine neue persönliche Assistentin vorstellen. Der Öffentlichkeit gegenüber beantworte ich generell keine Fragen, daher werden auch Sie das nicht tun, egal, was Sie hören. Verstehen Sie mich, Ms. Holmes?« Er schaute sie aufmerksam an.

Lara nickte. »Ich hatte nicht vor, irgendetwas irgendjemandem gegenüber zu sagen.«, antwortete sie. »Allerdings weiß meine Freundin Bernadette, dass ich hier bin.«

Canavan zuckte mit den Schultern. »Das ist nicht weiter schlimm. Es werden bald eine Menge Leute wissen, dass Sie hier sind.« Etwas in Lara sagte ihr, dass sie gerade Worte gehört hatte, die mehr Informationen enthielten, als es zunächst den Anschein hatte, und sie vielleicht besser noch mal nachfragte. Doch Canavan sprach bereits weiter und sagte etwas, dass sie mehr beunruhigte als das dünne Stimmchen in ihrem Kopf oder Magen oder von wo auch immer es ihr halt zuwisperte. »Es ist nur wichtig, dass sie niemandem sagt, weshalb. Meinen Sie, Ihre Freundin bekommt das hin?«

»Natürlich«, antwortete Lara, nachdem sie genau so lange gewartet hatte, dass es nicht verräterisch schnell wirkte. »Sie würde mir niemals im Weg stehen wollen.« Nur leider trinkt sie gerne viel und hält dann ungefähr so dicht wie eine durchweichte Pappflasche! »Ich müsste ihr das allerdings noch schreiben.« Sie beherrschte sich, um nicht sofort fahrig nach ihrem Telefon zu greifen.

»Dann tun Sie das am besten gleich.« Er machte eine entsprechende Geste. »Es ist wohl nicht unbedingt Eile geboten, denke ich, aber bevor Sie es vergessen ...«

»Gut.« Laras Hand wanderte betont gelassen zum Telefon. Dabei lief ein interessantes, aber durchaus quälendes kleines Filmchen in ihrem Geiste ab. Es zeigte all die

Situationen, in denen sie nach Hause gekommen war, und Bernie am Telefon vorgefunden hatte, brühwarm Dinge erzählend, die Lara passiert waren. Nicht, weil sie lästerte oder dergleichen. Sie erzählte einfach, und dabei war es egal, um wen oder was es ging. Eine Situation triggerte die nächste, und dann wurde halt diese erzählt. Wenn man sie bat, über eine bestimmte Sache nicht zu reden, dann hielt sie sich auch daran. Aber sie musste es ausdrücklich gesagt bekommen – und nüchtern bleiben. Betrunken sprudelte es wieder aus ihr heraus wie aus einem durchsiebten Fass. Man konnte nur hoffen, dass sie das, was sie für sich behalten sollte, so tief in sich vergraben hatte, dass die Konversation beendet war, bevor es vom Sog erfasst wurde. In Anbetracht der Tatsache, dass Bernie ein unerschöpfliches Repertoire an Geschichten in sich trug und aufgrund ihres Trainings eine erhebliche Weile brauchte, bis sie den Pegel des Schottbruchs erreicht hatte, gab es allerdings eine reelle Chance, dass alles gut lief. Doch, wie gesagt, sie musste erst einmal wissen, dass sie darüber zu schweigen hatte.

Lara aktivierte das Telefon, das Display leuchtete auf und zeigte eine Nachricht von Bernie: Oh, du bist so gemein! Aber: Ich freue mich für dich, mein Schatz! Warte, bis ich das morgen Hannah zeige! Die rastet aus! :D

Laras Herz setzte aus. Erst, als sie sah, dass die Nachricht um drei Uhr Nachts gesendet worden war, begann es wieder zu schlagen – wenn auch eher einem Kammerflimmern gleich. Bernie war unter Garantie noch nicht wach.

Bernie! Bitte! Tu das nicht! Dann will sie nur wissen, warum ich hier bin, und das darf keiner wissen! Bernie! Versprich mir, dass du keinem sagst, dass ich hier bin und vor allem: WARUM! Ich verlasse mich auf dich! Lara xxx!

»So, erledigt«, verkündete sie sachlich, wunderte sich, wie gut ihr das gelang, und steckte das Telefon weg. Es hatte – hoffentlich – eh keinen Sinn, auf eine Antwort zu warten.

»Sehr schön«, befand Canavan. »Dann kommen wir zu der dritten Regel.« Er veränderte die Position etwas. »Es ist wichtig, dass wir in Gesellschaft eine gewisse Vertrautheit an den Tag legen. Gewisse Dinge werden Ihnen sonst verschlossen bleiben, um die es mir aber geht. Das bedeutet auch, dass wir uns bei den Vornamen nennen. Aber eben nicht nur. Sie müssen wissen, wie ich meinen Kaffee nehme, wann ich ihn gerne hätte und sich generell selbstverständlich in meiner Nähe bewegen. Ich schlage aus diesem Grund vor, dass Sie dieses Verhalten auch beibehalten, wenn wir allein sind. Ich weiß, Nähe kann man nicht erzwingen. Doch es wäre gut, wenn Sie nach und nach Ihre Scheu vor mir ablegen könnten und sich als Teil des Teams begreifen.«

»Das klingt schön«, antwortete Lara, bevor ihr es richtig bewusst wurde. »Danke.«

»Gut, dann machen wir jetzt einen Anfang: Ich bin Nathan.«

Punkt für dich, Bernie!

»Habe ich etwas Amüsantes gesagt«, fragte Nathan etwas unsicher, und erst jetzt wurde Lara klar, dass ein Schmunzeln auf ihre Züge getreten war.

»Oh! Nein! Nein, ich … habe mich nur gefreut. Ich bin Lara.« Sie lächelte tapfer.

»Ein schöner Name«, befand Nathan. Lara schluckte unmerklich. »Also, Lara. Ich nehme meinen Kaffee grundsätzlich schwarz. Sobald du siehst, dass meine Tasse leer ist, schüttest du nach. Keine Sorge, manchmal tue ich es auch selbst. Du bist nicht meine Dienerin. Aber es wirkt gut nach außen.« Er wartete, bis Lara es sich notiert hatte. »Der Job einer PA ist natürlich auch die Terminplanung. Somit werde ich dich vor oder nach Meetings fragen, ob dieser oder jener Termin schon steht, ob bestimmte Personen sich schon gemeldet haben. All das Zeug. Du wirst für die Zeiten, in denen wir unterwegs sind, meinen Terminkalender bekommen. Warum ein altmodisches Ding aus Papier und Leder? Weil ihm nicht der Saft ausgehen kann. Weil es nicht unbrauchbar wird, wenn es auf einen Steinboden fällt. Außerdem habe ich noch nie ein Stück Papier gesehen, von dem sich etwas von selbst gelöscht hat.« Sein Kopf machte eine Bewegung in Richtung Laras Block. »Ich sehe, wir haben diesbezüglich ähnliche Ansichten«, freute er sich. »Du wirst mein Telefon bekommen und während den Besprechungen draußen sämtliche Anrufe entgegennehmen, Termine vergeben und Anliegen notieren. Zwischen den Meetings wirst du mich dann über die Einzelheiten informieren. Um Punkt 14 Uhr esse ich Lunch. Um den wirst du dich kümmern müssen. Montags bitte ein Tunfisch-Sandwich aus Marco's Deli. Die befindet sich gleich neben meinem Firmengebäude. Sollten wir uns terminlich bedingt um diese Zeit außerhalb einer akzeptablen Distanz zu ihr befinden, holst du das Sandwich bitte schon am Morgen. Dienstags fällt ein Meeting mit den Vorstandsmitgliedern einer Charity-Organisation, die ich ins Leben gerufen habe, in diese Zeit. Tamako's liefert dafür um 13:30 Sushi. Dein Aufgabe wird sein, die Bestellung in Empfang zu nehmen und die beschrifteten Menüs den jeweiligen Platzkärtchen zuzuteilen. Mittwochs nehme ich einen Tomate-Mozzarella-Bagel zum Mittag, erhältlich ebenfalls in Marco's Deli. Donnerstags Spaghetti mit Trüffel-Öl, zu finden bei La Perla. Freitags einen Salat mit Putenstreifen und Samstags einen Wrap, alles aus Marco's Deli. Natürlich wirst du mir in den Mantel oder in das Jackett helfen und ganz wichtig: Es muss immer eine Flasche Wasser und eine frische Schwertlilie auf meinem Schreibtisch stehen. Noch Fragen?«

Lara setzte ihren Stift ab und drehte ihn unschlüssig zwischen Daumen und Zeigefinger. Sie kämpfte einen Moment mit sich. Lächeln und schweigen, Lara! Lächeln und ... »Was ist aus ›du bist nicht meine Dienerin‹ geworden? Versteh mich bitte nicht falsch, aber ... wie soll ich etwas über dich schreiben, wenn ich die meiste Zeit am Telefon hänge oder dir dein Essen organisiere?«

›Kind!‹, kreischte ihre Mutter entsetzt. ›So kannst du doch nicht mit deinem Chef reden! Du musst lernen, dich unterzuordnen! Wie willst du es je zu etwas bringen, wenn ...‹

»Sehr gut, Lara.«

Nathans unerwartete Reaktion brachte die zeternde Stimme sofort zum Schweigen. Auch wenn sie es sich nur vorstellte: Das Gesicht ihrer Mutter dabei erfüllte Lara mit größter Genugtuung.

»Du hast soeben den finalen Test bestanden. Verzeih, aber es passiert leider viel zu oft, dass Menschen in meiner Gegenwart ihre eigentliche Aufgabe vergessen oder unterordnen, nur, um es mir recht zu machen.« Er schüttelte den Kopf. »Natürlich wirst du keines dieser Dinge tun! Deine Zeit an meiner Seite ist viel zu wertvoll, als dass ich dich sie mit Botengängen verschwenden lassen würde. Die letzte Regel lautet: Bitte sei ehrlich zu mir! Den Rest nach ›Ich werde dich als meine neue persönliche Assistentin vorstellen‹ kannst du getrost vergessen. Alles klar?«

Lara nickte. Gott, sie war so erleichtert. Und stolz! Sie war sie selbst geblieben, hatte sich nicht verstellt und hatte Erfolg damit gehabt! Ein diabolisches Grinsen trat auf ihr Gesicht, als sie an die nächste Begegnung mit ihrer Mutter dachte.

»Ähm, Lara ...«

Sie schaute auf und blickte in Nathans besorgtes Gesicht.

»Dein ... ähm Grinsen ... Du machst mir Angst.« Er lächelte unsicher.

Erst verstand sie nicht, doch dann begriff sie, wie es wirken musste, nach seiner Bitte um Ehrlichkeit, und erschrak. »Nein!«, rief sie. »Ich habe nur gerade an jemanden denken müssen, der mit dieser Wendung niemals gerechnet hätte.« Sie strahlte ihn an, um jeglichen Verdacht auf böse Absichten im Keim zu ersticken.

Nathan atmete auf. »Diese Person tut mir jetzt schon leid«, lachte er.

Lara warf ihm einen finsteren Blick zu. »Das muss sie nicht, glaub mir«, grollte sie, was dazu führte, dass sich Nathans Lachen noch verstärkte.

»Ich glaube dir, ich glaube dir«, rief er ergeben.

Laras Appetit kehrte mit einem Schlag zurück. Sie biss herzhaft in das Croissant. »Schön!« Sie kaute zufrieden.

»Gut, dann hätten wir ja alles geklärt. Wenn du fertig bist, brechen wir auf.«

Lara stopfte sich den Rest in den Mund und stand auf. »Kann losgehen!«

Nathan grinste, wurde aber plötzlich wieder ernst. »Ach, eins noch, Lara.«

Oh nein! Du hast es übertrieben! Warum musst du auch immer noch einen draufsetzen?! Ihr Körper spannte sich in Erwartung des Einschlags.

»Die Sache mit dem Kaffee«, begann Nathan, brach ab und suchte nach Worten.

»Ja?« *Zu zaghaft, Lara! Zu zaghaft!*

»Mir passiert es, dass ich in Diskussionen die Tasse ansetze und dann erst bemerke, dass sie leer ist. Das wirkt dann immer so ungeschickt. Wäre es zu viel verlangt, wenn ...«

»Kein Ding«, versicherte ihm Lara erlöst.

»Danke«, sagte Nathan und klang dabei so um Würde bemüht, dass Lara nur schwer ein Glucksen unterdrücken konnte. Was hatte sie sich nur für Sorgen gemacht? Nathan war wundervoll!

Draußen erwartete sie Benson mit geöffnetem Wagenschlag. »Guten Morgen, Sir«, begrüßte er Nathan.

»Dasselbe für Sie, Benson«, erwiderte Nathan gut gelaunt und verschwand in der Limousine.

Lara atmete tief ein und genoss die frische Luft. Es duftete nach feuchtem Gras, Bäumen und den ersten Blumen in diesem Jahr. Der Himmel versprach einen herrlichen Tag.

»Guten Morgen, Benson«, rief sie fröhlich.

»Guten Morgen, Ms. Holmes. Es freut mich, Sie solch guten Mutes anzutreffen, wenn Sie mir diese Bemerkung gestatten«, sagte er gediegen.

»Und mich erst, Benson«, antwortete Lara, seinen Tonfall imitierend »Vielen Dank.«

Bensons herrschaftliche Miene überflog ein gutmütiges Lächeln, dann schloss er die Tür.

Nathan hatte bereits seinen Laptop auf dem Schoß, als sie sich neben ihm niederließ. Er wirkte ganz anders als noch vor einer Minute. Die jungenhafte Leichtigkeit war einer seriösen und konzentrierten Business-Aura gewichen. Fasziniert beobachtete Lara ihn und fühlte sich selbst auch gleich viel wichtiger. Sein Aftershave wehte zu ihr herüber – jung, dynamisch, frisch, mit einer leicht holzigen Note, die Autorität und Substanz signalisierte. Unwillkürlich fragte sich Lara, ob er es ganz bewusst gewählt hatte, um genau diese Wirkung zu erzielen.

»Börsenkurse«, erklärte Nathan entschuldigend. Offenbar hatte er ihren Blick missverstanden.

Lara ergriff die Chance. »Beginnt dein Tag immer so?«

»Mein Tag beginnt um fünf«, antwortete Nathan, ohne den Blick vom Bildschirm zu nehmen. »Nach einer Stunde Fitness frühstücke ich. Dann gehe ich die Termine und Aufgaben des Tages durch, erledige Schriftverkehr, den ich nicht auf meine Sekretärin in der Firma abwälzen kann, telefoniere mit Tokio, Shanghai, Singapur, Hongkong und Sydney und informiere mich über die Asiengeschäfte. Gerade haben Frankfurt und Amsterdam geöffnet.«

Mehr war nicht aus ihm herauszubekommen. Den Rest der Fahrt verbrachte er damit, zu studieren, was auch immer über den Bildschirm vor ihm flimmerte. Lara versuchte, in seinem Gesicht zu lesen, ob es sich um gute oder schlechte Neuigkeiten handelte, doch es war vergebens. Wenn er etwas fühlte, verbarg er es hinter einer Maske der analytischen Professionalität.

Um zehn vor neun erreichten sie das Canavan-Building. Lara hatte es schon oft gesehen, doch jetzt, aus dem

Fenster dieses Wagens, wirkte es noch viel imposanter. Es war ein gigantischer Glaspalast. Er glitzerte wie ein überdimensionierter Diamantsplitter, der durch die Macht des Kapitals aus dem Boden gepresst worden war.

Hey, Lara, das war gut! Schreib es auf!

Sie wollte gerade den Satz zu Papier bringen, als ihr die Menschenmenge vor der Einfahrt der Tiefgarage auffiel. Sicherheitsleute drängten sie zurück. Fast alle hatten Kameras gezückt. Für Nathan schien das ganz normal zu sein, denn er kümmerte sich nicht darum. Ein Reporter schaute plötzlich erstaunt und deutete aufgeregt auf Laras Fenster. Dann waren sie auch schon vorbei.

Der Wagen fuhr eine Rampe hinab, passierte eine Schleuse, die sich hinter ihm wieder schloss, und kam vor einer Frau um die Dreißig zum Stehen, die ein paar Papiere in der Hand hielt. Nathan klappte den Computer zu, und sofort war sein Gesicht die Freundlichkeit selbst.

»Guten Morgen, Rhonda«, begrüßte er sie, als sie ihm die Tür öffnete. »Ein schöner Tag heute, nicht wahr?«

»Guten Morgen, Nathan«, flötete sie zurück. »In der Tat. Hier sind die Protokolle der letzten Sitzung. Die Herrschaften befinden sich bereits in Konferenzraum A.« Plötzlich flackerte ihr Blick etwas, als er Lara erfasste. Lara rechnete irgendwie damit, dass Nathan sie vorstellen würde, doch er tat nichts dergleichen.

»Danke«, sagte er nur, dann nahm er Kurs auf eine Fahrstuhltür.

»Ist Jack schon eingetroffen«, erkundigte sich Nathan, nachdem die Frau, einen Schlüssel in ein Paneel gesteckt und gedreht hatte, und der Fahrstuhl sich mit einer atemberaubenden Geschwindigkeit nach oben bewegte.

»Er wartet in deinem Büro«, antwortete die Frau. Lara sah, dass sie sie dabei aus den Augenwinkeln taxierte.

»Gut.«

Ob Nathan den Blick der Frau mitbekommen hatte, konnte Lara nicht sagen. Wenn, dann ignorierte er ihn geflissentlich.

Die Frau lächelte süßlich. »Ich bin im Konferenzraum, wenn du mich brauchst«, sagte sie, als die Türen sich öffneten, blieb aber stehen.

»Sicher, danke Rhonda«, antwortete Nathan. Die Frau lächelte noch süßlicher.

»Gern, jederzeit«, sagte sie und verließ den Fahrstuhl.

»Ich glaube, sie wollte wissen, wer ich bin«, bemerkte Lara, als sie ebenfalls hinaustraten.

Nathan nickte. »Das ist richtig«, sagte er nur.

Erst jetzt fiel Lara auf, dass sie nicht in einem Flur angekommen waren, sondern in einem lichtdurchfluteten Büro. Auf einer Sitzgruppe saß ein Mann mit einem Grinsen, das Lara an einen Haifisch erinnerte. Er war ungefähr so alt wie Canavan, wirkte aber längst nicht so charismatisch. Als er sich erhob und auf sie zukam, sah Lara, dass er nicht nur wie ein Hai grinste, er bewegte sich auch so: langsam, flüssig und irgendwie lauernd.

»Hey Nathan«, rief er noch im Gehen. »Bist du bereit, sie auseinanderzunehmen?«

»Ich denke, das überlasse ich dir, Jack«, gab Nathan zurück. »Du hast da wesentlich mehr Freude dran als ich.«

»Stimmt! D*u* liebst es, mir dabei zuzuschauen.« Sein Grinsen bekam etwas Öliges, als er Lara erblickte. »Und du hast gleich noch jemanden mitgebracht zur Cisko-Show! Mit wem habe ich das Vergnügen?«

»Jack, darf ich dir Lara Holmes vorstellen? Sie ist meine neue persönliche Assistentin. Lara, das ist Jack Cisko, mein Anwalt und Chef der Rechtsabteilung von Canavan Enterprises.«

Etwas in Jacks Gesicht veränderte sich. »Ach, ja? Wieso weiß ich davon nichts?«

»Ich glaube, den Hinweis findest du in der Bezeichnung ›persönlich‹, Jack.« Nathan grinste, doch Lara konnte sich des Gefühls nicht erwehren, dass es eine Warnung war.

Jacks Haifisch-Lächeln sah aus, als hätte er gerade die Gewässer der Antarktis durchschwommen. Dann wurde es breiter. »Aaahh, du Fuchs!«

»Jack ...«

»Nein, schon klar!« Er reichte Lara die Hand. »Angenehm. Na dann, fröhliches Assistieren!« Er wandte sich wieder Nathan zu. »Können wir? Ich bin in genau der richtigen Stimmung!«

Nathan nickte. »Fass, Jack!«

Jack schlug klatschend die Hände zusammen, und sie verließen das Büro.

Lara folgte den beiden Männern mit einem kleinen Abstand. Im Gegensatz zu Blackwater Manor, das nur Pluspunkte gesammelt hatte, konnte dieser Ort bis jetzt nicht sehr viel auf der Habenseite verbuchen. Zwei Begegnungen und zweimal waren sie ziemlich ... ›bizarr‹, notierte sie sich. Das Wort war einfach erschienen. Ob es wirklich passte, konnte sie noch nicht sagen, aber sie war froh, dass sie überhaupt ein Wort fand für die Eindrücke, die dieses Gebäude und die Menschen in ihm hinterließen. Sie fragte sich, ob sie etwas hätte sagen sollen. Besonders zu dieser merkwürdigen Reaktion auf sie. ›Na dann, fröhliches Assistieren ...‹ Entweder der Typ wollte witzig sein oder er war einfach ein Arschloch. Richtig zu fassen war er jedenfalls nicht. Aber er war Anwalt. Wahrscheinlich gehörte das zu den Kerneigenschaften dieser Berufsgruppe, arschlöchrige Andeutungen in harmlose Bemerkungen zu verpacken. Irgendwie erinnerte er sie an Bernie. Vielleicht sollte sie die beiden mal ...

Die Tür zum Konferenzraum schwang auf, und Laras Aufmerksamkeit wurde hineingezogen. Männer, die meisten mindestens zehn Jahre älter als Nathan und sein Haifisch, in den verschiedensten Anthrazit- und Grautönen gekleidet, standen herum und unterhielten sich gedämpft. Kaum hatte Rhonda ihn erblickt, kam sie auch schon auf Nathan zu.

»Es ist alles vorbereitet«, zirpte sie mit ihrem Plastik-Lächeln, das in Lara unwillkürlich die Frage auslöste, ob eine Botox-Spritze das Ziel verfehlt hatte. »Allerdings hätten wir einen Stuhl zu wenig«, fügte sie hinzu, schaute demonstrativ fragend auf Lara und wieder zurück.

Nathan lächelte ebenfalls. »Ach ja, richtig. Hol doch bitte noch einen, sei so gut.«

Rhondas Miene blieb standhaft, jedoch verriet eine winzige Pause vor ihrer Antwort, dass sie mit dieser Anweisung nicht gerechnet hatte. »Aber natürlich doch«, sagte sie dann butterweich und begab sich zur Tür. Lara ertappte sich dabei, wie sie den Boden nach einer Schleimspur absuchte. Kurz darauf erschien Rhonda wieder.

»Dorthin, bitte«, wies Nathan sie beiläufig über die Schultern an und deutete neben den Stuhl vor Kopf, der offensichtlich ihm gehörte. Rhondas Augen wurden eisig, doch sie tat wie ihr geheißen.

»Meine Herren, bitte setzen Sie sich«, rief Nathan in den Raum. Während die Angesprochenen ihre Gespräche beendeten und sich an den Tisch begaben, nahmen auch er, Jack und Lara Platz. Lara registrierte mit einer gewissen Genugtuung, dass Rhonda sich auf den Stuhl setzte, der vormals neben dem von Nathan gestanden hatte, und sogleich so tat, als studiere sie Akten. Es wurde still, und eine merkwürdig kühle Atmosphäre breitete sich aus.

»Ich danke Ihnen, dass Sie alle erschienen sind«, begann Nathan.

»Als ob wir eine Wahl gehabt hätten, Canavan!«, rief ein jüngerer Mann ungehalten dazwischen und funkelte Nathan feindselig an. Er saß neben einem älteren Herren mit eisgrauen, leicht gewellten Haaren und der Aura eines Senators. Dieser legte ihm die Hand auf den Arm.

»Verzeihen Sie meinem Sohn«, sagte er ruhig. »Es ist nicht leicht für ihn.«

Nathan nickte, doch der Jüngere ließ sich nicht beeindrucken. »Nicht leicht für *mich*?«, empörte er sich. Er schüttelte ungläubig den Kopf. »Es ist dein Lebenswerk! Seit Monaten sehe ich, wie du Nacht für Nacht ...«

»David!«, erhob der Ältere mahnend die Stimme. »Genug!«

David starrte ihn einen Moment lang fassungslos an, dann presste er die Lippen aufeinander und schaute vor sich auf die Papiere.

Der Ältere wandte sich wieder an Nathan: »Bitte, Mr. Canavan, fahren Sie fort.«

»Mr. Canavan hat es nicht nötig, sich hier irgendwelchen Anfeindungen auszusetzen«, meldete sich der Haifisch stattdessen zu Wort. »Überspringen wir also die Förmlichkeiten und machen es kurz. Zur Zeit liegt die Aktie von Buchanan-Industries bei vierundzwanzig Pfund – das haben Sie übrigens ganz alleine geschafft, wie ich anmerken möchte.« Lara sah, wie Davids Gesicht zuckte, doch er sagte nichts. »Mr. Canavans großzügiges Angebot lautet: dreißig Pfund pro Aktie für die Mehrheit, die Sie halten. Bedingung ist, dass Sie nach dem Verkauf sämtliche Funktionen innerhalb des Unternehmens mit sofortiger Wirkung niederlegen.«

Jetzt konnte sich David nicht mehr beherrschen. »Dreißig Pfund? Das ist ein Witz! Die Aktie ist mindestens das Dreifache wert! Und das wissen Sie genau!«

»Die Börse sagt da etwas anderes, David«, gab Jack süffisant zurück.

»Ja«, ereiferte sich der Jüngere. »Nachdem bewusst Gerüchte gestreut wurden, dass wir eine Gewinnwarnung herausgeben müssten.«

»Abgesehen davon, dass es jetzt ja tatsächlich danach aussieht, was haben wir damit zu tun?«

»Oh, ganz bestimmt nichts«, ätzte David.

»Das ist richtig, David«, gab Jack grinsend zurück.

»Tatsache ist, dass wir mit der Regierung in Verhandlung stehen, den Auftrag für das größte Ökogas-Kraftwerk in der Geschichte des Landes zu erhalten!«

Jack lachte. »Das mag sein. Sie können gerne warten, ob sie erfolgreich verlaufen. Aber Sie wissen ja, wie das mit der Regierung ist. Politische Mühlen mahlen langsam, und Sie brauchen Geld. Geld, das Sie durch die Übernahme erhalten würden.«

»Was nützt uns das Geld, wenn Sie danach die Firma zerschlagen und Stück für Stück verkaufen?«

»Ihr Vater könnte einen ruhigen und verdient angenehmen Lebensabend bestreiten«, gab Jack ruhig zurück. Dann wandte er sich an den Älteren, noch bevor David etwas sagen konnte. »Das Angebot gilt bis Freitag dieser Woche. Sollten Sie es ausschlagen, werden wir verkünden, dass wir bereit sind, jede Aktie zu zwei Pfund höher anzukaufen als die Börsennotierung und eine Sperrminorität anstreben. Etwas, das dem Kurs nicht unbedingt guttun wird, da bin ich sicher.«

Der alte Buchanan nickte. »Wir werden darüber nachdenken«, gab er zurück. Lara sah, wie David seinen Kugelschreiber auf den Tisch schleuderte. Er tat ihr fast leid.

»Gut«, sagte Nathan, der die ganze Zeit über völlig ruhig das Geschehen verfolgt hatte. »Dann verbleiben wir so und sehen uns am Freitag zur selben Zeit wieder. Ich danke Ihnen, meine Herren.« Damit erhob er sich.

Zurück in Nathans Büro ließ Jack sich in das Ledersofa fallen. »Cisko: 1, Buchanan: 0«, verkündete er mit gebleckten Zähnen. Rhonda, die ebenfalls mitgekommen war, lachte übertrieben.

Nathan nicht. »Wann wolltest du mir von dem Auftrag erzählen«, fragte er, während er scheinbar unbeteiligt in ein paar Notizen blätterte, die auf seinem Schreibtisch lagen.

»Nathy-Boy!«, rief Jack mit einem Gesicht, als hätte ihn Nathan gerade des Fremdgehens bezichtigt. »Das habe ich gerade zum ersten Mal gehört! Du glaubst doch nicht, dass ich dir so etwas vorenthalte! Aber da sieht man mal wieder, was für ein großartiges schauspielerisches Talent ich habe! Ich war die Ruhe selbst!« Er breitete lässig die Arme über die Rückenlehne. »Aber was kümmert es dich? Da er so blöd war, uns davon zu erzählen, ist die Sache morgen – spätestens übermorgen – erledigt. Ich kümmere mich darum, vertrau mir!« Dies sagte er mit einer Miene, der Lara nie im Leben vertraut hätte. Nathan schien das jedoch anders zu sehen.

»Immer, Jack«, sagte er.

»Also, einen größeren Gefallen hätte uns David Buchanan nicht tun können. Du hast ihn wunderbar aus der Reserve gelockt, Jack«, ließ Rhonda verlauten.

»Danke, Herzchen. Gewusst wie«, gab Jack zurück und formte die rechte Hand zu einer angedeuteten Pistole. »Aber auch ich muss zugeben, dass es keine große Kunst war, bei der Nervosität.«

Rhonda kicherte. »Nathan, was hältst du von einem frühen Lunch? Wir könnten noch einige Details besprechen«, fragte sie dann, und Lara sah einen imaginären Schwarm Fliegen über das Zuckersirup herfallen, das aus ihren Mundwinkeln troff.

»Ich denke, das hat Zeit, bis ich wieder da bin, Rhonda«, gab Nathan freundlich zurück.

Lara sah, wie Rhonda schluckte, doch ihr Gesicht lächelte weiter. »Ganz, wie du willst. Ich sehe dich dann später.« Sie machte auf dem Hacken kehrt. »Wirklich, ganz toll gemacht, Jack«, rief sie diesem im Vorbeigehen zu, während ihre Hand über seine Schulter strich.

»Ja, nicht wahr?«, gab dieser selbstzufrieden zurück, dann war sie aus der Tür.

Lara ertappte sich dabei, wie sie aufatmete.

»Gut, ich denke, ich habe noch genug zu tun. Wenn ihr mich also entschuldigt?«, verkündete Jack und erhob sich.

»Das denke ich auch«, erwiderter Nathan. Nichts an seiner Stimme war feindselig oder verärgert gewesen, dennoch veranlasste diese Bemerkung Jack dazu, noch einmal stehenzubleiben.

»Ich kümmere mich darum, Nathan«, sagte er ernst. Dann ging auch er.

»Nun?«, fragte Nathan, als die Tür ins Schloss gefallen war.

Lara schaute ihn unsicher an.

»Was sagst du?«, wurde er deutlicher, als sie keine weitere Reaktion zeigte.

Lara spürte, wie ihr Gesicht zuckte. Ihre Gedanken wirbelten durcheinander, und sie konnte kein brauchbares Wort fassen. »Ähm …«, setzte sie an, um die Zeit zu überbrücken.

»Ja«, antwortete Nathan, noch bevor sie irgendetwas anderes von sich geben konnte. »Das sehe ich auch so.«

Ein Glucksen bahnte sich seinen Weg in Laras Kehle, doch kurz bevor es nach außen drang, sah sie, dass in Nathans Gesicht nicht das geringste Zeichen von Belustigung zu finden war. Hastig versuchte sie, es herunterzuschlucken, erwischte es nur noch halb, und es erblickte als eine Mischung aus Husten und Aufstoßen das Licht der Welt. Prost, Lara ...

»'tschuldigung«, murmelte sie verlegen, aber Nathan schien es nicht wahrgenommen zu haben. Er unterzeichnete ein Papier auf seinem Schreibtisch, dann zog er sein Jackett gerade und machte eine ausladende Geste zur Tür. »Lunch?«

»Gern«, antwortete Lara schnell.

Sie verließen das Canavan-Building durch einen kleinen Seiteneingang. Während des ganzen Weges suchte Lara angestrengt nach etwas, über das sie sich mit Nathan unterhalten konnte, doch ihr wollte partout nichts einfallen. Das Meeting hatte ein merkwürdiges Gefühl bei ihr hinterlassen, doch sie traute sich nicht, es anzusprechen. Im Prinzip konnte sie nicht einmal für sich in Worte fassen, was genau sie fühlte. Wie auch! Diese Rhonda geisterte ihr immer noch im Kopf herum. Und es nervte sie! Warum beschäftigte sich ihr Kopf mit dieser Person? Sie konnte ihr doch völlig egal sein! Aber sie hatte Lara nicht einmal hallo gesagt, geschweige denn sich ihr vorgestellt. Lara hasste so etwas. Diese kleinen, fiesen Gesten, die einem zeigen sollten, wo man in der Hierarchie stand, obwohl man noch gar keine Anstalten gemacht hatte, sich irgendwo einzuordnen.

»Aaaaaah, Miestär Cänävääään, sähr ssöne, Siä zu sähän. 'eute sssone so frühe?«, riss sie eine Stimme aus den Gedanken, als sie Marco's Deli betraten. Ein kleiner Mann, schlank, mit einem schwarzen Schnäuzer und ebenso schwarzem, krausem Haar, kam auf sie zu. Er trug eine karierte Schürze und wedelte mit einem ebenfalls karierten Handtuch. »Unte was 'abe Ssie für eine wundärvollä Begleitunge!«, fügte er hinzu und reichte Lara die Hand. »Ciao, bella, isse binne Marco, willkomme inne meine Deli!« Er führte Laras Hand an seine Lippen und deutete einen Handkuss an.

Lara strahlte. Nach den Erlebnissen bei Canavan Enterprises kam ihr diese Begrüßung gerade recht. »Piacere!

Sono Lara. Da dove vieni? Sicilia? Calabria? Io amo l'Italia. Ero spesso lì quando ero una bambina« Etwas in Marcos Gigolo-Blick flackerte plötzlich, und Lara sah aus den Augenwinkeln, wie Nathan nur mit Mühe ein Lachen unterdrückte.

»Was?«, fragte sie unsicher. »Habe ich das falsch gesagt?«

Marco kratzte sich verlegen am Kopf. »Das könnte ich beim besten Willen nicht sagen«, antwortete er. »Ich bin hier geboren und spreche kein einziges Wort Italienisch.« Er zuckte mit den Achseln. »Aber die Leute erwarten, dass der Besitzer eines italienischen Delikatessen-Geschäftes ssso spriste.« Er grinste schuldbewusst. Seine ganze Haltung hatte sich verändert. Er wirkte jetzt plötzlich gar nicht mehr so italienisch.

»Für mich bitte das Übliche und … Lara, was möchtest du?«, fragte Nathan schmunzelnd.

»Prosciutto mit Melone, wenn möglich, und einen frisch gepressten Organgensaft«, bestellte Lara schafig, immer noch ein wenig verwirrt von der Verwandlung, die sich vor ihren Augen abgespielt hatte. Und sie vollzog sich ein zweites Mal.

»Gar keine Probläme!«, rief Marco, und automatisch nahm sein Körper wieder eine südländische Geschmeidigkeit an. »Is musse inna der Rolle bleibe«, fügte er mit einem Zwinkern hinzu.

Nathan begab sich nach draußen und ließ sich an einem der dort aufgestellten Tisch nieder.

Lara setzte sich zu ihm und legte ihre Mappe vor sich. Irgendwie hoffte sie, dass Nathan etwas sagen würde, doch er saß nur da und schien den Verkehr zu beobachten.

›Komm schon, Lara, wer was will, muss ran!‹, zirpte Bernie in ihrem Kopf. Da diese selbst in Laras Gedanken unglaublich beharrlich sein konnte, und sie überhaupt keine Lust hatte, sich jetzt mit ihr auf eine endlose Diskussion einzulassen, nahm sie all ihren Mut zusammen. »Kann ich dich was fragen?«

»Eher nicht«, gab Nathan zurück.

»Okay«, flötete Lara so unbeschwert sie nur konnte, während sie sich fühlte, als hätte Marco versehentlich ihren Magen in die Saftpresse getan, anstelle der georderten Orangen. Sie suchte nach Anzeichen, ob Nathan in irgendeiner Weise verärgert war, konnte jedoch keine finden. Er saß da und genoss die Sonne auf seinem Gesicht.

»Erzähl mir lieber was von dir.«

Lara schluckte. »Von mir?«, stammelte sie überrascht. Das war aber nicht der Deal, Mr. Canavan! Warum wollen Sie denn was von **mir** wissen? Was könnte **ich** Ihnen denn schon Interessantes erzählen?

Sie registrierte, dass sie Nathan in ihren Gedanken wieder als ›Mr. Canavan‹ angesprochen hatte.

›Das ist so Textbuch‹, kommentierte Bernie mit rollenden Augen. Gerade, als Lara ihr antworten wollte, rettete sie die Stimme ihres Professors: ›Ms. Holmes, die Kunst des Interviews besteht darin, den Partner dahin zu bekommen, dass er sich wohl fühlt und bereit ist, sich zu öffnen. Erreichen kann man dies, indem man sich zunächst ihm gegenüber öffnet. Somit ist die Grundlage für ein Gespräch gegeben, aus dem alles Weitere erwachsen kann.‹ Sie sah sein freundliches, graubärtiges Gesicht vor sich, die runde Brille auf der Nasenspitze, die wachen Augen verschmitzt darüber blickend. Das gab ihr Mut. Sie straffte sich.

»Gibt es irgendwas, das dich besonders interessiert?«

Nathan schaute gedankenverloren auf die Straße. Sein Blick bekam etwas Versonnenes. »Erzähl mir vom Studentenleben.«

»Oh«, machte Lara. Ihr Herz sank. Ausgerechnet! »Da … da gibt es eigentlich nicht so viel zu erzählen«, musste sie zugeben. »Ich bin nicht wirklich ein typischer Student. Ich gehe selten auf Partys oder so.«

Nathan schüttelte den Kopf. »Das ist nicht wichtig. Erzähl einfach.«

»Okay.« Lara nickte. »Also, ich stehe meistens so gegen acht oder neun auf. Bernie, meine Mitbewohnerin und beste Freundin, schläft dann in der Regel noch. Manchmal kommt sie auch erst um diese Zeit nach Hause, dann Frühstücken wir zusammen, und sie erzählt mir, was sie die Nacht über erlebt hat.« Sie musste glucksen, als ihr die aberwitzigen Storys einfielen, die sie schon gehört hatte. Marco brachte das Essen und verschwand. Sie nahm etwas von ihrer Melone, dann fuhr sie fort: »Dann fahre ich mit der Bahn zur Uni. Ich bin meistens eine halbe Stunde zu früh, damit ich noch einen Platz bekomme. Die Zeit überbrücke ich dann mit lernen. Nach den Vorlesungen oder Seminaren hole ich mir in der Cafeteria einen

Latte Macchiato. Wenn schönes Wetter ist, setze ich mich unter die alte Linde im Court Yard. Ich liebe diesen Ort. Man fühlt sich isoliert und doch mitten im Geschehen. Oft lerne ich, aber manchmal beobachte ich auch einfach nur die anderen um mich herum. Es ist so schön dort, wenn die Sonne durch die Blätter scheint. Um einen herum springen Eichhörnchen, Paare genießen ihre Zeit zusammen, andere lernen, wie ich es tue. Es ist ein Ruhepol. Manchmal habe ich danach noch weitere Vorlesungen, an anderen Tagen bleibe ich einfach, um die Atmosphäre noch ein wenig zu genießen.«

»Hört sich unbeschwert an«, murmelte Nathan und biss in sein Sandwich.

»Na ja, vergiss nicht, die Uni sitzt mir immer im Nacken. Ich will gut sein. Ich will die Beste sein. Oft habe ich schon die Themen der nächsten Vorlesung im Kopf und ...« Sie sah, wie Nathan milde lächelte, und plötzlich kam sie sich ziemlich dumm vor. Erst heute Morgen hatte sie gehört, wie er den Tag begann, hatte miterlebt, was ihn in der Firma erwartete. Verschämt stopfte sie sich etwas von dem Schinken in den Mund.

»Wow«, entfuhr es ihr, als er seinen Geschmack in ihrem Mund entfesselte. »Der ist ja super!«

»Da bin ich beruhigt. Immerhin kostet die Portion fünfzehn Pfund«, versetzte Nathan und amüsierte sich, als er sah, wie Lara unwillkürlich zu kauen aufhörte. In Windeseile kalkulierte sie, was für ein Loch dieses Interview noch in ihre Kasse reißen würde. Vielleicht müsste sie doch mal mit Onkel Phil sprechen, wegen ...

»Die Canavan Group ist immer bereit, studentische Aktivitäten zu fördern«, unterbrach Nathan ihre Gedanken mit einem Augenzwinkern und legte eine schwarz schimmernde Kreditkarte auf den Tisch.

›Ich sprach von sich öffnen, Ms. Holmes, nicht von der mimischen Preisgebung eines jeden Gedankens, der einem durch den Kopf geht‹, tadelte sie ihr Professor. Und zurecht! Warum konnte sie auch ihr Gesicht nicht beherrschen?

»Mach dir keine Gedanken«, beruhigte sie Nathan. »Jedem, der auf meine Anfrage mit mir oder meiner Firma zu tun hat, werden alle Ausgaben erstattet. Du bist nicht die Erste und wirst auch nicht die Letzte sein.«

›Ich gebe es auf‹, hörte sie den Professor sich verabschieden.

»Allerdings bist du die Erste, die dies nicht als selbstverständlich ansieht«, bemerkte Nathan mehr zu sich selbst als zu Lara. Für einen Moment wirkte er sehr zerbrechlich, fast schon resigniert. Noch bevor sie darauf reagieren konnte, erschien Marco.

»Zahle bittä, was?«, grinste er und holte ein Lesegerät aus seiner Schürze. Nachdem er die Karte in einer flüssigen Bewegung hindurchgezogen und zurückgegeben hatte, erhob sich Nathan. Im gleichen Augenblick hielt Benson mit dem Wagen vor ihnen. Fasziniert, aber auch ein wenig erschrocken, registrierte Lara, wie durchgetaktet Nathans Tagesablauf war.

»Wohin fahren wir?«, fragte sie, als sie die Anstecknadel in Form einer Weltkugel mit einem grünen Blatt darin bemerkte, die Nathan umständlich versuchte, an sein Revers zu heften.

»Auf ein Symposion für alternative Energien«, antwortet Nathan und verzog das Gesicht, als die Nadel in seinen Schoß plumpste. »Ich halte dort eine Rede.« Er fischte die Nadel aus den Falten seiner Hose hervor und bedachte sie mit einem finsteren Blick. »Verdammter, winziger Verschluss«, murmelte er. Lara musste schmunzeln, als er einen weiteren Versuch unternahm und wieder kläglich scheiterte. »Himmel!«, fluchte er, suchte das Ding erneut zwischen seinen Beinen und drehte es fahrig in den Fingern, als er es gefunden hatte.

»Der große Nathan Canavan scheitert an einer Anstecknadel?«

Nathan hielt inne und starrte sie in einer Mischung aus Überraschung und Vorwurf an. »Autsch, Ms. Holmes!« Dann zuckte er jedoch resignierend mit den Schultern. »Aber wahrscheinlich habe ich das verdient nach der Aktion mit dem Schinken.« Er setzte zu einem dritten Versuch an.

Lara rollte mit den Augen. Das konnte ja keiner mitansehen. »Lass mich mal!« Sie nahm ihm das Teil aus den Händen, beugte sich vor und befestigte es ohne Probleme an dem Stoff. »Bitte sehr!« Sie sank zufrieden zurück in ihren Sitz.

Nathan bedachte sie plötzlich mit einem prüfenden, aber durchaus angetanen Blick. »Hast du vor, länger als diese Woche bei mir zu bleiben?«

»Wie bitte?«, entfuhr es Lara entgeistert. Ihre Handflächen rieben über ihre Oberschenkel und ihr Magen fühlte sich an, als hätte ein Pferd hineingetreten. Was sollte denn diese Frage? Gerade jetzt! Aber war es wirklich die Frage, die sie so aus dem Konzept brachte oder vielmehr die Tatsache, dass sie sich dadurch geschmeichelt fühlte, dass sie sich diese sogar erhofft hatte? *LARA! Was denkst du denn da? Dem ist natürlich überhaupt nicht so! Du bist keine dumme, kleine Studentin, die sich wünscht, ein Traumprinz käme und entführe sie in seine Welt!* Ärger sprang in ihr hervor wie ein tapferer Wächter ihrer Tugend. *Das war Bernies Werk!*

»Wie kommst du denn auf das schmale Brett?« *Toll, Lara, eine einer Journalistik-Studentin würdige Wortwahl.* Egal! Plumpe Annäherungsversuche bekommen eine passende Antwort, Mr. Canavan!

»Nun«, entgegnete Nathan gelassen. »Die erste Regel eines Mitarbeiters auf Zeit lautet, sich unentbehrlich zu machen.« Er lachte und deutete auf die Nadel.

Bäm! Das Pferd landete einen zweiten gezielten Tritt – woher kam dieses blöde Vieh eigentlich – und eine Reihe von Bildern von Menschen aus ihrem Leben zog an ihrem geistigen Auge vorbei, allen voran Bernie und ihr Professor. Sie alle hatten die Köpfe in den Händen vergraben. In einer immensen Kraftanstrengung hinderte sie sich daran, es ihnen gleichzutun.

»Aaahahaha«, hörte Lara sich. »Ja, das kann ich gut.« Ihr Mund verzog sich angesichts dieser jämmerlichen Schadensbegrenzung. Unwillkürlich suchte ihr Blick nach den dunklen Flecken, die ihre feuchten Hände auf dem Stoff ihrer Hose hinterlassen haben mussten. Keine da, noch mal Glück gehabt – im Unglück. Im ach so tiefen Unglück. Immerhin enthielt sich ihre Mutter jeglichen Kommentars. Allerdings war Lara sich nicht sicher, ob dies wirklich ein gutes Zeichen war.

Ihr Blick huschte zu Nathan. Dieser starrte wieder auf den Bildschirm seines Laptop, wahrscheinlich, um seine Rede noch einmal durchzugehen. Hatte er Laras zickige Reaktion überhaupt wahrgenommen? Sicher hatte er das! Er bekam doch immer alles mit, was er nicht sollte. Obwohl ... war das wirklich so? War es nicht eher ihr Kopf, der ihr das immer wieder suggerierte? Am Morgen hatte sie sich ja auch getäuscht. Eigentlich war er immer nur nett zu ihr. Und sie geriet jedes Mal in Panik und schoss um sich wie eine wild gewordene Amazone. Sie seufzte. Von wegen dumme kleine Studentin. Dummer kleiner pubertierender Teeny traf es wesentlich akkurater.

Den Rest der Fahrt verbrachten sie schweigend, was Lara aber auch ganz recht war. So lief sie wenigstens nicht Gefahr, Nathan wegen irgendeiner weiteren lächerlichen Kleinigkeit anzublöken. Schließlich steuerte Benson den Wagen in die Zufahrt einer Kongresshalle, und sie rollten in die Tiefgarage. Im Gegensatz zum Canavan-Building jedoch empfing sie dort keine übereifrig sabbernde – ja, Rhonda hatte ihr Label erst einmal sicher – Mitarbeiterin, sondern sie blieben allein.

»Irgendwelche Anweisungen?«, erkundigte sich Lara, als sie mit dem Fahrstuhl nach oben fuhren.

»Nein«, antwortete Nathan freundlich. »Zumindest keine, die du nicht schon gehört hättest.«

Die Türen öffneten sich, und sie betraten eine riesige Vorhalle. Sie war leer, bis auf einen Mann in Cordjacke und Jeans.

»Nathan«, rief er und winkte eifrig, während er auf sie zueilte. »Schön, dass Sie hier sind.« Er trug ebenfalls eine dieser Anstecknadeln und ein Schild, das ihn als Martin Prince, erster Vorsitzender der United Alternative Energy Society, auswies.

»Martin«, entgegnete Nathan. »Das Vergnügen ist ganz meinerseits. Darf ich Ihnen meine persönliche Assistentin, Lara Holmes, vorstellen?«

– offenbar war die ›arme‹ Rhonda die einzige, deren Neugier nicht befriedigt werden sollte –

»Angenehm.« Er schüttelte Lara die Hand. »Die Teilnehmer haben bereits ihre Plätze eingenommen.« Er geleitete sie durch eine Tür neben den Hauptportalen, die die Aufschrift Auditorium trugen.

»So, da wären wir, das ist Ihre Garderobe«, verkündete er, als sie einen Raum betraten, der von einem schmalen Gang dahinter abführte. »Ich hoffe, es ist alles zu Ihrer Zufriedenheit?«

»Perfekt, Martin, danke«, versicherte Nathan.

»Wunderbar. Dann würde ich jetzt eine kurze Eröffnungsansprache halten und Sie ankündigen. Sie haben also noch so ungefähr fünf Minuten.«

»Ist mir recht, Martin.«

»Sehr schön, dann bis gleich.« Damit schloss er die Tür, und seine hastigen Schritte entfernten sich auf dem Gang.

Lara stand da und kam aus dem Staunen nicht mehr heraus. Der Raum selber war nicht sonderlich imposant. Das, was die United Alternative Energy Society darin aufgefahren hatte, aber umso mehr: Tabletts mit unterschiedlich belegten Brötchen, Kuchen, Muffins, Eiern mit etwas, das garantiert nicht nur so aussah wie Kaviar, Krabbensalat, eine Auswahl an verschiedensten Mineralwassern und Softdrinks, einen Korb voll mit mehr oder weniger exotischen Früchten und einen riesigen Blumenstrauß.

»Du solltest wirklich ein wenig mehr essen«, bemerkte sie trocken.

»Was, warum?«, fragte Nathan, während er sich eine Flasche Mineralwasser öffnete.

»Nun, ich mag mich täuschen, aber offenbar machst du auf diese Leute den Eindruck, als stündest du kurz vor dem Verhungern.«

Einen Augenblick hielt Nathan verdutzt inne, dann lachte er. »Nicht schlecht! Aber«, fügte er ernst hinzu, »ich möchte, dass du weißt, dass ich nichts von all dem hier bestellt habe. Ein Stück Kuchen oder ein Brötchen und etwas zu trinken als Geste hätten mir völlig gereicht.«

»Hm«, machte Lara. »Na ja, wenigsten haben dann noch die anderen etwas davon.«

»Welche anderen?«

»Na, die Teilnehmer des Symposions.«

»Oh, nein, die haben ihr eigenes Buffet im Nebensaal.«

Ein ungutes Gefühl dämmerte in Lara. »Und was geschieht dann damit, wenn du weg bist?«

»Es wird weggeschmissen«, lautete Nathans lapidare Antwort.

»Wie bitte?«, entfuhr es Lara entsetzt. »Aber ...«, setzte sie an, doch dann erinnerte sie sich an ihren Vorsatz, ihn nicht mehr ständig anzugehen, und brach ab.

Nathan schaute sie aufmerksam an. »Was wolltest du sagen, Lara?«

»Ach nichts. Schon okay.« Sie versuchte ein Lächeln.

»Oh je ... aber gut, sobald wir wieder in Blackwater Manor sind, packe ich meine Koffer und ziehe in ein Hotel«, antwortete Nathan resigniert.

Lara spürte, wie sich ihr Gesicht in eine alberne Grimasse des Nicht-Kapierens verzog und war unendlich froh, dass der Raum keinerlei Spiegel aufwies, in denen sie sich aus Versehen hätte sehen müssen.

»Na ja«, erklärte Nathan. »Ist das nicht die unausweichliche Konsequenz, wenn eine Frau diese Worte zu einem Mann sagt?« Er grinste.

Etwas klickte in Lara. Ooooh nein, so leicht lasse ich mich noch nicht noch einmal aufs Glatteis führen! Ihr Lächeln wurde entwaffnend. »Das gilt nur für Paare.«

Nathan blinzelte.

Touché!

»Ich glaube, du bist dran«, bemerkte sie unschuldig, als sie über den eingebauten Lautsprecher Martin rufen hörten: »Und hier ist der Mann, auf den Sie alle gewartet haben, hier ist Nathan Canavan!«

Nathan straffte sich. »Ich glaube, du hast Recht«, antwortete er, drehte sich betont gelassen um und verschwand aus der Tür. Sobald sie ins Schloss gefallen war, beschleunigten sich seine Schritte jedoch merklich. Mit einem zufriedenen Grinsen schnappte Lara sich ein Muffin und verließ ebenfalls den Raum. Vor der Tür hielt sie inne, überlegte kurz, machte kehrt und steuerte die Tabletts an. Vorsichtig nahm sie eines in jede Hand. So bepackt machte sie sich wieder auf den Weg. Sie durchquerte die Eingangshalle, erreichte den Fahrstuhl, jonglierte kurz mit den Tabletts und betätigte dann den Knopf doch mit dem Fuß. Darin gelang ihr das Kunststück nochmal, und der Fahrstuhl setzte sich brav in Bewegung.

Benson stieg aus dem Wagen, als er sie auf sich zueilen sah. »Du meine Güte, Ms. Holmes, jeder in Blackwater Manor ist bereit, Ihnen rund um die Uhr etwas zu essen zu kochen oder auch von auswärts zu holen. Ich versichere Ihnen, Sie brauchen keine Vorräte anzulegen.«

»Das ist mir schon klar«, lachte Lara. Sie stoppte. »Benson, sind Sie zu einer kleinen Schandtat bereit?«

»Immer, Ms. Holmes«, antwortete Benson, blieb dabei aber völlig ernst.

»Sehr schön! Also: Wo das herkommt, stehen noch drei weitere Tabletts und eine ganze Menge anderes Essen. Und alles wird weggeschmissen, wenn Nathan es nicht aufisst, was ich stark bezweifele. Schaffen Sie es, innerhalb der Zeit, die Nathan spricht, zu einem Obdachlosenheim und wieder zurückzukommen?«

»Das ist machbar, Ms. Holmes. Gestatten Sie mir nur die Frage: Warum nicht warten, bis Mr. Canavan mit seinem Vortrag fertig ist?«

»Daran hatte ich auch schon gedacht. Es ist nur … nach dem Vortrag sind wir bestimmt nicht alleine. Ich will Nathan nicht in die Position bringen, erklären zu müssen, warum ich das ganze Essen hier rausschleppe. Verstehen Sie? Ich meine, es scheint ja vorher noch keiner auf die Idee gekommen zu sein, und jetzt ist da die Neue und macht gleich einen auf Gutmensch. Wie sieht das denn aus?«

Benson lächelte milde. Ohne ein weiteres Wort zu verlieren, öffnete er den Kofferraum und half Lara, die Platten darin zu verstauen.

»Danke«, sagte sie erleichtert. Dann machte sie ein Gesicht von dem sie annahm, es sehe nach Geheimagentin aus. »Folgen Sie mir!«

»Sehr wohl, Ms. Holmes!«

Sie fuhren wieder hinauf, huschten durch die Lobby und zurück in die Garderobe.

»Ich schaffe das schon, Ms. Holmes«, versicherte Benson, als Lara gerade nach einem der verbliebenen Tabletts greifen wollte. »Sie sollten ja sicher im Saal sein.«

»Sie sind ein Schatz«, ließ sich Lara hinreißen. Erst dann fiel ihr auf, dass diese Reaktion vielleicht nicht ganz zu Bensons würdevollem Auftreten passte. »Ich meine: Das ist sehr nett von Ihnen. Vielen Dank.«

»Selbstverständlich, Ms. Holmes.« Benson nickte geflissentlich.

Lara hielt ihm die Türen auf, dann stahl sie sich, so leise es nur ging, in das Auditorium.

Es gelang ihr auch halbwegs. Doch gerade in dem Moment, als sie dachte, sie könne sich tatsächlich unbemerkt auf einen der letzten freien Stühle am Rand setzen, schaute Nathan auf – natürlich. Wäre ja auch ein Wunder, wenn er tatsächlich mal etwas nicht mitbekam, was er nicht sollte. Lara konnte jedoch nicht erkennen, ob ihm ihr Zuspätkommen missfiel. Gut, für den Fall, dass er sie darauf ansprach, war sie auch nur ein Mensch und hatte zur Toilette gemusst.

» … zufolge einiger Studien, dass dieser ungefähr im Jahre 2020 eintreten wird«, tönte seine Stimme über die Lautsprecher im Saal. Lara ließ den Blick schweifen. Es herrschte konzentrierte Aufmerksamkeit. Wenn die Zuhörer nicht gerade an seinen Lippen hingen, machten sie sich eifrig Notizen. Nun war Lara diese Situation nicht fremd, schließlich hatte sie genug Vorlesungen besucht, doch die Qualität dieser Situation übertraf die Uni-Atmosphäre bei Weitem. Über zwei Stunden sprach Nathan ausführlich über die Herausforderungen im Energiesektor und die immense Wichtigkeit der erneuerbaren Energien, doch niemand wurde unruhig. Kein vermehrtes Husten oder Räuspern, kein Hin- und Herrutschen auf den Stühlen – die nicht gerade bequem waren, wie Lara nach einer Stunde beiläufig feststellte – nur gebannte Stille und das Kratzen von Stiften auf Papier. Und auch Lara verfiel dem Bann. Nathan war ein unglaublich guter Redner. Versiert lockerte er ab und zu die Stimmung auf, indem er einen kleinen Witz einstreute, ohne dabei den Ernst des Themas außer Acht zu lassen, verlor nie die eigene Spannung, ja, strahlte geradezu von innen heraus. Sein Charisma füllte den Raum bis zur letzten Reihe und die Zuhörer mit Energie.

»Dies sind die Schlüsselelemente, um das Umdenken in der Industrie weiter voranzutreiben und eine erfolgreiche Zusammenarbeit herbeizuführen. Nutzen Sie sie, für uns, für eine saubere Zukunft. Ich danke Ihnen!«, schloss Nathan seinen Vortrag. Augenblicklich gab es stürmischen Applaus. Die Menschen sprangen so agil von ihren Stühlen auf, als hätte er gerade einmal zwanzig Minuten gesprochen. Minuten lang klatschten sie und ließen Nathan nicht abgehen. Um nicht im Strom der Zuhörer steckenzubleiben, erhob sich Lara und begab sich hinter die Bühne. Als sie den Aufgang erreicht hatte, kam ihr Nathan entgegen. Doch bevor sie etwas sagen konnte, trat Martin Prince aus der Bühnengasse.

»Großartig, Nathan. Immens wichtige Informationen, die Sie uns da gegeben haben, und – wenn ich das sagen darf – brillant vorgetragen!« Er schüttelte ihm überschwänglich die Hand.

»Vielen Dank, Martin.«, antwortete Nathan bescheiden. »Es war mir ein Vergnügen.«

»Bleiben Sie noch! Ich bin mir sicher, einige meiner Kollegen brennen darauf, Sie kennenzulernen.«

Nathan lächelte unverbindlich. »Das würde ich gerne, Martin, doch mein Terminkalender lässt dies leider nicht zu.«

»Natürlich«, lenkte Martin sofort ein. »Dann folgen Sie mir, ich begleite Sie noch zum Fahrstuhl.«

»Gern.«

Sie verließen den Gang und durchquerten zügig das Foyer, in dem sich noch einige der Teilnehmer befanden und sich austauschten. Sofort spendeten sie noch einmal Beifall, als sie Nathan entdeckten. Er nickte ihnen freundlich zu. Lara kam sich vor wie die Assistentin eines Pop-Stars. ›Schräg‹, notierte sie in ihr Heft, als er sogar ein Programm signieren musste.

»Kommt das häufiger vor?«, fragte sie ihn, als sie alleine in der Kabine waren.

»Was?«, fragte Nathan.

»Dass du Autogramme geben musst?«

»Oh, ja, hin und wieder.« Er grinste sein jungenhaftes Grinsen und fügte hinzu: »Allerdings nicht bei Menschen aus meiner Branche.«

»Irgendwie kann ich es verstehen. Du warst wirklich gut.«

»Ja, das war ich wohl«, antwortete Nathan, plötzlich eher sehr nachdenklich, fast schon düster.

Der merkwürdige Stimmungsumschwung überraschte Lara, doch noch ehe sie überlegen konnte, woher er rühren mochte, schob sich die Erinnerung daran, dass sie Benson auf die ›Mission‹ geschickt hatte, in ihr Bewusstsein. Sie hielt einen Moment den Atem an, als der Fahrstuhl hielt, bis die Türen sich öffneten und den Blick auf den Wagen freigaben, der wieder an Ort und Stelle stand. Und zwar so perfekt, dass Lara nicht umhin konnte, Benson einen fragenden Blick zuzuwerfen. Er beantwortete ihn mit einem kurzen Nicken, als Nathan ihm den Rücken zugewandt hatte.

»Danke!«, sagte Lara, getarnt als Höflichkeit für das Aufhalten der Tür.

»Immer wieder gerne, Ms. Holmes«, gab er zurück und schloss den Wagenschlag.

Die Fahrt über studierte Nathan wieder irgendwelche Informationen in seinem Computer. Lara hing ihren Gedanken nach. So beeindruckend Nathans Rede gewesen war, irgendetwas störte sie. Sie konnte es aber nicht fassen. Inhaltlich gab es nichts daran auszusetzen. Und auch sein Verhalten den Gastgebern gegenüber war makellos freundlich gewesen. Dennoch hatte sie das Gefühl, dass etwas nicht passte. Es war wie auf diesen Suchbildern, die den Anschein hatten, eine perfekte Kopie des Originals zu sein, doch das Unbewusste signalisiert einem, dass man etwas Entscheidendes übersah. Sie erreichten das Canavan-Building, ohne dass sie zu einem Schluss gekommen war. Die Limousine verlangsamte sich, um sich einen Weg durch die Reporter zu bahnen, die davor versammelt waren.

»Sind das mehr geworden?«, stutzte Lara, als sie die Menge sah, die aufgeregt auf den Wagen zeigte und ihn zu umzingeln versuchten wie eine Horde Ameisen einen Käfer.

»Hm, was?«, machte Nathan und schaute von seinem Computer auf. Als er sah, worum es ging, zuckte er mit den Schultern. »Mag sein, keine Ahnung, ich achte da nicht drauf. Benson!«, schickte er nach vorne, woraufhin dieser einen Knopf betätigte und sich die Seitenscheiben mit einem Schlag verdunkelten. Dies hielt die Fotografen jedoch nicht davon ab, ihre Kameras daran zu halten, bis die Sicherheitsleute sie zurückgedrängt hatten.

In der Tiefgarage erwartete sie bereits Plastik-Rhonda. Natürlich ... Lara verzog unwillkürlich das Gesicht, als sie sie erblickte. Diese Frau raste förmlich durch die verschiedenen Stufen der Ablehnung.

»Nathaaan«, rief sie gedehnt, als er ausstieg. »Willkommen zurück!«

Lara schnaubte verächtlich, allerdings kaum hörbar. Wie bescheuert! Er war gerade mal ein paar Stunden außer Haus gewesen. Offensichtlicher ging es ja wohl nicht!

»Rhonda!« Er lächelte.

Warum lächelte er auch noch? Lara hätte ihr am liebsten die Augen ausgekratzt.

›Ui, Lara‹, zwitscherte Bernie in ihrem Kopf. ›Das ging aber schnell mit der Eifersucht!‹

›Ich bin nicht eifersüchtig!‹, schnappte Lara zurück. ›Es nervt mich einfach nur, wie blöd die sich verhält.‹

›Na klaaar‹, lachte Bernie.

Lara schüttelte den Kopf, um sie loszuwerden. Sie lag falsch! Falsch! Sie hasste es einfach nur, ignoriert zu werden, während andere super-freundlich behandelt wurden. Und genau das tat diese blöde Kuh schon wieder. Sie würdigte Lara keines Blickes. Sie stellte sich vor Nathan und klimperte mit den Augen – offenbar ihre einzige Art von Mimik, zu der sie, neben diesem getackerten Grinsen, noch fähig war.

»Gib mir fünf Minuten, dann bin ich bei dir, okay?«, sagte Nathan freundlich.

»Natürlich!«

Lara konnte es förmlich quietschen hören, als Rhondas Gesicht ein Strahlen versuchte. Sie verschwand in einem der beiden Fahrstühle. Nathan und Lara nahmen den, der in Nathans Büro führte. Oben angekommen, ging Lara direkt zu dem Sofa, setzte sich und tat so, als beschäftige sie sich mit ihren Notizen. Sie musste erst einmal runterkommen.

›… dann bin ich bei dir.‹ Er hatte ›ich‹ gesagt, nicht ›wir‹. Sie sollte ihn doch begleiten. Wieso plötzlich nicht mehr? Wieso ließ er sich jetzt plötzlich von Rhonda einwickeln? Lara schaute auf und sah, wie Nathan sich das Gesicht an einem kleinen Waschbecken wusch, das bis eben noch hinter einer Wand verborgen gewesen war. Im Ernst? Machte er sich jetzt auch noch frisch für sie? Na ja, sollte er! Ihr war das egal! Sie würde hier warten und …

»Kommst du?«

Lara zuckte zusammen. »Wie?«

Nathan stand jetzt an der Tür und wartete offensichtlich auf sie. »Ich fragte, ob du kommst.«

»Äh, ja, klar! Entschuldigung, ich war abgelenkt!« Sie erhob sich rasch und lief zu ihm. Sofort war sie wieder bester Laune. Allerdings spürte sie auch, wie sie ein wenig errötete. Oh Gott, hoffentlich hatte ihr Gesicht nichts von dem widergespiegelt, was ihr gerade durch den Kopf gegangen war. Eine recht schwache Hoffnung. Sie suchte nach Anzeichen dafür bei Nathan, fand aber keine. Das hieß zwar nichts, erleichterte sie aber dennoch etwas. Und sie freute sich darauf, Rhondas Gesicht zu sehen, wenn sie zusammen bei ihr auftauchten. Sie wurde nicht enttäuscht.

Nathan klopfte und trat ein.

»Da bist du ja«, hörte sie Rhonda förmlich jubilieren. Sie gönnte ihr den kleinen Moment der Freude, dann schob sie sich in ihr Blickfeld. Rhondas Augen spießten sie regelrecht auf. Lara senkte schuldbewusst die Lider und signalisierte mit jeder Faser ihres Körpers, dass sie lieber woanders sein wollte, aber Nathan ja darauf bestanden hatte, dass sie mitkam! Sie konnte doch nichts dafür! Innerlich jedoch kostete sie es voll aus. Rhondas Kopf fuhr herum, und für eine Millisekunde sah es so aus, als verlöre sie die Fassung, doch sie hatte sich im Griff. Schade, aber das wäre auch zu viel des Glücks gewesen.

Rhonda ging wieder dazu über, Lara wie Luft zu behandeln und widmete sich ganz Nathan. Aber nach dem kleinen Sieg, konnte es Lara schon etwas besser aushalten. Nathan wollte, dass sie hier war. Das gab ihr Sicherheit.

Die beiden redeten über verschiedene Strategien und Sachverhalte, die Lara mangels Hintergrundwissen nicht durchschaute und somit nicht folgen konnte. Also ging sie, wie auch schon im Auditorium, dazu über, die Situation einfach nur zu beobachten. Es war das erste Mal, dass sie Rhonda und Nathan über eine längere Zeit zusammen interagieren sah, und sie war sich nicht sicher, von was genau sie da Zeuge wurde. Ein normales Business-Gespräch war es jedenfalls nicht. Zumindest nicht so, wie Lara sich das vorstellte. Rhonda strich um Nathan herum wie eine rollige Katze. Sie präsentierte ihm mit stolzgeschwellter Brust ihre Ansichten und genoss sichtlich, wenn Nathan ihr zustimmte. Wandte er jedoch etwas ein, war sie sofort davon überzeugt, dass er Recht hatte und brachte dies überschwänglich zum Ausdruck. Stellte Nathan Fragen, gab sie zwar eine Antwort, schwenkte aber im Falle eines Widerspruchs sofort um. Und sie lachte über wirklich jeden dummen Witz, den er machte. Ein konstruktiver Dialog sah anders aus. Merkte Nathan das nicht? Aber vielleicht wollte er es ja so. Er war der Chef. Natürlich hatte er das letzte Wort. Vielleicht wollte er ja gar keinen wirklichen Input. Drei Stunden ging das so, und am Ende hatte Nathan in allen Punkten Recht bekommen, ohne dass Rhonda auch nur einmal für ihre Sichtweise gekämpft hatte. Doch seltsamerweise schien sie mit dem Ergebnis hochzufrieden. Sie dankte Nathan für seine Zeit und versicherte ihm, dass sie alles genau so umsetzen würde, wie er es wollte.

Nathan dankte ihr ebenfalls und nachdem Rhonda ihm – und nur ihm – einen schönen Feierabend gewünscht hatte, verließen sie den Raum. Lara haderte mit sich, ob sie Nathan auf das Erlebte ansprechen sollte. Aber sie wusste doch viel zu wenig über ihn und seine Einstellung gegenüber Mitarbeitern. Sie hatte doch überhaupt keine Ahnung, wie es in diesen Kreisen zuging. Nathan fragte auch nicht nach. Also beschloss sie, erst einmal den Mund zu halten und die Dinge weiter zu beobachten, wie Nathan es ihr aufgetragen hatte.

Als sich die Tür seines Büros hinter ihm geschlossen hatte, sackte Nathan sichtlich in sich zusammen. Er ließ sich in seinen Sessel fallen und goss sich aus einer Karaffe etwas Wasser in ein Glas, das er mit einem Zug leerte. Einen Moment saß er nur da, dann straffte er sich.

»Heute passiert nichts mehr«, verkündete er. »Du kannst zurück nach Blackwater Manor fahren.«

»Und was ist mit dir?«, fragte Lara etwas enttäuscht. Eigentlich hatte sie gehofft, dass sie zusammen zurückkehren würden und sie endlich die Möglichkeit erhielt, etwas ausführlicher mit Nathan über ihn zu sprechen.

»Ich muss hier noch ein wenig Papierkram erledigen und einige Telefonate führen. Langweiliges Zeug.«

»Okay«, sagte Lara. Sie überlegte kurz, ob sie ihn fragen sollte, ob er denn dann nachher noch Zeit für sie haben würde, entschied sich jedoch dagegen. Sie wollte ihn nicht drängen. Sie konnte dankbar sein, dass sie überhaupt in seine Nähe gekommen war. »Bis dann.«

»Und, Ms. Holmes«, fragte sie Benson, nachdem sie eine ganze Weile schweigend auf dem Rücksitz der Limousine gesessen hatte. »Wie war Ihr erster Arbeitstag?«

Lara musste schmunzeln angesichts dieser Wortwahl. Es klang irgendwie schön. So, als gehöre sie jetzt dazu, auch wenn sie sich im Moment gerade gar nicht danach fühlte. All die Eindrücke des Tages waren so fremd und anders gewesen, und sie tanzten ungeordnet in ihrem Kopf, nun, da sie langsam zur Ruhe kam.

»Überwältigend«, antwortete sie schließlich ehrlich.

Benson nickte wissend. »Es ist eine ganz eigene Welt, nicht wahr?«

»Das kann man so sagen«, murmelte Lara.

»Vielleicht interessiert es Sie ja zu erfahren, dass unsere ›kleine Schandtat‹, wie Sie sie so herrlich unpassend genannt haben, großes Erstaunen und erhebliche Freude ausgelöst hat.«

Lara horchte auf. Diese Aktion hatte sie schon wieder vergessen gehabt. »Ach ja?«

»Allerdings, Ms. Holmes. Ich war außerdem so frei, den Helfern dort zu erklären, woher diese Spende rührt.«

»Tatsächlich? Sie haben ihnen gesagt, dass das Essen eigentlich für Nathan bestimmt war? Meinen Sie, er freut sich darüber?«

»Nein, Ms. Holmes. Ich habe ihnen erzählt, dass eine Studentin, die ungenannt bleiben möchte, spontan die Initiative ergriffen hat, als sie mit der Verschwendung in dieser Gesellschaft konfrontiert wurde.«

»Oh.« Lara schluckte. »Wie haben sie reagiert?«

»Lassen Sie es mich so formulieren: Gottes Segen ist Ihnen für die nächste Zeit sicher, und sollten Wünsche in

Erfüllung gehen, sollten Sie sich nicht wundern, wenn Sie sich demnächst mehrfach selbst auf der Straße begegnen.«

»Das Erste habe ich verstanden«, druckste Lara. »Aber das Zweite?«

»Man wünschte sich wiederholt, dass es doch mehr Menschen wie Sie gäbe.«

»Ach sooo«, Lara errötete. »Na ja, ich weiß nicht, ob die wissen, was sie sich da wünschen.« Sie lachte, doch es klang nicht wirklich überzeugend. Oh Gott, es reichte ihr ja schon, mit sich alleine konfrontiert zu sein. Wie sollte es werden, wenn vier oder fünf von ihr herumliefen und charmante Männer ankeiften, weil ihre Unsicherheit nichts anderes zuließ?

»Aber, aber, Ms. Holmes«, rügte Bensons Stimme väterlich von vorn.

»Ach, vergessen Sie's«, sagte Lara schnell. »Ist nicht wichtig. Hauptsache, das Essen hat den Menschen dort geschmeckt.«

»Apropos Essen«, griff Benson das Thema auf. »Sie sehen aus, als könnten Sie etwas vertragen. Wenn es Ihnen genehm ist, informiere ich die Küche über Ihre Wünsche und es wartet auf Ihrem Zimmer, wenn wir ankommen.«

Laras Magen knurrte lautstark.

»Verzeihen Sie, ich habe Sie nicht recht verstanden«, bemerkte Benson trocken.

Jetzt lachte Lara herzlich. »Das sollte heißen: Sehr gerne, aber ich lasse mich überraschen!«

»Sehr wohl!« Benson ließ die Trennscheibe emporfahren. Sie sah ihn reden, dann versenkte er sie wieder.
»Ein ›Menu Surprise‹ wird für Sie bereitstehen.«
»Vielen Dank, ich bin gespannt!«

»Guten Abend, Ms. Holmes«, begrüßte Lily sie freundlich, als sie Blackwater Manor erreicht hatten und Lara der Limousine entstieg. »Ich hoffe, Sie hatten einen angenehmen Tag. Das Essen wartet bereits auf Ihrem Zimmer.«
Lara spürte, wie sie aufatmete. Himmel, war das schön, wieder hier zu sein. Was für ein Unterschied zu der Atmosphäre im Canavan-Building. Eine Riesenlast, von der sie erst jetzt so richtig wahrnahm, dass sie da gewesen war, fiel von ihr ab. »Guten Abend, Lily«, grüßte sie entspannt wie lange nicht mehr zurück. Das Licht des wie immer hell erleuchteten Hauses wirkte warm und einladend. »Danke, er war ... interessant«, antwortete sie.
Lily huschte ein amüsiertes Lächeln über ihre Züge.
»Wenn Sie noch etwas brauchen, wissen Sie ja, wie Sie mich erreichen«, sagte sie, als sie bei Laras Zimmer angekommen waren.
Lara nickte dankbar.
»Wünsche, wohl zu speisen, Ms. Holmes«, verabschiedete sich Lily. Lara öffnete die Tür, und sofort stieg ihr ein verlockender Duft in die Nase. Dieser ließ ihren Magen plötzlich so laut knurren, dass sie es nicht gewundert hätte, wenn sie das Echo davon durch die Gänge von Blackwater Manor hätte hallen hören. In einem hinteren

Winkel ihres Kopfes blitzte kurz die Überlegung auf, ob nicht vielleicht die vielen Geschichten über Spukhäuser einen ähnlichen Hintergrund hatten, ihr Hauptaugenmerk lag allerdings schon auf dem Schreibtisch. Darauf stand, sehr ordentlich angerichtet, eine silberne Haube, zwei wunderschöne Kristallgläser, eine Flasche Rotwein und eine Flasche Cola. Daneben lag eine Stoffserviette, zusammengehalten von einem aufwendig gearbeiteten Silberring und edles Besteck. Beim Näherkommen, sah Lara, dass dahinter eine zweite, etwas kleinere Silberkuppel stand – der Nachtisch, hoffentlich! Mit Fingern, die sie gerade noch so vom Zittern abhalten konnte, hob sie die große Haube an … Entenbrust! Oh Gott, Lara sabberte fast. Und was lugte unter der knusprigen Haut hervor? Speck! Entenbrust im Speckmantel mit Klößen und Apfelrotkraut! Mit einem verzückten Geräusch ließ sie sich nieder und haute rein. Sie hatte einen mörderischen Hunger! Kunststück, sie hatte ja seit dem bisschen Melone mit Schinken nichts mehr gegessen. Es schmeckte umwerfend gut! War das ein Hauch Sherry in der Soße? Wie sollte sie jemals wieder mit dem Essen in der Uni klarkommen? Oder bei sich zu Hause? Bernie und sie kochten zwar recht passabel, aber das hier? Apropos Bernie! Mit einigem Schrecken realisierte Lara, dass sie seit heute Morgen nicht mehr auf ihr Telefon geschaut hatte. Und die letzte Nachricht an Bernie war die Bitte – das Flehen – gewesen, niemandem zu sagen, dass und warum sie hier war. Ein wenig bangte ihr vor der Antwort. Warum hatte sie bloß vergessen, mal nachzuschauen? So hätte sie wenigstens die Chance gehabt, Nathan frühzeitig zu warnen, falls Bernie schon gepatzt hatte.

›Und tschüss‹, hörte sie sich ihren Appetit verabschieden, offenbar verärgert darüber, dass ihr dieses Thema ausgerechnet jetzt eingefallen war. Sie seufzte, legte das Besteck zur Seite und holte ihr Telefon hervor. Ihr Magen krampfte sich zusammen, als ihr das Display mitteilte, sie habe fünf Nachrichten von ›Bernutzkie‹. Allerdings sorgte gleich die erste wieder für Entspannung: Uiiii, das war knapp :D Aber rechtzeitig. Habe nichts gesagt! Ganz schön geheimnisvoll, dein Nathy. Wie romantisch!

Lara funkelte das Textfenster an und hoffte, Bernie würde ein Stechen in ihren Eingeweiden spüren. Warum hatte sie bloß keine Locke von ihr mitgenommen? Hier gab es so viele schöne Kamine, in die man Voodoo-Puppen werfen konnte – oder zumindest mit dort heißgemachten Nadeln oder Brieföffnern traktieren. Sie las dennoch weiter.

Keine Antwort? Na, du bist bestimmt beschäftig, hihihi ;)
Doch das Feuer?
Laramaus?

Na, ich hoffe, du hast einen tollen Tag

Laralein, was ist los? Muss ich mir sorgen machen? Bitte melde dich doch mal. Ich vermisse dich schon jetzt ganz fürchterlich <3

Ooh, wie süß. Vielleicht war das mit der Voodoo-Puppe doch ein wenig zu harsch. Armes Börnie. Jetzt vermisste Lara sie auch. Schnell drückte sie auf ihre Nummer.

»Lariiiiii«, tönte es aus dem Lautsprecher, kaum, dass es zweimal geklingelt hatte. »Na, hat er dich endlich aus seinen Fängen entlassen?«, ickerte sie zweideutig.

»Sag mal, Bernie, kannst du eigentlich immer nur an das Eine denken?«, stöhnte Lara matt.

»Ja, natürlich«, antwortete Bernie perplex. »Du kennst mich doch. Und was willst du überhaupt? Es ist schließlich schon wieder über zwei Tage her, seitdem ich mit einem Typen im Bett war.«

»Gerade mal eineinhalb. Oder lief mit Tom McIntyre nichts?«

»Mit wem? Oh, doch, du hast Recht. Egal, zu lang ist zu lang. Aber das wird sich heute Abend bestimmt ändern.« Sie kicherte. »Wie läuft es bei dir?«, fragte sie, bevor Lara noch etwas sagen konnte.

»Anstrengend«, antwortete Lara. Sie erzählte Bernie von ihren Eindrücken und natürlich von Rhonda.

»Was für eine affige Trulla!«, unterstützte Bernie sie empört und es tat gut. »Lass dir bloß nicht die Butter vom Brot nehmen von so einer frustrierten Schrulle!«

»Danke, Bernie.«

»Aaaaber«, fuhr sie fort. »Das zeigt ja, dass ich gar nicht so falschlag, was Nathans Interesse an dir betrifft.«

»Hä?«

»Warum sollte sie sonst so eifersüchtig reagieren? Frauen spüren so was sofort.«

»Ach, Bernie«, rief Lara etwas ungehalten. »Vielleicht sieht sie aber auch in allem und jedem eine Konkurrenz, der jünger ist als sie!«

»Hmmmm.« Bernie klang wenig überzeugt.

Um nicht weiter über dieses Thema sprechen zu müssen, erzählte Lara einfach weiter und hatte Erfolg. Bernie lachte sich halb tot, als sie die Geschichte von Marco's Deli hörte und war voller Bewunderung für die Aktion mit den Buffet-Platten. »… und jetzt sitze ich gerade in meinem Zimmer und esse Entenbrust im Speckmantel«, schloss Lara.

»Das darf ja wohl nicht wahr sein!«, zeterte Bernie. »Ich sitze hier mit trockenen Cornflakes und meine – jetzt definitiv ehemalige Mitbewohnerin und noch so was von viel ehemaligere beste Freundin – hat nichts Besseres zu tun, als mir zu erzählen, dass sie Entenbrust im Speckmantel isst?« Sie schnaubte. »Wer sind Sie? Ich kenne Sie nicht! Rufen Sie mich nie wieder an!«

»Ich bin gerade mal einen Tag weg, und du hast nichts mehr zu essen?«, rief Lara ungläubig.

»Fressflash, gestern Nacht«, kam es verlegen zurück.

»Oh, Bernie«, lachte Lara.

»Das ist deine Schuld«, verteidigte sie sich. »Du hast mir das Bild von diesem Burger geschickt!«

»Oh, du armes, armes Börniehörnie. Und warum hast du dann heute nicht eingekauft?«

»Hannah war da und danach … hat es sich nicht ergeben.«

»Du warst zu faul«, schloss Lara messerscharf.

»Herrgott, ja«, quengelte Bernie. »Kann ja nicht jeder so diszipliniert sein wie du. Ich bin erst um neun ins Bett. Mittags kam Hannah und blieb bis fünf. Irgendwann muss ich ja auch mal schlafen und ein wenig entspannen.«

»Wie wäre es mit nachts?«, schlug Lara heiter vor.

»Vergiss es!«, sagte Bernie entschieden. »Dann lieber trockene Cornflakes.« Sie ließ demonstrativ welche in ihrem Mund krachen. »So, mein Ex-Schatz. Wenn du nicht noch weitere Fiesigkeiten für mich parat hast, lege ich jetzt auf. Ich muss mich fertig machen. Die Nacht und ihre mehr oder weniger behaarten Freuden warten auf mich.«

»Iiuh, Bernie!«, quiekte Lara. »Ich esse gerade!«

»Ach echt?«, fragte Bernie unschuldig.

Lara lachte. »Das habe ich wohl verdient.« Sie wurde wieder ernst. »War schön, dich zu hören.«

»Ja, das war es, meine Süße! Halt die Ohren steif, und wenn du eventuell ein Abführmittel in den Kaffee dieser Rhonda mischen willst, ich kenne da einen schnuckeligen Apotheker.«

»Danke!«

»Wer ist die Beste?«

»Du!«

»Eben! Mach's gut!«

»Tschüss, Bernie!«

Die Verbindung brach ab. Für einen Moment fühlte sich Lara schrecklich allein. Dann erfasste ihr Blick die zweite, etwas kleinere Kuppel. Sie hob sie an und darunter kam ein etwa handtellergroßer, dunkelbrauner Kuchen zum Vorschein. Sie versenkte die Gabel darin und heraus quoll, satt und verführerisch, flüssige Schokolade. Ein wohliger Schauer lief ihr über den Rücken. Fast schon andächtig beförderte sie ein Stück in ihren Mund. Er war noch leicht warm. Das Gefühl des Alleinseins löste sich in der cremig-schokoladigen Glückswelle auf, die ihren Körper flutete. Kurz flackerte ein schlechtes Gewissen darüber auf, wie schnell Bernies Fehlen unwichtig geworden war, doch das zweite Stück nahm sich auch diesem Gefühl an. Hey, es war ein Kuchen mit flüssigem Schokoladenkern! Dagegen hatte nichts eine Chance!

Nachdem sie gegessen hatte und sich in der Weinflasche nur noch ein kleines Pfützchen befand, lehnte sie sich zurück und schaute auf die Uhr. Neun. Unwillkürlich fragte sie sich, ob Nathan schon zu Hause war.

›Uh, interessante Wortwahl‹, bemerkte Geister-Bernie in Laras Kopf und ließ sie unwillkürlich zusammenfahren.

›Am Telefon warst du mir lieber‹, zickte Laras Stimme. ›Und was willst du überhaupt? Blackwater Manor ist doch Nathans Zuhause, oder? So war das gemeint, und nicht anders!‹

›Herzchen, ich bin in deinem Kopf …‹ Mehr sagte Geister-Bernie nicht. Ob sie damit darauf hinweisen wollte, dass Lara dafür verantwortlich war, wie sie mit ihr sprach oder, dass Lara ihr somit nichts vormachen konnte oder einen dezenten Hinweis geben, dass die ganze Diskussion nicht real war, blieb unklar. Leicht verärgert setzte Lara die Flasche an und ließ das Pfützchen ihre Kehle hinunterrinnen. Sie musste wirklich damit aufhören, ständig ihr Verhalten zu analysieren. Das lähmte sie und trug nun wirklich nicht dazu bei, endlich ein wenig sicherer zu werden. Wie sollten denn die Gespräche ablaufen, wenn sie jedes zweite Wort auf die Goldwaage legte in ständiger Angst, Nathan könnte plötzlich auf den Gedanken kommen, sie wolle was von ihm?

›Ging es nicht ursprünglich darum, dass du Angst hattest, er könne etwas von *dir* wollen?‹

›Und? Selbst wenn? Was willst du mir damit sagen?‹

›Herzchen ...‹

›Ja, ja, du bist in meinem Kopf!‹, unterbrach Lara Bernies Stimme schnell. ›Ich weiß!‹ Und noch eines wusste sie, nämlich, dass sie Gefahr lief, wahnsinnig zu werden, wenn sie noch länger mit sich und Geister-Bernie in diesem Raum bleiben würde. Entschlossen stellte sie die leere Flasche auf den Tisch und trat hinaus auf den Gang.

Draußen bekam ihre Entschlossenheit allerdings schon wieder einen Dämpfer. Wo sollte sie suchen? Sie kannte sich ja im Prinzip überhaupt nicht aus in diesem riesigen Kasten. Sie erinnerte sich zwar ungefähr an den Weg zu Nathans Büro hier, doch was, wenn sie sich doch irrte und eventuell an die falsche Tür klopfte? Oder er nicht dort war? Durfte sie überhaupt durch das Haus laufen, wie es ihr passte? Nun, Nathan hatte gesagt, sie solle sich wie zu Hause fühlen.

›Das war nicht ganz das, was er gesagt hat, mein Kind‹, meldete sich zur Abwechslung mal wieder ihre Mutter zu Wort. ›Zuhören ist eine Tugend.‹

›Schweigen auch, Mutter!‹, blaffte sie sie an. Sie hatte genug. Sie war schließlich keine Gefangene. Niemand hatte ihr verboten, sich frei zu bewegen. Wenn sie damit ein Problem hatten, dann sollten sie es gefälligst sagen. Sie lief den Gang hinunter.

Nichtsdestotrotz sollte sie, der Höflichkeit halber, zunächst zu seinem Büro gehen. Es wäre ihr schon etwas unangenehm, einfach so in sein Wohnzimmer oder irgendeinen anderen, wirklich privaten Raum zu platzen.

Nachdem sie einmal falsch abgebogen war – natürlich, einmal musste ja sein - erreichte sie tatsächlich die Tür zu dem Raum, in dem sie Nathan zum ersten Mal begegnet war. Plötzlich klopfte ihr Herz bis zum Hals.

Was sollte das jetzt schon wieder? Warum war sie aufgeregt? Sie wollte doch einfach nur endlich ihr Interview! Sie riss sich am Riemen und klopfte an.

»Ja, bitte?«, hörte sie Nathans Stimme.

Sie trat ein. »Hey.« Oh nein, wie ihre Stimme klang! Als ob sie zu ihrer besten Freundin ins Zimmer käme, die Liebeskummer hat. »Störe ich?«, fügte sie schnell in einem etwas professionelleren Tonfall hinzu.

Nathan blickte auf und ein leichter Stich fuhr in Laras Magen. Freude sah anders aus.

»Ich muss diese Papiere noch durchgehen«, lautete die Antwort.

Lara bereute es sofort, dass sie ihn aufgesucht hatte. Was hatte sie sich denn gedacht? Sie hatten ein Arbeitsverhältnis. Aber wenn sie es genau nahm, dann war sie ja aus diesem Grund hier. Jetzt konnte sie auch versuchen, das Beste daraus zu machen.

»Hast du nie Feierabend?«

»Das ist mein Feierabend«, antwortete Nathan. Lara suchte nach einem Lächeln, doch es kam keines. Schweigen breitete sich aus. Nathan saß da und schaute sie einfach nur an.

»Was gibt es denn?«, fragte er schließlich. Es klang zwar freundlich, aber total unverbindlich, als rede er mit einer Angestellten.

*Lara, du **bist** so was wie eine Angestellte!*, versetzte ihre eigene Stimme im Kopf.

»Ach, nichts … ich … wollte nur fragen, ob ich noch was für dich tun kann?« Sie stöhnte innerlich angesichts dieser kläglichen Darbietung. Warum hatte sie nicht einfach nach dem Interview gefragt? Aber jetzt war es zu spät.

»Das ist lieb von dir, Lara, aber völlig unnötig. Du bist nicht meine Angestellte.«

Dazu schwieg ihre Stimme im Kopf. Typisch!

»Oh, okay, tut mir leid. Viel Erfolg dann!« Noch bevor Nathan irgendetwas entgegnen konnte, drehte sie sich um und verließ den Raum. Mit hochrotem Kopf huschte sie zurück in ihr Zimmer. Wie peinlich! Wie peinlich! Wie peinlich! Es gab auf der Welt kein Loch, dessen Tiefe sie als annähernd angemessen erachtet hätte, um sich darin zu verkriechen. Wieso war das so schiefgegangen?

Weil du in Panik geraten und abgehauen bist. Vorher lief es nicht überragend gut, aber auch nicht schlecht.

›Ach, jetzt meldest du dich wieder, hm?‹, fuhr sie ihre eigene Stimme an. Aber sie konnte nicht leugnen, dass diese Analyse ziemlich genau zutraf. Die Situation war nicht peinlich gewesen bis …

Bis du aus dem Raum gestürzt bist, wie eine Studentin, die glaubt, der angehimmelte Professor müsse sie, trotz immenser Arbeit, herzlich strahlend empfangen, und es natürlich nicht getan hat.

Oh Gott, wie stand sie denn jetzt da? Jetzt konnte Nathan ja nichts anderes denken, als dass sie sich in ihn verknallt hatte. Sie vergrub ihr Gesicht in ihren Händen. Sie hatte sich ja unbedingt die ganze Flasche Wein reinkippen müssen!

›Laralinchen, was hat diese Fliege dort mit dir gemeinsam?‹, hörte sie die warme Stimme ihres Vaters. Er hatte ihr diese Frage gestellt, als sie einmal völlig aufgelöst aus der Schule gekommen war, nach einer ziemlich ähnlichen Situation, wie sie sich erinnerte. Dabei hatte er auf das Insekt gezeigt, das immer wieder vor die Scheibe flog, panisch gerade zu, und nach einem Ausgang aus dem Zimmer suchte, obwohl das Fenster einen Spalt offen stand. Damals hatte sie ihn mit einer Mischung aus Ratlosigkeit und Ärger angeschaut. Sie wollte Verständnis und Trost, und er kam ihr mit einer blöden Fliege!

›Schau sie dir an. Sie macht immer den selben Fehler. Und warum? Weil ihr die Ruhe fehlt. Sie will hier raus, merkt, dass es nicht geht, doch anstelle zur Ruhe zu kommen und etwas Neues zu probieren, fliegt sie immer wieder gegen die Scheibe und wird noch panischer. Vorhin habe ich sie gescheucht. Aber das liegt schon eine Weile zurück.‹

Es hatte zwar eine ganze Weile gedauert, bis sie es verstanden hatte – war doch überhaupt nicht mit der schrecklich peinlichen Situation von ihr zu vergleichen, Papa! – doch ihr Vater war ruhig geblieben, und schließlich hatte sie es kapiert. Diesen Vorlauf brauchte sie jetzt nicht. Nach und nach schaffte sie es, sich zu beruhigen und die Gedankenwirbel in ihrem Kopf zu stoppen, bis schließlich für einen Moment eine wunderbare Leere herrschte. Und plötzlich hörte sie sich anders reden.

So schlimm ist es nun auch wieder nicht. Gib dich morgen entspannt und souverän. Steh zeitig auf, und mach mit ihm das Fitness-Programm. Das zeigt ihm, dass du dich engagierst und tatsächlich seinen kompletten Alltag teilen möchtest. Mehr wolltest du vorhin auch nicht. Wenn er fragt, erkläre ihm, dass du wegen des Interviews da warst, aber gemerkt hast, dass es nicht passt. Ansonsten tu so, als sei nichts geschehen.

Ja, das war ein Plan. So würde sie es machen. Sie betätigte die Klingel und wartete, bis Lily erschien. Nachdem sie erfahren hatte, was sie wollte, setzte sie sich an den Tisch und brachte noch ein paar Eindrücke des Tages zu Papier. Mit einer angenehmen Müdigkeit fiel sie in ihr Bett und schlief entspannt ein.

Schon kurz darauf allerdings klingelte ihr Telefon und entriss sie dem gerade gefundenen Schlaf wieder. Sie stöhnte. Wenn das Bernie war, um ihr mitzuteilen, was für einen tollen Mann mit Brusthaaren sie gefunden hatte, würde sie einen Weg finden, sie von einem Blitz treffen zu lassen, das schwor sie sich! Noch schlaftrunken angelte sie nach dem Ding und zwinkerte in die Helligkeit. Es war war nicht Bernie. Es war Mr. Alarm Tap to snooze. Verdammtes Telefon! Sie hatte den Wecker doch auf halb fünf gestellt! Wieso ging er jetzt schon los? Sie wollte gerade die Einstellungen für den Wecker öffnen, als ihr Blick die Uhr streifte. 4:32 … Ihr wurde schlecht. Das konnte doch nicht sein! Sie war doch gerade eben erst … Niedergestreckt von der Erkenntnis, dass es keine andere Erklärung für 4:32 auf ihrem Telefon gab, als dass es tatsächlich 4:32 Uhr war, traf ihr Gesicht das Kissen. Dieses dämpfte gnädigerweise das Wort, das sie hineinfluchte. Nun, es half nichts. Sie verließ die weichen und so wunderbar warmen Decken … so warm und weich und gemütlich … und begab sich ins Bad. Ihr Anblick im Spiegel traf sie mit voller Härte. Schnell spritzte sie sich kaltes Wasser ins Gesicht in der Hoffnung, es würde die Durchblutung anregen. Wenn sie so fahl und mit diesen Augenringen durch die Gänge lief, hätte Blackwater Manor garantiert seine erste Spuklegende. Gott sei Dank zeigte sich ein zartes Rosa auf ihren Wangenknochen, als sie sich mit dem Handtuch abgerieben hatte. Dem Rest der Augenringe rückte sie mit etwas Make-up zu Leibe. Sie raffte ihre Haare zu einem Pferdeschwanz zusammen, der an jedem

Ross zu einer Benachrichtigung an das Veterinäramt wegen Verwahrlosung geführt hätte, und putzte sich die Zähne. Danach fühlte sie sich schon besser. Immer noch leicht flau, weil ihr Kreislauf offenbar die Schlummer-Taste ohne ihr Wissen betätigt hatte, aber zumindest war der Geschmack des Schlafes fort. Sie klatschte in die Hände, um sich selber anzufeuern: »Auf geht's Lara!« Zurück in dem Zimmer traf sie aber gleich auf das nächste Problem: Was sollte sie anziehen? Sportklamotten hatte sie nicht dabei. Allerdings konnte ihr Schlafanzugsunterteil als Trainingshose durchgehen, wenn man nicht so genau hinsah. Sie hatte schon geschmacklosere Teile an Frauen gesehen, wenn sie am Fluss entlang joggten. Und niemand wusste, dass sie gerade darin geschlafen hatte. Ein T-Shirt hatte sie und sollte es raus gehen, musste halt ein Pullover herhalten. Und ihre bequemen Schuhe reichten bestimmt. Sie wusste ja noch gar nicht, was Nathan vorhatte. Vielleicht blieben sie ja an Geräten, dann konnte sie auch Barfuß sein. Sie schaute auf die Uhr. 4:50 Uhr – pünktlich klopfte es an der Tür.

»Ich komme«, rief sie und traf Lily vor der Tür.

»Guten Morgen, Ms. Holmes«, wurde sie begrüßt, als wäre es zehn und nicht fünf Stunden davor. »Haben Sie gut geschlafen?«

»Ich weiß nicht«, antwortete Lara wahrheitsgetreu. »Ich bin mir nicht einmal sicher, ob ich überhaupt geschlafen habe.«

Lily lächelte, sagte aber nichts.

In der großen Halle trafen sie auf Nathan. Er trug ein modernes Trainingsoutfit – Thermo-Shirt, Laufschuhe, einfach alles – und sah natürlich blendend darin aus. Laras Kopf addierte gleich noch ein paar Flicken, Löcher und Schmutzflecken zu ihrem Look. Sie fühlte sich, als hätte sie in einem Altkleider-Container gewühlt.

»Lara«, rief er verwundert. »Was machst du so früh schon auf den Beinen?«

Obwohl die Unsicherheit sie wieder mit aller Macht gepackt hatte, schaffte sie es, ihr Vorhaben durchzuziehen.

»Du hast gesagt, ich sei hier, um eine Woche lang dein Leben zu teilen. Das gehört doch offensichtlich dazu, oder?«

Nathan zuckte mit den Schultern. »Gut, dann komm.«

Lara hatte sich zwar eine etwas beeindrucktere Reaktion erhofft, aber sie hatte erreicht, was sie wollte. Sie verließen das Haus durch die Vordertür, und Nathan nahm Kurs auf den Park. Es war noch stockfinster draußen und eiskalte Luft empfing Lara. Eine Millisekunde bereute sie ihre Entscheidung wieder, doch niemals würde sie sich die Blöße geben, gleich wieder umzudrehen. Sie folgte Nathan und hielt sein Tempo. Lichter flammten auf, offenbar bewegungsgesteuert, und erhellten immer den Teil der Strecke, auf dem sie sich gerade befanden. Irgendwann begannen die Seitenstiche, doch Lara lief weiter. Der Ehrgeiz hatte sie gepackt. Sie hatte diese leichte Skepsis in Nathans Blick sehr wohl bemerkt. Sie würde ihm beweisen, dass sie härter war, als er dachte. Peinlichst genau darauf achtend, nicht zu keuchen, lief sie neben ihm her. Das machte es zwar nicht einfacher, doch ihre Würde war ihr wichtiger. Gerade, als sie es kaum noch aushielt, verlangsamte Nathan seine Schritte und hielt an. Ha, also! Auch er brauchte eine Pause. War wohl doch nicht so fit, der gute Ma... Sie sah, wie Nathan ohne Anzeichen von Atemnot oder Erschöpfung auf ein Reck zuhielt. Ein Reck! Wer, um alles in der Welt, hatte ein Reck in seinem Park? Nathan Canavan, offenbar. Geschmeidig sprang er daran und begann aus der Bewegung mit Klimmzügen. Lara trat hinzu, sprang, hoffte vergebens, zu klein zu sein, erreichte die Stange und zog sich ebenfalls hoch. Allerdings gestattete sie sich, immer nur einen zu machen, in der Zeit, in der Nathan zwei vollbrachte. Sie sah das nicht als Niederlage. Im Gegenteil, sie war ziemlich erstaunt darüber, was ihr Körper unter der Knute ihres Willens zu leisten im Stande war. Allerdings war es die Hölle.

Für Nathan offensichtlich nicht. Er zog nun die Knie zum Bauch, atmete dabei stark, aber immer noch regelmäßig und tief. Lara tat es ihm gleich, und nach kurzer Zeit schmerzten nicht nur ihre Arme sondern auch noch ihr Bauch. Mit einem eleganten Satz verließ Nathan das Reck und verfiel sofort wieder in ein forsches Lauftempo. Lara hoffte, dass sie das gequälte Geräusch nur gedacht hatte, während sie die Verfolgung aufnahm.

Als sie schließlich wieder das Haupthaus erreichten, wunderte sich Lara nicht mehr darüber, was ihr Körper zu leisten im Stande war, sondern darüber, wie sehr er schmerzen konnte. Ihre Oberschenkel stachen und ihre Lunge fühlte sich an, als atme sie Glassplitter statt Luft. Und ihr war übel. So übel, dass sie schon Galle schmeckte. Während sie sich bemühte, die Kontrolle zu behalten, bemerkte sie, dass sie sich dem Haus von hinten näherten. Nathan hielt auf einen Ausläufer zu, vor dessen Tür er stehen blieb.

»Hast du Schwimmsachen dabei?«, fragte er ohne einen Funken der Anstrengung. Nur an den dunklen Rändern auf seiner verfluchten, gut aussehenden, professionellen Thermo-Wäsche konnte man überhaupt erkennen, dass er etwas getan hatte.

Schwimm...? »Nein«, presste Lara so gut es ging zwischen den Zähnen hervor und schluckte den Schleim herunter, der sich allerdings sofort wieder in ihrem Mund sammelte. Nach dem ersten Schrecken regte sich aber auch so etwas wie Hoffnung in ihr. Wies sich da eventuell ein Ausweg aus der selbstgeschaffenen Misere?

»Das macht nichts, in der Umkleide liegen die gängigen Größen bereit.«

Ein kleines Pflänzchen mit einer niedlichen blauen Blüte wurde vor Laras innerem Auge von einem Vorschlaghammer getroffen und in die Erde gematscht.

Nathan hielt die Tür auf. »Kommst du?«

»Gleich.« Lara forcierte ein Lächeln. »Ich will noch einen Moment die wunderbare Luft genießen.« Sie schluckte zweimal. Das war knapp gewesen.

»Ja, herrlich, nicht wahr?« Nathan strahlte und atmete tief ein. »Gut, bis gleich!«

In dem Moment, als sich die Tür hinter ihm geschlossen hatte, hastete Lara zu einem der Blumenkübel und erbrach sich hinein. Eine Minute blieb sie keuchend und nach Luft schnappend daneben stehen, dann folgte eine zweite Ladung.

›Sport ist Mord! Habe ich ja schon immer gesagt‹, verkündete Geister-Bernie spitz, während Lara würgte.

»Pfff«, machte sie. »Dafür sehe ich Nathan gleich in Badehose!«

In der Tat ließ sie diese Vorstellung sich besser fühlen.

›Und er dich im Badeanzug‹, säuselte Bernie.

Und weg war das gute Gefühl. Lara stöhnte.

›Komm, Herzchen! Ich habe dir immer gesagt, dass du einen tollen Körper hast.‹

›Ja‹, dachte Lara. ›Mit tollen Fettpolstern an den Hüften und viel zu kleinen Brüsten! Ach ja, man sollte auch etwas für die Oberfläche des Mondes übrig haben. So ähnlich sehen nämlich meine Oberschenkel aus.‹

›Das ist alles nur in deinem Kopf‹, rügte Bernie.

›Ja, wie du!‹, verbannte sie sie aus eben diesem. Dann zuckte sie mit den Schultern. Blieb nur zu hoffen, dass sie einen Einteiler fand ... und, dass er halbwegs passte.

Sie folgte Nathan durch die Tür, und warme, feuchte und chlorgeschwängerte Luft empfing sie. Nach einem kurzen Flur öffnete sich ein spektakulärer Raum, der Lara ihre Übelkeit sofort vergessen ließ. Der Boden bestand aus Holzbohlen. An sämtlichen Wänden wuchsen knorrige Rankpflanzen empor, deren Blätter und Blüten von der

Decke hingen und so den Anschein erweckten, man befände sich in einer Höhle oder in einem Baumhaus im Dschungel. Links gab es einen Tresen, perfekt in die Urwald-Atmosphäre integriert. Nur der riesige Spiegel an der Wand dahinter, die Steckdosen und bereitliegenden Föns machten einem klar, wo man war. Selbst die Beleuchtung war so geschickt gestaltet, dass man wirklich dachte, die Sonne erhelle den Raum. Nach links führten zwei Türen ab, die eine mit der Aufschrift ›Women‹, auf der anderen las Lara ›Men‹. Es gab tatsächlich getrennte Umkleidebereiche! Sie schüttelte unwillkürlich den Kopf.

In dem für sie und ihre Geschlechtsgenossinnen vorgesehenen Bereich setzte sich das Design fort. In Regalen, die aussahen, als seien sie mit Lianen zusammengebunden, fand Lara frische Handtücher, Duschgels, Lotions und eine Auswahl an Bikinis und Badeanzügen. Tatsächlich war ein Einteiler in ihrer Größe dabei. Er saß sogar einigermaßen zufriedenstellend – trotz der stimmigen Größe nicht selbstverständlich. Schnell schnappte sie sich eines der Gels und ein Handtuch und begab sich in die angrenzenden Dusche. Wie ein warmer Sommerregen ergoss sich das Wasser auf sie, als sie den Knopf betätigte, entspannend und erfrischend zugleich. Sie gestattete sich jedoch nicht, es zu genießen. Sie war sowieso schon spät dran. Sie seifte sich kurz ab, dann trat sie durch die Tür, die in die Schwimmhalle – oder besser: in die Lagune – führte. Echte Palmen, Hibiskus-Sträucher und jede Menge anderer Tropengewächse säumten das riesige Schwimmbecken. Es gab kleine Grotten und sogar einen schmaleren Bereich, der aussah, als schlängele sich ein kleiner Fluss durch das Dickicht.

Nathan war schon im Hauptbecken und kraulte seine Bahnen. Damit er gar nicht erst die Gelegenheit bekam, aufzuhören und sie länger anzusehen, warf Lara das Handtuch über einen Ast und sprang ins Wasser. Es war herrlich. Zuversichtlich schwamm sie los. Das versprach, nicht ganz so brutal zu werden wie das Joggen. Zumal sie sich gegen Kraulen entschied. Sie wollte auch nicht mit Nathan mithalten. Nur genauso lange in Bewegung bleiben wie er. Ganz in Ruhe. Nach der vierten Bahn wusste sie es besser. Das Brennen in ihren Gliedmaßen verstärkte sich exponentiell zu der immer langsamer verstreichenden Zeit. Auch ihr Atem ging immer kürzer, sodass sie mehr keuchte, als wirklich Luft zu holen. Doch sie biss die Zähne zusammen und schwamm weiter. Irgendwann, sie glaubte schon, in einer Dimension gefangen zu sein, in der Zeit nicht mehr existierte, schoss Nathan plötzlich aus dem Wasser und schwang sich elegant auf den Rand des Pools.

»Yeah!«, rief er energiegeladen.

Lara versuchte, es ihm gleich zu tun, doch ihre butterweichen Arme versagten ihr den Dienst, und sie rutschte zurück ins Wasser. Toll! Wie eine Seekuh! Gedemütigt nahm sie die Treppe.

»War das nicht einfach großartig?«, rief Nathan ihr zu, während er sich voller Elan das Gesicht abtrocknete. »Einen besseren Start in den Tag gibt es doch wohl nicht!«

Lara fielen auf der Stelle ein Dutzend bessere Arten ein, den Tag zu beginnen. Frühstück im Bett, lesen im Bett, Herrgott, alles, was man im Bett machen konnte! Oder einfach nur ausgiebig warm duschen und dann Kaffee und Croissants. Aber sie zwang sich zu einem Lächeln und einer straffen Haltung.

»Stimmt!«, rief sie ebenso fröhlich.

Nathan strahlte sie an »Nicht war? Gut, ich treffe dich im Vorraum. Dann gehen wir rüber, frühstücken.« Damit verschwand er in der Dusche.

Lara wartete, bis er außer Sicht war, dann sackte sie in sich zusammen und schleppte sich in ihren Bereich. Das heiße Wasser entspannte ihre verkrampften Muskeln ein wenig, und so fiel es ihr nicht ganz so schwer, einen erfrischten Eindruck zu machen, als sie zu Nathan in das künstliche Baumhaus trat. Dennoch hatte sie das Gefühl, auf Pudding zu laufen, als sie hinüber in das Haupthaus gingen.

Noch nie im Leben hatte der Duft von Kaffee und frischen Brötchen so gut gerochen. Und erst der Geschmack! Gott sei Dank war Nathan damit beschäftigt, die Zeitung zu lesen, so bekam er nicht mit, dass sie den Kaffee förmlich runterstürzte und der erste Bissen so groß war, dass sie beinahe den Mund nicht zubekam. Als er schließlich das Papier zusammenfaltete und auf den Tisch legte, schaffte sie es, schon wieder ganz manierlich zu essen.

»Wenn du fertig bist, packe bitte ein paar Sachen für die Nacht und triff mich in der Eingangshalle«, verkündete er.

Lara schaute verdutzt auf, nickte aber. Wahrscheinlich musste er zu einem Vortrag oder einer Konferenz außerhalb.

»Gut, bis gleich.« Er stand auf und verließ den Tisch. Lara verschlang noch schnell ein drittes Brötchen und begab sich dann auf ihr Zimmer. Eine Viertelstunde später stand sie mit ihrem Koffer neben der Treppe. Kurz darauf erschien Nathan. Im Gegensatz zum Vortrag trug er keinen Anzug, sondern eine etwas legerere, aber nicht minder elegant wirkende Kombination aus Stoffhose, Hemd und Pullover.

»Da bist du ja«, begrüßte er sie. »Dann kann es ja losgehen.«

Vor dem Haus stand ein dunkelblauer Geländewagen. Nathan nahm ihren Koffer und verstaute ihn im Gepäckabteil, dann schwang er sich hinter das Lenkrad. Lara wunderte sich zwar kurz, doch warum sollte er nicht einmal selbst fahren? Es hieß ja, dass es Leute gab, denen das Spaß machte. Bernie zum Beispiel. Allerdings machte es ihren bedauernswerten Passagieren keinen. Lara war die Einzige, die sich noch zu ihr ins Auto setzte, wenn sie es sich mal wieder von ihren Eltern ausgeliehen hatte. Warum, wusste sie selber nicht so genau.

Nathan hingegen fuhr geradezu ekelhaft gut. Und er sah einfach umwerfend aus in den cremefarbenen Ledersitzen mit seiner Pilotenbrille auf der Nase, die ihn gegen die morgendliche Frühlingssonne schützte. Lässig dirigierte er den Wagen über die Landstraße, als hätte er nie etwas anderes getan in seinem Leben. Er schien wirklich in jeder Hinsicht perfekt.

Bis auf seine blöde Angewohnheit, sie gerne mal aufs Glatteis führen zu wollen.

Es erleichterte Lara, wenigstens etwas gefunden zu haben, das sie an Nathan kritisieren konnte. Perfektion war einfach niederschmetternd. Und davon hatte sie heute Morgen schon wieder viel zu viel gehabt. Einen Moment überlegte sie, ob vielleicht diese Perfektion der Grund dafür war, dass Nathan immer noch alleine lebte – abgesehen von seinen Bediensteten. Welche Frau hätte das Selbstvertrauen, sich mit so einem Mann einzulassen? Dann fiel ihr Rhonda ein, die damit offenbar so gar kein Problem hatte, und sie verwarf den Gedanken wieder. Da draußen gab es garantiert noch mehr von dieser Sorte. Aber vielleicht ging es gar nicht darum, für wie perfekt sich die Frauen hielten, sondern, ob sie in Nathans Augen so perfekt waren wie er?

Lara spürte, wie ihr die Augen schwer wurden. Nathans Fahrstil hatte etwas so Beruhigendes und Vertraueneinflößendes, dass ihr Körper offenbar bereit war, den vermissten Schlaf nachzuholen. Sie kämpfte kurz mit sich, da sie nicht sicher war, was das für einen Eindruck auf ihn machen würde, kam dann aber zu dem Schluss, dass es wesentlich besser war, ausgeruht zu den garantiert anstehenden Meetings zu kommen. Er konnte ja etwas sagen, wenn es ihn störte. Also gestattete sie sich ein kurzes Nickerchen.

Als sie erwachte, musste sie erst einen Moment überlegen, wo sie sich befand. Die Fahrgeräusche waren verstummt. Hatte Nathan sie etwa einfach in der Garage des Canavan-Buildings zurückgelassen? Sie riss die Augen auf. Helles Sonnenlicht stach in ihre Pupillen. In der Garage war sie schon mal nicht. Aber wo war sie? Als sie sich an die Helligkeit gewöhnt hatte, warf sie einen Blick durch die Scheiben. Der Wagen stand vor einem pittoresken, alten englischen Häuschen, das Lara noch nie in ihrem Leben gesehen hatte. An einer kunstvoll geschmiedeten Halterung hing ein Schild mit der Aufschrift ›Little Farthemsby Bakery‹ – Wo, zum Teufel, lag Little Farthemsby?

Noch bevor sie sich länger mit dieser Frage beschäftigen konnte, sah sie Nathan aus dem Laden kommen. Er trug eine braune Papiertüte und zwei mit zartrosa Blüten verzierte Porzellantassen.

»Ah, du bist wach«, begrüßte er sie, als er zu ihr in den Wagen stieg. »Ich glaube, ich habe hier genau das Richtige für dich!« Er reichte ihr eine der Tassen. Es war schwarzer Tee.

»Normalerweise darf man sie nicht mit rausnehmen, aber ich habe ihnen ein Pfand dagelassen«, erklärter er Lara auf ihren verblüfften Blick hin.

»D... danke«, stotterte Lara. »Wo sind wir?«, fragte sie immer noch leicht überfordert.

»Little Farthemsby«, antwortete Nathan so netter wie überflüssiger Weise, während er in die Tüte griff. »Hier, probier die mal. Darauf freue ich mich schon seit zwei Stunden.« Er reichte ihr ein goldgelbes, rundes Gebäckteilchen, ungefähr daumendick und von der Größe ihrer Hand.

Lara zuckte unmerklich zusammen und schaute auf die Uhr im Armatuerenbrett. 10:37 – sie hatte tatsächlich beinahe drei Stunden geschlafen! Aber Nathan schien das nicht gestört zu haben. Gut gelaunt biss er in seinen Gebäck-Taler. »Mmmh«, machte er genüsslich und nahm einen Schluck Tee. »Kindheit.«

Laras Augenbraue hob sich unwillkürlich. Was hatte er da gerade gesagt?

»Kommst du hier aus der Gegend?«, fragte sie vorsichtig, weil sie nicht wusste, ob sie damit nicht irgendeine Grenze verletzte.

Zu ihrer Erleichterung nickte Nathan, ganz mit seinem Taler beschäftigt. Er biss erneut hinein, kaute intensiv und nahm noch einen Schluck Tee. Da er nichts weiter sagte, nahm auch Lara einen Bissen. Das Gebäckstück war mit einer Art Marmelade gefüllt, die nach Schwarzer Johannisbeere und ein paar Gewürzen schmeckte. Zusammen mit dem ungesüßten Tee war es köstlich.

»Jeden ersten Samstag im Monat ist mein Vater mit mir hierher auf den noch fast leeren Markt gefahren. In aller Herrgottsfrühe. Nachdem wir die Einkäufe erledigt hatten, haben wir dann hier gefrühstückt, während draußen sich die Menschen drängten und versuchten, die verbliebenen Waren zu ergattern. ›Du siehst, wer das Beste will, sollte früh aufstehen‹, sagte er dann immer mit einem zufriedenen Lächeln.«

»Diesen Rat hast du ja beherzigt«, lachte Lara.

Über Nathans Gesicht huschte ein Schatten. »Ja, das habe ich wohl«, sagte er merkwürdig nachdenklich, doch Lara wagte nicht, nachzufragen, was diese Wandlung seiner Laune ausgelöst hatte. Dann war es auch schon wieder vorbei.

»Schmeckt es dir?«, fragte er gut gelaunt.

»Oh ja!«, bestätigte Lara.

»Großartig, nicht wahr? Wo bekommt man diese Qualität heute noch? Das Rezept ist das gleiche wie vor hundert Jahren, und sie backen noch immer in dem alten Holzofen hinter dem Haus.«

Er stopfte sich den Rest des Talers in den Mund und spülte ihn mit dem Tee herunter. Nachdem er die Tassen zurückgebracht hatte, verließen sie Little Farthemsby.

Lara war froh und enttäuscht zugleich. Nathan hatte tatsächlich von sich aus etwas über seine Herkunft verraten. Und sogar eine besondere Erinnerung aus seiner Kindheit mit ihr geteilt. Sie hätte so gerne noch mehr von dem kleinen Dorf gesehen. Und noch mehr erfahren. Doch in dem Moment, als er sich wieder hinter das Steuer gesetzt hatte, war Nathan verstummt. Nicht verstockt oder schlecht gelaunt, nein, eher seinen Gedanken nachhängend. Lara überlegte angestrengt, ob sie es wagen sollte, ein wenig zum Thema Kindheit nachzuhaken. Schließlich hatte er es angeschnitten. Und zwar an einem Ort, der offensichtlich etwas damit zu tun hatte. Nicht in einem italienischen Restaurant in einer Großstadt oder im Auto nach einer Konferenz. Aber diesen Ort hatten sie hinter sich gelassen und befanden sich nun vermutlich wieder auf dem Weg in irgendeine anonyme Stadt. Sie musste es einfach versuchen. Auch auf die Gefahr hin, sich eine Abfuhr zu holen. Es war schließlich ihr Job!

»Bist du dort auch zur Schule gegangen? In Little Farnems... Frathems...«

»Farthemsby«, half ihr Nathan mit einem Schmunzeln.

Immerhin schien er die Frage nicht übergriffig zu finden.

»Nein. Die Grundschule habe ich in Little Tulthenham besucht.«

»Ist alles nicht besonders groß hier, was?«, entfuhr es Lara. Sofort biss sie sich auf die Lippe, doch Nathan schmunzelte wieder.

»In der Tat!«

Lara lachte, glücklich darüber, keinen Fauxpas begangen zu haben. Sie warf einen Blick nach draußen. Grüne Wiesen und Felder flossen über sanfte Hügel und säumten die Straße … die nicht danach aussah, als führte sie bald wieder auf die Autobahn. Als Nathan anhalten musste, um einen Traktor passieren zu lassen, regte sich in Lara die Frage, wohin sie eigentlich fuhren. Gerade, als sie den Mut aufgebracht hatte, sie zu stellen, bog Nathan in die Einfahrt zu einem kleinen Cottage – das einzige weit und breit. Es lag halb versteckt hinter ein paar Hecken. Samtiger Rasen erstreckte sich davor, Blumenbeete und Hortensiengewächse umrahmten es. An die weiße Fassade schmiegten sich Heckenrosen. Davor stand ein uralter Kombi, ebenso gepflegt wie das Haus, und ein Mann, der mindestens noch einmal dreißig Jahre älter sein musste als der Wagen. Er trug blaue Latzhosen und einen Strohhut und war gerade dabei, einen der Fensterrahmen zu streichen. Er drehte sich um, als er den modernen SUV über den Kies der Zufahrt kommen hörte, verzog aber keine Miene. Nur eine Rauchwolke verließ seinen von einem imposant geschwungenen, weißen Schnauzbart halb verdeckten Mund, gezogen aus einer abgegriffenen Pfeife, die er seitlich zwischen seinen Zähnen hielt. Ein gebrechlich wirkender Collie kam aus der offenstehenden Eingangstür und bellte heiser.

Laras Mund stand ebenfalls offen. All das wirkte so anachronistisch, dass sie für einen Moment das Gefühl bekam, sie seien tatsächlich in der Zeit zurückgefahren.

»Wo sind wir hier?«, raunte sie leise. Es war zwar völlig lächerlich, aber irgendwie hatte sie Angst, dieses kleine Paradies würde verschwinden und sie sich doch im Innenhof eines Kongresszentrums wiederfinden, wenn sie zu laut sprach.

»Bei meinen Eltern«, erwiderte Nathan lapidar und stieg aus.

»Wie bitte?«, entfuhr es Lara verblüfft. Sie war irgendwie davon ausgegangen, dass Nathans Eltern schon lange tot waren. Es hätte sie viel weniger gewundert, wenn Nathan sie zu einem Waisenhaus gefahren und ihr eröffnet hätte, er habe seine Jugend dort bei Wasser und Brot verbracht. Gleichzeitig rutschte ihr das Herz in die Hose. Es war eine Sache, die Menschen kennenzulernen, mit denen Nathan geschäftlich zu tun hatte. Aber seine Eltern? Niemals waren sie irgendwo erwähnt worden, geschweige denn bei einem Event oder einer Rede Nathans aufgetaucht. Er hatte Lara ohne Vorwarnung mit in sein Allerheiligstes genommen. Wie sollte sie sich jetzt verhalten? Und wie sie aussah! In ihren Business-Klamotten wirkte sie doch wie das Musterbeispiel einer eingebildeten Stadtzicke! Und das Schlimmste war, dass sie normalerweise ganz anders herumlief. Viel passender für einen Ort wie diesen. Warum hatte er ihr nicht die Chance gegeben, sich darauf vorzubereiten? Er selbst hatte das ja offensichtlich getan! Sie kam aber nicht dazu, weiter darüber nachzudenken, denn wenn sie nicht auch noch schüchtern, zimperlich oder einfach nur unhöflich wirken wollte, musste sie jetzt aus dem Auto raus.

»Guten Tag dir, Sohn«, hörte sie den Mann Nathan begrüßen, während sie ausstieg. Seine Stimme war wohlklingend, weich und strahlte tiefe Ruhe aus. Er sprach in reinstem Oxford Englisch, dem selbst die Pfeife in seinem Mund nichts anhaben konnte. »Ich nehme an, du hattest eine angenehme Fahrt?«

»Ja, Dad«, antwortete Nathan und nahm die Sonnenbrille ab. Es klang merkwürdig in Laras Ohren. So ganz anders als alles, was sie bisher von ihm vernommen hatte.

»Oh, gut. Alles andere wäre auch nicht akzeptabel gewesen angesichts dieser Monstrosität«, sagte er trocken, und sein Kopf machte eine Bewegung in Richtung des Geländewagens, der jetzt tatsächlich geradezu obszön gigantisch wirkte vor dieser idyllischen Szenerie. Nathan schmunzelte, doch noch etwas anderes sah Lara in seinem Blick. Etwas, dass sie noch nicht wirklich einordnen konnte.

Lara hatte das Auto umrundet und war in einem für sie angemessenen Abstand bei der Motorhaube des Ungetüms stehengeblieben.

»Möchtest du mir vielleicht die bezaubernde junge Dame vorstellen, die sich so höflich im Hintergrund hält?« Nathans Vater richtete seine Augen auf sie, die trotz seines Alters immer noch wach und aufmerksam waren. Sie erinnerten Lara an die Augen der Männer, die auf alten Fotos aus der Kolonialzeit zu sehen waren. Nathan warf überrascht eine Blick über seine Schulter.

»Lara, verzeih, ich habe darauf gewartet, dass du zu uns stößt. Bitte, komm näher.«

Lara schluckte, trat jedoch neben Nathan.

»Dad, darf ich dir Lara Holmes vorstellen? Sie ist Studentin und begleitet mich diese Woche. Lara, mein Vater, Francis Canavan.«

»Angenehm«, sagte Nathans Vater und reichte Lara die Hand.

»Ganz meinerseits, Mr. Canavan«, brachte Lara trotz staubtrockenen Mundes heraus und machte ganz automatisch einen Knicks. Gott, warum hatte sie das getan? Wie bescheuert war das denn? Aber irgendwie strahlte dieser alte Mann eine Würde aus, die sie gefangen nahm.

Der Collie kam herbeigelaufen und schnüffelte neugierig an Laras Bein. Froh darüber, die peinliche Situation in eine andere Richtung lenken zu können, beugte sie sich hinunter und hielt ihm ihre Hand hin. Zunächst nahm er misstrauisch ihren Geruch auf, dann stupste seine feuchte Nase in ihre Handfläche und beförderte sie mit einer Bewegung auf seinen Kopf.

»Na, wer bist du denn?«, fragte sie mehr rhetorisch als ernst gemeint und begann, den Hund zu kraulen, der diese Zuwendung sichtlich genoss.

»Das ist Joan«, erklärte Nathans Vater. »Und wenn Sie vor jemandem knicksen sollten, dann vor ihr. Sie hat hier alles fest im Griff. Ich bin nur ihr untertänigster Diener.« Er sagte es auf so herrlich schlichte Weise, dass es Lara überhaupt nicht unangenehm war, noch einmal an ihre übertriebene Geste erinnert zu werden. Im Gegenteil: Sie musste sich konzentrieren, nicht laut loszulachen.

»Ich bin etwas überrascht, dass sie dich akzeptiert. Und das auch noch so schnell«, sagte Nathan mit hochgezogenen Augenbrauen.

»Ich nicht«, entgegnete sein Vater. »Ms. Holmes scheint mir eine überaus höfliche und respektvolle und vor allem ehrliche Person zu sein. So, und nun lasst uns ins Haus gehen. Deine Mutter hat das Essen fertig.« Er wandte sich ab und nahm Kurs auf die Tür.

Lara fühlte sich schon wesentlich besser. Die erste Hürde hatte sie schon mal genommen. Und sie hatte gar nicht viel tun müssen. Sie folgten Francis Canavan ins Haus. Joan Collie wich ihr nicht von der Seite. Die Küche befand sich links von dem kleinen Treppenhaus, das in das obere Stockwerk führte. An einem alten, Holz befeuerten Herd stand eine kleine, etwas rundliche Frau in einer geblümten Schürze und rührte in einem Topf. Ihre grauen Haare hatte sie in einem Knoten auf ihrem Kopf befestigt.

»Sieh mal, wer da ist«, rief Nathans Vater, als sie eintraten. Sofort drehte sie sich um, und ein strahlendes Lächeln erhellte ihr rotwangiges Gesicht.

»Nathan, mein Junge! Gut siehst du aus! Schön, dass es endlich mal wieder geklappt hat.« Sie drückte ihren Sohn.

»Hallo, Mum. Nicht so gut wie du.« Er küsste sie auf auf ihre Apfelbäckchen.

»Oh, du fürchterlich lieber Lügner!«, tadelte sie ihn, knuffte ihn mit ihrem Ellenbogen, dann löste sie sich von ihm und wandte sich Lara zu. »Herzlich willkommen. Ich bin Nathans Mum. Ich hoffe, er hat sich während der Fahrt anständig verhalten.« Sie warf Nathan einen schrägen Blick zu.

»Oh, danke! Ich bin Lara. Freut mich sehr, Sie kennenzulernen«, stammelte Lara überrascht angesichts der Herzlichkeit, die ihr von der Frau entgegengebracht wurde. »Ich kann Ihnen versichern, Ihr Sohn ist ein sehr angenehmer Reisebegleiter, Mrs. Canavan«, beeilte sie sich hinterherzuschicken, während sie ihre Hand schüttelte.

»Wundervoll. Ach, und nenn mich doch bitte Ellen. Mrs. Canavan nennen mich Nathans Angestellte.«

In Laras Magen fuhr ein Stechen. »Ähm, ich bin eine Angestellte Nathans«, sagte sie halblaut.

»Tatsächlich?« Echtes Erstaunen spiegelte sich auf Ellens Zügen wider. »Verzeih, aber das hätte ich nicht erwartet. Du wirkst so ganz anders. Und da dich unser Familienvorstand ganz offenbar akzeptiert hat«, sie nickte in Richtung Joan Collie, die wieder Laras Hand stupste, um sich streicheln zu lassen, »bleibt es natürlich bei Ellen.« Sie lachte. »So und nun setzt euch, das Essen ist fertig!«

»Genaugenommen ist sie Studentin«, korrigierte Nathan. »Sie begleitet mich diese Woche Aufgrund einer Hausarbeit. Du lagst also nicht ganz falsch, Mum.«

»Ach, tatsächlich?«, merkte Ellen auf, während sie den Topf auf den gedeckten Tisch stellte. »Das ist aber nett von dir, dass du jetzt Studenten unterstützt«, fügte sie mit einem undefinierbaren Lächeln hinzu und begann, Laras Teller zu füllen. »Das ist mein spezielles Beef Stew«, erklärte sie. »Nathans Lieblingsgericht. Früher durfte kein Sonntag vergehen, ohne es. Überall gab es Braten, nur bei uns gab es Stew!« Sie lachte.

Auch Lara musste schmunzeln. Die Essensrituale hatte Nathan offenbar beibehalten.

»Ich hoffe, es schmeckt dir!«

»Ganz bestimmt«, antwortete Lara. »Ich liebe Stew!«

Ellen strahlte. »Ehrlich? Wie schön!«

»Ja, meine Mutter hat unter der Woche Stew gekocht. So brauchte ich es nur aufwärmen, wenn ich aus der Schule kam. Dann war es immer schön durchgezogen.«

»Dann schmeckt es am besten, nicht wahr? Deswegen habe ich dieses schon gestern Abend vorbereitet und heute den ganzen Morgen köcheln lassen.« Sie zwinkerte Lara zu. »Du bist richtig!«

Lara zuckte unmerklich zusammen. Irgendwie konnte sie diese letzte Bemerkung nicht wirklich einordnen. Weniger das Gesagte, als die Art, wie sie es sagte.

›Das ist der Schwiegermutter-Tonfall‹, zirpte Bernie hinter ihrer Stirn. Doch bevor sie ihr eine gepfefferte Antwort geben konnte, meldete sich Francis: »Anders als diese Rhonda.«

Ellens Ausdruck wurde abfällig. »In der Tat.«

Lara wurde flau. Nathan hatte Rhonda mit hierher gebracht? In das Haus seiner Eltern? War da doch mehr zwischen ihnen gewesen?

›Laralein, spüre ich da etwa Eifersucht?‹, flötete Bernie.

›Nein! Ja! NEIN! Ich dachte nur …‹

›Dass du etwas Besonderes wärst? Dass er nur dich mit hierhernehmen würde, weil er dich so lieb hat?‹

Lara packte Bernie im Geiste, schob sie in einen erfunden Raum, knallte die Tür zu und vernagelte sie mit zahllosen Brettern. So! Jetzt konnte sie besser denken. Was bedeutete es schon, dass Rhonda hier gewesen war? Sie war es schließlich auch und hatte nichts mit Nathan. Und was wollte sie eigentlich? Ihr war mulmig geworden, als sie noch dachte, dass es wirklich ungewöhnlich sei, dass Nathan sie mit ins Haus seiner Eltern genommen hatte. Und jetzt, als sie erfuhr, dass es wohl nichts zu bedeuten hatte, war ihr das auch nicht recht. Vielleicht sollte sie sich endlich mal entscheiden! Aber ausgerechnet Rhonda?

Francis stieß die Luft aus. »Nun ja, lasst uns essen, sonst wird es kalt!«

Lara hätte zwar gerne noch mehr gehört, zumal es sie freute, dass Rhonda sich offenbar nicht sonderlich beliebt gemacht hatte – wen wunderte es – aber sie hatte auch Angst, etwas herauszufinden, das ihr den Appetit endgültig verdorben hätte. Sie warf Nathan einen Blick zu, um zu sehen, wie er das Thema aufnahm, doch dieser schaufelte sich bereits mit zufriedenem Gesicht einen großen Löffel Eintopf in den Mund.

»Großartig, Mum!«, stieß er kauend hervor. »Mann, habe ich das vermisst!« Ein paar seiner Haare waren in Strähnen in seine Stirn gefallen, und für einen Moment sah er aus wie ein kleiner Junge, der gerade mit einem Bärenhunger nach Hause gekommen war. Früher war es bestimmt so gewesen.

Während sie aßen, unterhielten sich Nathan und seine Eltern hauptsächlich über Dinge, die in seiner Abwesenheit geschehen waren, was die Nachbarn – wie weit sie auch immer entfernt sein mochten, Lara hatte ja keine anderen Häuser gesehen – so trieben, dass sich eine Katze in dem Schuppen hinter dem Haus eingenistet hatte und dass die Äpfel dieses Jahr besonders gut werden würden. Und es war wunderschön. Das Feuer in dem alten Herd knackte ab und an und rundete das wohlige Gefühl ab, das sich in Lara breitgemacht hatte. Sie selbst sagte nicht viel, aber das war auch gut so. So konnte sie die Interaktion zwischen Nathan und seinen Eltern verfolgen. Nathan lachte viel, während er einen Teller nach dem nächsten verputzte, aber auch sein Vater ließ das ein oder andere Mal ein sehr englisches Lachen erklingen. Seine Mutter kommentierte hier und da, und ihre Wangen wurden noch röter. Nathans Eltern schienen wundervolle Menschen zu sein. Herzlich, ehrlich, leicht verschroben, aber das machte sie umso liebenswürdiger. Dann fielen Lara plötzlich die Menschen an Nathans Arbeit ein. Sie waren das genaue Gegenteil! Wie konnte ein Mensch mit diesen Eltern sich nur mit Menschen wie Jack Cisko umgeben? Und ihnen auch noch vertrauen?

»Ah, das war gut, Ellen, ich danke dir«, sagte Francis irgendwann und lehnte sich ein wenig vom Tisch zurück.

»Oh ja«, stimmte Lara zu. »Vielen Dank!«

»Das freut mich sehr!«, antwortete Ellen. »Ich hoffe, ihr habt noch Platz für einen kleinen Nachtisch?«

»Oh«, machte Lara unwillkürlich. Sie war pappsatt.

Francis schmunzelte und holte seine Pfeife hervor. »Wie wäre es vorher mit einem kleinen Spaziergang? Ich für meinen Teil könnte etwas Bewegung vertragen. Was sagen Sie, Ms. Holmes? Haben Sie Lust, ein wenig die Gegend kennenzulernen?«, fragte er, während er sie stopfte.

»Großartige Idee«, antwortete Ellen an Laras Stelle. »Ich bereite in der Zeit alles vor, und wenn ihr zurückkommt, gibt es Kuchen.«

»Dann ist es abgemacht«, freute sich Francis. »Auf, Junge!«

Lara nahm mit einer gewissen Genugtuung wahr, dass Nathan zwar lächelte, es aber einen etwas gequälten Eindruck machte. Drei Teller voller Stew konnten also auch seiner Fitness etwas anhaben.

Sie verließen die Küche. Im Treppenhaus reichte ihr Francis ein paar Gummistiefel. »Hier, die werden Sie brauchen. Sie gehören Ellen, ich hoffe, das macht Ihnen nichts aus?«

»Aber nicht doch. Vielen Dank!«

Lara schlüpfte hinein und fühlte sich tausendmal wohler in ihnen, als in ihren eigenen Schuhen.

Sie verließen das Haus und schlenderten über die angrenzenden Wiesen und Weiden.

»Hier hat Nathan früher immer Staudämme gebaut«, erzählte Francis, als sie an ein kleines Bächlein kamen. »Weißt du noch? Du bist oft pitschnass nach Hause gekommen, aber die Staudämme waren perfekt. So perfekt, dass sich regelmäßig die Bauern beschwert haben, weil ihre Weiden unter Wasser standen. Man konnte sogar richtig baden dahinter.«

»Das hast du geschafft?«, fragte Lara argwöhnisch beim Anblick des Baches, der sich in ihren Augen eher nur bedingt zum Staudammbauen eignete.

»Oh ja«, antwortete Francis. »Und nicht nur das! Nathan hat früher viel gebaut. Baumhäuser, Seifenkisten, und alle waren sie bis ins Detail ausgetüftelt. Er war so gut, dass sogar andere Kinder welche bei ihm in Auftrag gaben.« Er schaute in die plätschernden Fluten. »Ja, so war das. Früher.«

Wie schön, wollte Lara eigentlich sagen und Nathan anlächeln, doch als sie sein Gesicht sah, konnte sie es nicht mehr. Für einen Moment sah er eingefallen und matt aus. Es hielt nicht lange an, doch es reichte, Lara ihre Worte verschlucken zu lassen.

»Was haben Sie denn früher so gemacht?«, fragte sie stattdessen Francis, um die merkwürdige Atmosphäre aufzulösen, die sich ausgebreitet hatte. Und es funktionierte.

»Oh, ich war Lehrer«, antwortete er und paffte an seiner Pfeife. »Rektor, um genauer zu sein.«

Jetzt wusste Lara auch, warum sie automatisch einen Knicks gemacht hatte. Sie hatte instinktiv gespürt, dass er einmal große Autorität und – mehr noch – Respekt und Ansehen genossen hatte.

»Sie waren bestimmt ein guter Rektor«, entkam es ihr spontan und klang im selben Augenblick so unglaublich naiv, dass ihr die Schamesröte ins Gesicht stieg.

»Das war er«, antwortete Nathan. Er hatte so lange nichts mehr gesagt, dass Lara beinahe erschrak, als sie seine Stimme hörte. Er schaute seinen Dad liebevoll an.

»So?«, fragte dieser. »Na, wenn du das sagst.« Er paffte noch einmal, und ein verschmitztes Grinsen schlich sich auf sein Gesicht. Lara fragte sich, woran er gerade dachte, als er hinzufügte: »Warst ja schließlich oft genug bei mir im Zimmer.«

»Wirklich?«, platzte es wieder aus Lara heraus, und sofort biss sie sich auf die Lippe. Sie musste wirklich – wirklich! – lernen, sich zu beherrschen.

»Oh ja!«, antwortete Francis mit ernster Miene, und Lara konnte sich plötzlich vorstellen, wie es für die Schüler vor ihm gewesen sein mochte. Doch dann wurden seine Züge wieder weicher. »Man muss allerdings der Fairness halber erwähnen, dass in achtzig Prozent der Fälle Nathan für andere gesprochen hat.«

»Das hast du getan?« Lara kam nicht umhin, ihm einen bewundernden Blick zuzuwerfen.

»Ja, das hat er. Er hat sich immer für seine Mitschüler eingesetzt. Natürlich hat auch er hin und wieder etwas angestellt. Dafür hat er auch seine Strafen bekommen. Doch die meiste Zeit war er bei mir, um sich vor andere zu stellen. Ich kann nicht sagen, dass ich als Rektor davon begeistert war. Er hat ziemlich gute Argumente hervorgebracht, die meist zu einer milderen Strafe geführt haben. Doch als Vater war ich stolz.« Er seufzte. Sein Blick verlor sich in der Ferne. Dann sagte er, in Gedanken versunken und ganz offensichtlich zu sich selbst, da er so leise sprach, dass es eigentlich kein anderer hören konnte: »Fragt sich nur, ob ich auch ein guter Vater war ...« Lara bekam es nur mit, weil in dem Augenblick ein kleiner Windstoß seine Worte zu ihr herüberwehte. Dieses Mal konnte sie sich beherrschen. Es fiel ihr nicht einmal schwer, wie sie erleichtert zur Kenntnis nahm. Ihr Kopf hingegen bemerkte sofort die Diskrepanz zwischen dieser Frage und der Art, wie Nathan und Francis miteinander umgingen. Einen kurzen Augenblick erlaubte sie sich Freude darüber, wie journalistisch sie schon dachte. Es war eine Sache, diesen Sinn an der Uni zu trainieren und zu üben. Dass es jetzt schon – im wahrsten Sinne des Wortes – in freier Wildbahn wie von selbst funktionierte, machte sie ein wenig Stolz. Dann war sie wieder bei dem

Satz. Wieso stellte sich Francis diese Frage? Es war nun schon das zweite Mal, dass Lara diese eigenartige Melancholie wahrnahm. Das erste Mal bei Nathan und nun bei seinem Vater. Irgendetwas war zwischen ihnen vorgefallen. Und es stand ... nein, das war nicht das richtige Wort. Sie hatte nicht das Gefühl, dass etwas zwischen den Beiden stand. Es *war* etwas zwischen ihnen. Es war da, doch es beeinflusste offenbar nicht ihre Liebe zueinander. Sie lebten damit, nur manchmal schien es sie beide an sich selber zweifeln zu lassen.

»Kommen Sie, Ms. Holmes?«, riss Francis' sonore Stimme Lara aus den Gedanken. Sie hatte gar nicht bemerkt, wie Vater und Sohn sich schon ein paar Schritte entfernt hatten.

»Natürlich!«, rief sie schnell und beeilte sich, zu ihnen aufzuschließen. »Verzeihen Sie!«

»Ja, diese Landschaft lädt zum Träumen ein, nicht wahr?«, sagte Francis voller eigener Bewunderung. »Ich lebe nun schon so lange hier, doch auch ich komme immer wieder ins Staunen über die Schönheit der Natur.«

Lara konnte ihn leicht in dem Glauben lassen, sie hätte die Landschaft bestaunt. Es hätte genauso gut wahr sein können, denn es war wirklich ein wunderschönes Fleckchen Erde.

»Das sind Betsy, Wölkchen, Flecky und Schnaufi«, stellte Francis vier Kühe vor, als sie den Zaun ihrer Weide erreicht hatten.

»Die ältesten Kühe der Welt«, fügte Nathan mit einem leicht sarkastischen Unterton hinzu.

»Tatsächlich?«, staunte Lara, obwohl ihr der Unterton nicht entgangen war.

»Nein«, antwortete Nathan zerknirscht. »Ich habe als kleiner Junge nur nie bemerkt, dass es im Lauf der Zeit immer andere waren.«

»Oh«, sagte Lara und versuchte, betreten zu Boden zu schauen, doch es gelang ihr nicht, ihr Kichern zu unterdrücken. »Tut mir leid, das ist einfach komisch. Ich dachte, so was passiert nur Stadtkindern!«, prustete sie zwischen zwei Attacken. Es half nicht, dass auch Francis breit grinste. »Aber auch total süß!«, wandte sie schnell noch ein.

»Eben, das finde ich auch«, schmollte Nathan, aber sie sah, dass er nicht wirklich eingeschnappt war. In diesem Moment hätte sie ihn am liebsten geknuddelt. Gott sei Dank kam ihr Francis zuvor. Er klopfte seinem Sohn auf die Schulter. »Du hattest halt deine eigene Vorstellung von der Welt.« Nichts an seinem Tonfall war vorwurfsvoll oder tadelnd, dennoch huschte ein weiterer Schatten über Nathans Gesicht, bevor er sich doch noch zu einem Lächeln hinreißen ließ.

Sie schlenderten noch eine Weile durch die Landschaft, und Francis zeigte Lara den Apfelbaum, den Nathan gepflanzt hatte, als er vier war, dann kehrten sie zum Haus zurück. Joan Collie begrüßte sie schwanzwedelnd und forderte sofort wieder ihre Streicheleinheiten von Lara.

»Wirklich bemerkenswert«, brummelte Francis und klopfte seine Pfeife am Türrahmen aus.

»Ihr kommt genau richtig!«, jubilierte Ellen, als sie die Küche betraten. Sie hielt eine Kuchenform in den Händen. »Die Banoffee Pie ist gerade fertig geworden!«

»Ja!«, freute sich Nathan und ballte eine Siegesfaust. »Danke!«

»Gerne doch«, antwortete Ellen zufrieden.

Sie setzten sich und Francis holte den Tee.

»Was studieren Sie eigentlich, Ms. Holmes, wenn ich fragen darf?«, erkundigte er sich, als der Tee in den Tassen dampfte und schob sich ein Stückchen Pie in den Mund. Während er kaute, tanzten die Enden seines Schnurrbarts und zauberten eine liebenswerte Komik in sein aristokratisch wirkendes Gesicht.

Lara atmete ein, um zu antworten, doch im gleichen Moment fiel ihr das Gespräch am Frühstückstisch ein, das sie am ersten Morgen mit Nathan geführt hatte. ›Sie werden mit niemandem über Ihre wahre Aufgabe sprechen.‹ Das waren seine Worte. Und sie waren eindringlich gewesen. Schloss das seine Eltern ein? Ihr Blick huschte zu Nathan, doch der beschäftigte sich mit seinem Stück Banoffee Pie. Fuck! Was sollte sie jetzt ... »Wirtschafts...«, setzte sie an.

»Journalismus!«, fiel ihr Nathan ins Wort, ohne vom Teller aufzuschauen. Lara zuckte zusammen, hatte sich jedoch gleich wieder im Griff.

»Ja«, sagte sie mit einem Lächeln.

»Tatsächlich«, rief Ellen erstaunt. »Da hast du aber besonderes Glück gehabt, wie mir scheint! Ich weiß nicht, ob du es weißt, aber Nathan *hasst* Journalisten!«

»Wer weiß das nicht?« Lara produzierte ein eher klägliches Lachen. Sie wusste immer noch nicht, wie viel sie nun preisgeben durfte. Am besten, sie überließ es Nathan.

Ellen musterte ihren Sohn. Da war er wieder, dieser Schwiegermutterblick. »Und dennoch hat er Sie zu sich eingeladen.«

Uh, das nahm eine ziemlich ungünstige Richtung. Lara lachte noch kläglicher. »Ja, ich kann sehr überzeugend sein!« Sie stopfte sich schnell ein Stück Pie in den Mund, damit nicht noch mehr dämliche Geräusche aus ihm entkommen konnten.

Ellen schaute zufrieden. »Oh, das glaube ich.«

»Auch ich bin überrascht, wie ich zugeben muss«, erklärte Francis. »Wie lautet denn die Aufgabe, die Sie von der Universität bekommen haben?«

»Oh, uhm«, stotterte Lara hilflos. Nathan schaute hoch. Gott sei Dank!

»Du hast dich wieder selbst übertroffen, Mum!« Er grinste zufrieden und aß weiter.

Das war alles? Im Ernst? Was für ein Mistkerl! Er musste doch …

Lara, die Pause! Sie wird zu lang!

»Ich soll eine Dokumentation über Canavan Enterprises schreiben«, sagte sie schnell. Es klang zwar mehr wie eine Frage, doch es war immerhin eine Antwort, die nicht gelogen war und trotzdem nicht zu viel verriet.

»Ah, ja«, sagte Francis. Es klang nicht ganz erfreut. »Nun, das hätte ich mir ja auch denken können.«

»Na ja, haha ...« Gott, warum klang alles nur so peinlich?

Mit einem schwer zu deutenden Blick fügte er hinzu: »Nun, da wünsche ich viel Erfolg.«

»Danke«, antwortete Lara und schob Kuchen nach.

»Wenn du willst, zeige ich dir jetzt dein Zimmer, Lara«, schlug Ellen vor, als nur noch ein paar Krümel übrig waren.

»Gern«, gab sie zurück. Alles war ihr recht, solange es sie aus der Gefahr brachte, weitere Fragen beantworten zu müssen.

»Schön, dann komm!« Ellen stand auf und verließ die Küche. Sie gingen durch den Flur in einen schönen, geräumigen Wohnraum mit gemauertem Kamin und jeder Menge Bücherregalen. Von dort aus führte eine Tür in ein kleines, aber gemütliches Gästezimmer.

»Sagt es dir zu?«, erkundigte sich Ellen fast schon ein wenig ängstlich, und Lara vermutete unwillkürlich, dass dies etwas mit Rhondas Reaktion darauf zu tun hatte. Blöde Kuh!

»Ganz und gar!«, versicherte sie ehrlich. Jede Gelegenheit, sich von dieser Person absetzen zu können, musste sofort ergriffen werden!

Ellen schien erleichtert. »Wundervoll!«

Nathan erschien in der Tür. »Ich muss leider noch ein paar Dinge erledigen. Fühl dich wie zu Hause. Wir sehen uns dann zum Abendessen.«

»Oh, okay«, stammelte Lara. »Mal sehen, was ich mit der Zeit anfange.«

»Du könntest mit mir in die Stadt fahren«, bot Ellen fröhlich an. »Ich muss noch einkaufen.«

Oh nein. Was sollte sie jetzt tun? Einerseits war das unglaublich nett von Ellen. Doch die Vorstellung, alleine mit ihr zu sein, bereitete Lara kein gutes Gefühl, und sie hasste sich augenblicklich dafür. Andererseits hatte sie eine Aufgabe, und Ellen war eine Möglichkeit, mehr über Nathan zu erfahren, wenn er schon nicht zur Verfügung stand. Nun, sie hatte sowieso keine Wahl, wenn sie nicht unhöflich erscheinen wollte.

»Sehr gern!«

»Gut, ich warte draußen, bis du deine Sachen reingebracht hast.«

Ohne Nathan noch einmal anzuschauen, ging Lara zum Auto und holte ihre Tasche. Kurz darauf trat sie wieder vor das Haus. Ellen erwartete sie an dem alten Kombi.

»Na dann, auf geht's«, rief sie und setzte sich hinter das Steuer.

»Mhm«, machte Lara und lächelte. Die Federn quietschten nicht gerade vertrauenerweckend, als sie sich in den weichen Sitz fallen ließ. Der Motor sprang jedoch sofort an und schnurrte wie ein Kätzchen.

»Francis pflegt ihn wie seinen Augapfel«, verkündete Ellen stolz. Sie kurbelte an dem Lenkrad, und kurze Zeit später befanden sie sich auf der Landstraße.

»Schön, dass du mitgekommen bist«, begann Ellen. »So habe ich die Gelegenheit ...«

Lara spannte sich. ›Meine zukünftige Schwiegertochter näher kennen zu lernen‹, führte ihr Gehirn den Satz zu

Ende. Sie war verloren! Was könnte sie darauf antworten, ohne Ellen vor den Kopf zu stoßen?

»mich bei dir zu entschuldigen.«

Lara blinzelte. »Wie?« Gerade noch rechtzeitig bemerkte sie, dass dies vielleicht keine so höfliche Reaktion war, wenn das Wort so stehen blieb. »Ich meine: Weshalb denn? Verzeih, ich bin etwas überrascht.«

Ellens Kopf machte eine kleine Seitenbewegung. »Nun, wegen meiner Reaktion vorhin und meiner Andeutungen. Mir ist durchaus aufgefallen, dass sie unangebracht waren. Leider nur zu spät.« Sie seufzte lächelnd. »Aber ich bin nun mal auch nur eine Mutter, die sich gewisse Dinge wünscht, und damit meine ich durchaus das Beste für meinen Sohn.« Sie lachte. »Du siehst: schon wieder.«

»Aber Ellen, du brauchst dich doch nicht ...«, wollte Lara einwenden, aber Ellen unterbrach sie: »Doch, Lara. Das war sehr rücksichtslos dir gegenüber. Derlei Zweideutigkeiten haben in einem Arbeitsverhältnis nichts zu suchen. Ich möchte mir gar nicht vorstellen, was es für ein junges Mädchen wie dich bedeuten muss, wenn die Mutter des Chefs zu verstehen gibt, er könne Interesse an ihr haben.«

»Hm«, machte Lara perplex.

»Deshalb möchte ich dir hiermit versichern, dass dies ausschließlich die Hoffnung einer Mutter war. Nathan hat nichts in diese Richtung angedeutet. Du kannst also ganz beruhigt sein.«

Irgendwie fühlte sich Lara plötzlich, als hätte man ihr eine warme Decke weggerissen. Erklären konnte sie sich das nicht. Und noch bevor Geister-Bernie die Gelegenheit ergreifen konnte, nagelte sie schnell noch ein weiteres Brett vor die Tür.

»Das ist sehr freundlich von dir«, schaffte sie zu sagen und meinte es auch so.

»Ich möchte einfach, dass du dich wohlfühlst. Du scheinst eine sehr liebenswürdige Person zu sein. Und da liegt auch der Grund für mein unmögliches Muttertier-Verhalten.« Sie gluckste. »Leider umgibt sich mein Sohn nicht sehr häufig mit Frauen, auf die diese Beschreibung auch nur im Entferntesten zutrifft.«

»Das ist mir auch schon aufgefallen«, platzte es aus Lara heraus. »Oh, Entschuldigung«, druckste sie, als ihr bewusst wurde, dass sie ja schließlich mit der Mutter des Mannes redete, um den es hier gerade ging. Und Mütter hatten die Eigenschaft, zwar sehr leicht über die negativen Eigenheiten ihrer Söhne reden zu können, doch es nicht unbedingt so leichtzunehmen, wenn andere ihnen diesbezüglich zustimmten. Ellen schien jedoch nicht eingeschnappt.

»Siehst du? Dann kannst du mich ja vielleicht etwas verstehen. Ich wünsche mir einfach, dass Nathan eines Tages jemanden wie dich in sein Herz lässt. Das heißt aber nicht, dass du das sein musst. Bitte denke daran, sollte ich mich doch noch einmal nicht beherrschen können.«

»Versprochen!«, sagte Lara.

»Ich kann mir allerdings nicht vorstellen, dass dies bald geschieht. Er ist so verschlossen und sehr speziell.« Ihr Blick wanderte aus dem Seitenfenster in die endlose Landschaft. Für einen Moment sah sie resigniert und hoffnungslos aus.

»Du hast einen ganz wundervollen Sohn, Ellen«, versicherte Lara schnell. Sie tat ihr plötzlich sehr leid. »Es ist bestimmt auch nicht leicht für ihn.«

»So? Wie meinst du das?«

»Nun«, begann Lara und suchte nach den richtigen Worten. »Wenn ich mir vorstelle, ich hätte so viel Geld und Macht wie Nathan, ich glaube, ich wäre nie sicher, ob sich jemand für mich, also wirklich für mich, interessiert oder nur, weil ich reich und mächtig bin.«

»Hm, so habe ich das noch gar nicht gesehen«, murmelte Ellen.

»Hat Nathan nie mit dir darüber gesprochen?«, fragte Lara verwundert und hätte sich am liebsten geohrfeigt. Ein kleines Filmchen spulte sich in ihrem Kopf ab. Hauptdarsteller war ein fröhlich grinsender Elefant in einem rosa Tutu, der ausgelassen auf seinen Hinterbeinen durch einen Porzellanladen tanzte. Dabei erklangen die ersten Takte von Tschaikowskis ›Tanz der Zuckerfee‹. Lara verfolgte das Ganze und dachte einen Moment ernsthaft darüber nach, ob es nicht sinnvoll wäre, sich einmal mit einem Psychologen zu unterhalten.

›Ja! Dann kannst du ihm auch gleich sagen, was du mit mir gemacht hast!‹, zeterte Bernie hinter der Tür.

Vielleicht doch keine so gute Idee.

»Nein«, antwortete Ellen. »Er selbst spricht nicht viel über seine Gefühle.« Sie rollte mit den Augen. »Wie sein Vater.« Ellen schüttelte den Kopf in Unverständnis. »Was ist das bloß mit den Männern? Wäre es nicht schön, wenn sie sich mal ein wenig öffnen könnten?«

Lara überlegte. Viel Erfahrung mit Männern hatte sie ja nicht. Aber die, mit denen sie es zu tun gehabt hatte, waren eher gesprächig gewesen, was ihre Gefühle anbelangte. Worte wie ›betroffen‹ und Sätze wie ›das macht mich eng‹ waren gefallen.

»Ich weiß nicht, ob wir das wirklich wollen«, murmelte sie.

Ellen schaute sie schräg von der Seite an, dann lachte sie laut. »Ich sollte dir wohl besser glauben!«

Erst jetzt realisierte Lara, wie frustriert sie geklungen hatte und musste auch lachen.

»Na ja«, relativierte sie. »Ein Mittelmaß wäre schön. Aber die meisten Männer kennen wohl nur Extreme.«

»Wie wahr!«, seufzte Ellen. »Du bist sehr klug für dein Alter.«

Da war sich Lara nicht so sicher. Mit Klugheit hatte es bestimmt nichts zu tun, dass sie sich immer noch damit beschäftigte, dass Nathan Rhonda mit hierher gebracht hatte. Irgendwie hatte sie gehofft, sie würde mehr erfahren, ohne dass sie fragen musste. Aber Ellen schien das Thema Frauen für beendet zu halten. Sie erzählte nun etwas über die Landschaft und über das Leben so weit draußen. Im Gegenzug brannte sie darauf, etwas über das Studentenleben zu erfahren. Etwas, das sie mit Nathan gemein hatte. Sie lachte viel, brachte die ein oder andere Anekdote aus ihrer Zeit auf dem College und erzählte, dass sie zwar manchmal die Studentenzeit vermisse, es jedoch nicht bedauerte, nie einen Job gehabt zu haben. Sie hatte sich um das Haus und um Nathan gekümmert. Job genug, wie sie spaßeshalber ernst einwarf. Außerdem hatte sie sich viel in der Gemeinde, in der Francis die Schule geleitet hatte, engagiert.

So verging die Zeit schnell und vergnüglich und ehe Lara sich versah, rollte der Kombi auch schon wieder auf das Grundstück der Canavans. Es dämmerte bereits und in der untergehenden Sonne sah der Geländewagen aus, wie ein riesiger Fels aus schwarzem Lavagestein. Joan Collie begrüßte sie, als wäre sie tagelang und nicht nur zwei Stunden weg gewesen. Weder Francis noch Nathan waren zu sehen und so bot Lara an, Ellen bei den Vorbereitungen für das Abendessen zu helfen.

»Wir sind ein gutes Team«, befand Ellen, während sie arbeiteten, und zwinkerte Lara zu.

Lara verzog das Gesicht.

»Oh, Verzeihung!«, rief Ellen sogleich. »Da ist das Muttertier wohl wieder aus seiner Höhle gekommen!« Sie zog den Kopf ein und kicherte.

Lara erschrak. »Was? Nein!«, wehrte sie gleich ab, als sie merkte, wie falsch Ellen ihren Gesichtsausdruck gedeutet hatte. »Also, vielleicht schon, das musst du wissen. Ich finde nur den Begriff Team zu großzügig. Was mache ich denn schon? Du kochst **und** bringst mir noch bei, was ich zu tun habe. Und das alles in einer unglaublichen Ruhe. Wir sind kein gutes Team, **du** bist eine ausgezeichnete Köchin und gibst hervorragende Anweisungen.«

Ellen schaute sie gutmütig tadelnd an. »Aber Kindchen. Was nützen denn hervorragende Anweisungen, wenn sie nicht auf jemanden treffen, der sie auch hervorragend umsetzen kann, hm? Also sind wir doch ein gutes Team, oder etwa nicht?«

Lara spürte, wie sie rot wurde. Sie wiegte den Kopf hin und her. »Ja, stimmt wohl«, murmelte sie geschlagen.

»Oh, Lara, du machst es mir aber wirklich schwer. Wie soll man sich denn da nicht wünschen, du gehörtest zur Familie? Vielleicht sollte ich dich einfach adoptieren!« Sie lachte und schob das Essen in den Ofen.

Laras Wangen glühten. Doch dieses Mal fühlte sie sich wie ein kleines Kind am Weihnachtsmorgen.

Das Dinner verlief ähnlich gelöst wie das Mittagessen. Francis und Ellen erzählten aus ihrem Leben und fragten Lara nach Dingen aus ihrem. Nathan beschäftigte sich hauptsächlich mit essen. Ab und zu lachte oder gluckste er, hielt sich aber weitestgehend im Hintergrund. Im Gegensatz zum Mittag war Lara das jetzt ganz recht. Sie war noch immer etwas angesäuert, dass er sie so hatte hängen lassen, als es darum ging, seinen Eltern zu erklären, was eigentlich ihre Aufgabe bei ihm war. Und dann war da ja auch noch die Sache mit Rhonda.

Nach dem Essen verbrachten sie noch ein wenig Zeit vor dem Kamin im Wohnzimmer. Francis holte eine Flasche mit einer dunkelroten Flüssigkeit.

»Brombeerlikör«, sagte er stolz, die Pfeife zwischen den Zähnen. »Selbstgemacht!«

Er schmeckte köstlich, aber er hatte es in sich. Und dass Francis sofort nachschenkte, sobald ihr Glas einen gewissen Füllstand unterschritten hatte, half nicht gerade. Als Lara bemerkte, dass sich immer mehr verwaschene Laute in ihre Sprache schlichen, beschloss sie, dass es Zeit war, ins Bett zu gehen. Sie wollte sich keine Blöße vor Nathan und schon gar nicht vor seinen Eltern geben. Also leerte sie das Glas in einem Zug und verabschiedete sich, bevor Francis nach der Flasche greifen konnte.

»Frühstück um acht!«, rief ihr Ellen hinterher. »Schlaf gut!« Dann schloss Lara die Tür.

Erschöpft plumpste sie auf das Bett. Was für ein Tag. Sie holte ihr Telefon hervor und aktivierte es. Bernie hatte nicht geschrieben. Sie seufzte. Es hätte ihr gutgetan, eine Nachricht von ihr zu sehen.

Bin bei seinen Eltern. Rhonda war auch schon mal hier, tippte sie und schickte die Zeilen ab. Wenn darauf nichts kam, befand sich Bernie wahrscheinlich schon wieder nahe dem Koma.

Rhonda! Ob sie auch in diesem Bett geschlafen hatte? Mit Sicherheit! Einen kurzen Moment überfiel sie Ekel, doch ein Blick auf die einladenden, liebevoll bestickten und zurechtgemachten Decken trieb ihn schnell wieder zurück. Sie zog sich aus und schaute nochmal auf das Telefon. Nichts. Also: Koma. Na ja, es wunderte sie nicht wirklich. Sie schlüpfte unter die Decken und löschte das Licht. Doch eine fürchterlich nervende innere Unruhe dachte gar nicht daran, sie dem Schlaf zu überlassen. Sie produzierte eine Endlosschleife, die immer gleich ablief. Lara hatte zwar die Möglichkeit, innerhalb dieser Schleife bestimmte Teile sich wiederholen zu lassen, doch schaffte sie es, diese dann loszulassen, folgte unweigerlich eine andere Episode daraus. Immer wieder sah sie den Moment vor sich, als Rhonda erwähnt wurde. Danach folgte der Teil, als Nathan sie hatte hängen lassen. Oder umgekehrt. Und sein Gesicht dabei. Und es verwandelte sich. Mittlerweile grinste er. Er grinste bei Rhonda, er grinste, als sie herumstotterte. Und das Schlimmste war, dass sie bereits unsicher wurde, ob er nicht wirklich gegrinst hatte. Sie wälzte sich hin und her, schüttelte mehrmals den Kopf, haute ihn in die Kissen, doch es half nichts. Irgendwann nahm sie das Telefon und schaute auf die Uhr: 2:33. Jetzt waren bestimmt alle im Bett. Sie musste sich nochmal die Beine vertreten. Einfach liegen zu bleiben, würde sie noch wahnsinnig machen. Schnell stand sie auf und zog sich an. Vorsichtig drückte sie die Klinke herunter und öffnete die Tür einen Spalt. Gedämpftes Licht fiel hindurch. Fuck! Einen Moment zögerte sie und wollte sie gerade leise wieder schließen, als … »Lara?« Es war Nathans Stimme. Doppelfuck! Jetzt hatte sie keine Wahl mehr. Sie straffte sich und trat ins Wohnzimmer. Nathan saß auf der Couch und schaute zu ihr herüber. Er sah irgendwie mitgenommen aus.

»Hey, sorry, ich wollte dich nicht stören, ich gehe nur kurz auf Toilette, und dann bin ich wieder verschwunden.« *Großartig, Lara. Es gab überhaupt keinen Grund zu lügen. Hättest du die Wahrheit gesagt, dann könntest du jetzt schön ungestört draußen einen Spaziergang machen. So aber musst du, nachdem du zwei Minuten und zwei Gallonen Wasser verschwendet hast, wieder zurück in dein Zimmer! Und nochmal an ihm vorbei!*

›Und wenn er hätte mitkommen wollen? Was dann?‹, fuhr Lara die Stimme in ihrem Kopf an.

Dann hättest du vielleicht endlich mal die Gelegenheit genutzt, mit ihm zu reden. Mit Sicherheit hätte das mehr geholfen, als mitten in der Nacht durch unbekanntes Gebiet zu stapfen, in dem man die eigene Hand nicht vor Augen sieht!‹

»Kein Problem«, murmelte Nathan und schaute wieder in den Kamin.

»Okay«, hörte sie sich mit lächerlich hoher Stimme sagen und durchquerte schnell den Raum, den Augenkontakt vermeidend.

»Was machst du hier eigentlich?«, fragte sie sich laut, als sie sich auf dem geschlossenen Toilettendeckel sitzend wiederfand. Ruckartig stand sie auf und ging zurück in das Wohnzimmer. Nathan saß in der immer noch gleichen Position auf dem Sofa. Fieberhaft überlegte Lara, wie sie am besten ein Gespräch anfangen konnte.

»Setzt du dich ein wenig zu mir?«

Damit hatte sie nicht gerechnet. »Ähng …« Warum? Warum musste ihr Körper immer so dämliche Geräusche von sich geben? Bevor noch etwas anderes aus ihrem Mund kommen konnte, schloss sie ihn, nickte einfach und nahm neben Nathan Platz. Erst jetzt sah sie die fast leere

Flasche Brombeerlikör neben der, die sie schon vorhin beinahe ausgetrunken hatten.

»Bist du irgendwie sauer auf mich?«, fragte Nathan, während er weiter in die Flammen starrte.

»Wie?« Wenigstens kein blödes Geräusch.

»Du warst anders zu mir nach dem Mittagessen.«

Sieh an, war es ihm also doch aufgefallen. Die kurze Freude darüber machte es jedoch nicht leichter zu antworten. »Nein«, begann sie, zögerte ... »Doch, ja ... oder ...«

Lara, er hat gefragt und du weißt: Ehrlichkeit ist ihm wichtig!

»Warum hast du mich so hängen lassen, als dein Vater gefragt hat, was ich für dich mache?«

»Hängen lassen?«

Verstand er wirklich nicht, was sie meinte? »Ich wusste nicht, wie ich mich verhalten sollte. Ein Wort von dir wäre nett gewesen.«

»Es tut mir leid, dass du es so aufgefasst hast«, sagte er, seine Sprache erstaunlich klar nach der Menge, die er wohl getrunken hatte. »Ich war der Meinung, dass du dich sehr gut geschlagen hast. Und ich dachte, du auch. Hätte ich nur eine Sekunde das Gefühl gehabt, die Sache ginge in eine Richtung, in die sie nicht sollte, hätte ich natürlich etwas gesagt.«

»Tatsächlich?« Es klang sarkastischer, als es eigentlich gemeint gewesen war.

»Lara, es wird noch mehr solche Situationen geben, das garantiere ich dir. Ich kann verstehen, dass du dich dabei unsicher fühlst. Du hast schließlich keine Erfahrung darin. Aber wie sieht das aus, wenn du jedes Mal hilfesuchend zu mir schaust und ich für dich antworte? Möchtest du dieses Bild nach außen abgeben? Das schüchterne Mädchen, dass ihren Chef die Fragen beantworten lässt?«

Offensichtlich verstand er wirklich nicht, worum es ging. »Es waren immerhin deine Eltern. Ich habe mich nicht wohl damit gefühlt, sie anzulügen. Ich wusste nicht, ob es das ist, was du willst.«

»Was ich will, habe ich dir am ersten Tag gesagt, oder etwa nicht?«

»Schon, aber ...«

»Genau: aber! Aber du musst wissen, ob du das mit dir vereinbaren kannst. Es ist immer deine Entscheidung. Du musst einen Weg finden, wie du dein Empfinden mit dem in Einklang bringen kannst, was ich von dir verlange.«

»Aber ...«

»Hast du das Gefühl, sie angelogen zu haben?«, unterbrach er sie, aber nicht unfreundlich.

Lara überlegte einen Moment. »Nein«, gab sie zu.

»Siehst du. Ich sagte doch, du hast dich hervorragend geschlagen. Du hast einen Kompromiss gefunden, mit dem sowohl ich als auch du als auch meine Eltern gut leben können. Und das ganz allein, ohne meine Hilfe. Weil du auf dich gehört hast. Und wenn wieder eine solche Situation auftaucht, fühlst du dich schon sicherer.«

»Und wenn ich mal lügen muss.«

»Ist das immer noch deine Entscheidung.«

»Ist es denn das, was du willst? Dass ich lüge?«

»Vielleicht. Kommt auf die Situation an. Aber was viel wichtiger ist: Du musst in diesen Momenten genau wissen, ob es das ist, was du willst. Was und wer dir wichtiger ist.«

Lara starrte Nathan an.

»Ich bin dein Chef. Aber ich bin nicht der wichtigste Mensch in deinem Leben. Der bist – und so sollte es immer bleiben – du.«

Tja, Lara, wer hat nicht verstanden, worum es geht ...

Lara musste das Gehörte erst einmal sacken lassen. Ihr Blick wanderte in die Glut. Sie hatte eigentlich damit gerechnet, dass Nathans Worte sie noch unsicherer machten. Doch das Gegenteil war der Fall. Sie waren ehrlich und von Herzen gesprochen, ohne jegliche Oberlehrer-Attitüde, aus tiefster Überzeugung. Die Erkenntnis eines Mannes, der vielleicht zu spät auf sie gestoßen war. Sie fühlte sich ihm plötzlich sehr nah. Und auch das verunsicherte sie nicht. Es entspannte sie. Zum ersten Mal hatte sie das Gefühl, wirklich mit Nathan in Kontakt zu sein. Und es war schön.

»Warum ist es dir so wichtig, dass niemand weiß, warum ich bei dir bin?«

»Weil ich möchte, dass es erst an die Öffentlichkeit gelangt, wenn es fertig ist.«

»Warum?«

»Weil ich Angst habe, dass ich mich anders verhalten könnte, wenn die Öffentlichkeit darauf wartet, endlich Einblick in mein Leben zu bekommen.«

»Tut sie das nicht sowieso? Ich meine, jeder fragt sich, was es mit dir auf sich hat.«

»Schon. Der Unterschied ist aber, dass sie sich das fragen, aber nicht darauf warten. Sie **er**warten nichts. Sollte deine wahre Aufgabe durchsickern, welche Erwartungen würde das schüren? Es wäre ein immenser Druck für mich. Und ich bin mir nicht sicher, wie ich darauf reagieren würde. Er würde mich so oder so beeinflussen. Dessen bin ich mir sicher.« Er nahm einen Schluck aus seinem Glas.

»Wieso machst du es überhaupt?«, stellte Lara nun endlich die Frage, die sie seit Beginn ihrer Reise beschäftigt hatte. »Du hast über Jahre nichts von dir preisgegeben. Es ist dir offensichtlich unheimlich. Und du bist gut damit gefahren. Warum das alles? Warum jetzt?«

Nathan nippte an seinem Glas und schluckte, während er die Flammen beobachtete. »Für meinen Vater.«

»Deinen Vater?« Lara war völlig perplex.

»Ja.« Da war er wieder, der Schatten in Nathans Gesicht, den sie schon mehrmals wahrgenommen hatte. »Hast du dir das noch nicht gedacht?«

Lara stutzte. »Nein, nicht wirklich.«

»Schau dich um. Drängt sich dir nicht die Frage auf, warum die Eltern des super-reichen Nathan Canavan in so einem kleinen Cottage wohnen? Warum sie einen uralten Wagen fahren?«

Lara überlegte. »Ich dachte, sie seien zufrieden mit dem, was sie haben«, antwortete sie nachdenklich. »Nicht jeder braucht und will den Luxus.«

»Du hast Recht, das sind sie«, gab Nathan zu. »Es ist nicht verkehrt, den Luxus abzulehnen. Darauf wollte ich nicht hinaus.« Lara spürte, dass es Nathan schwerfiel weiterzusprechen. »Er lehnt ihn auch nicht per se ab. Er lehnt vielmehr ab, was ...« Er leerte das Glas und begann, es in der Hand zu drehen, »ich geworden bin und alles, was ihn daran erinnert.«

Lara schaute ihn an. Er sah plötzlich klein und zusammengesunken aus. Sein Gesicht wirkte wächsern.

»Kannst du nicht einfach mit ihm darüber sprechen?«, fragte sie, und es klang schrecklich naiv in ihren Ohren.

»Es gibt nichts, was ich ihm sagen könnte, Lara, denn er hat Recht.«

»Wie meinst du das?«, fragte Lara entgeistert.

Nathan seufzte. »Darüber kann ich mit dir nicht sprechen. Bitte nimm es so hin und frag nicht weiter.«

Lara spürte zwar kurz die Angst, doch wieder zu weit gegangen zu sein und das zarte Band zwischen ihnen damit gekappt zu haben, doch irgendetwas an seiner Haltung signalisierte ihr, dass er nicht das Gespräch, sondern nur dieses bestimmte Thema beendet hatte, und das beruhigte sie.

»Einverstanden. Aber die Frage bleibt: warum gerade jetzt?«

»Weil die Zeit davonläuft«, murmelte Nathan, und tiefe Trauer zeichnete seine Züge. »Mein Vater ist krank. Sehr krank sogar.« Seine Augen füllten sich mit Tränen.

Dieser Anblick bestürzte Lara sehr. Ohne darüber nachzudenken, umarmte sie Nathan und legte ihren Kopf an seine Schulter. Einen Augenblick geschah nichts weiter, dann schlang auch er seinen Arm um sie und drückte sie an sich. Seine Wange berührte ihre Schläfe. Ein Schluchzen ließ seinen Körper beben. Dann ein zweites und schließlich weinte er bitterlich. Er tat ihr so leid. Doch sie spürte auch, dass es raus musste. Also versuchte sie nicht, ihn zu beruhigen. Sie schloss die Augen und hielt ihn einfach. Irgendwann, Lara wusste nicht, wie lange sie so dagesessen hatten, ließ das Beben seines Körpers nach. Schließlich war er wieder ganz ruhig. Als er sprach, klang seine Stimme erschöpft und leise, doch es lag auch Entschlossenheit darin.

»Es muss sich etwas verändern.«

»Was willst du tun?«, fragte Lara ebenso leise.

»Das weiß ich noch nicht.« Er ließ gerade so viel Pause, dass Lara sich über die Aussage wundern, aber nicht reagieren konnte, dann, seine Stimme fast nur noch ein Flüstern, sagte er: »Aber ich weiß, mehr als alles andere, dass ich dich dazu brauche. Ich wusste es in dem Moment, als ich dein Foto sah.«

»Was?« wisperte Lara erschrocken. Doch Nathan antwortete nicht. Sie zog den Kopf zurück, um ihn ansehen zu können, doch in diesem Moment fiel seiner auf ihre Schulter. Nathan gab ein undefinierbares Geräusch, irgendwo zwischen Schnarchen und Grunzen, von sich, als seine Wange ihre Schulter traf, und er mit halboffenem Mund liegen blieb. Ungläubig starrte sie ihn an. Er schlief!

»Oh nein, Mister Canavan! So geht das nicht! Du kannst nicht solche Sachen zu mir sagen und dann einfach einschlafen«, flüsterte sie verzweifelt. Sie packte ihn an beiden Oberarmen und schüttelte ihn mit dem einzigen Ergebnis, dass sein Kopf hin und her rollte, und er ein weiteres Mal grunzte. »Nathan! Wach auf!«, herrschte sie ihn an, doch auch das brachte keinen Erfolg. Langsam dämmerte es Lara. Er war voll wie ein Eimer! Und offenbar gehörte er zu der sehr schmalen Gruppe von Menschen, denen man das nicht anmerkte, bis sie irgendwo zusammenbrachen, und man sie nach Hause schleppen durfte. Fassungslos schüttelte Lara den Kopf. Das durfte doch nicht wahr sein! Wut packte sie. Wut darüber, dass er sie schon wieder hängen ließ! Dass sie schon wieder mit ihren Gedanken alleine sein würde! Wie sollte sie denn jetzt schlafen?

»Wir sprechen uns noch!«, presste sie zwischen den Zähnen hervor und ging in Richtung ihres Zimmers. Als sie sich umdrehte, um die Tür zu schließen, erfasste ihr Blick ihn noch einmal. Da war er. Hilflos und betrunken. Sie seufzte. Wut hin oder her, sie konnte ihn nicht so da liegen lassen. Also lief sie zurück, nahm die Steppdecke, die über der Lehne des Sofas hing und breitete sie über ihn. Sie wollte gerade wieder gehen, da sah sie sein Gesicht. Selbst jetzt, im Alkoholkoma, war es gezeichnet vom Echo der Trauer, die ihn vorhin gebeutelt hatte. Und ihre Wut war wie weggeblasen. Er sah so einsam und bemitleidenswert aus. Erst jetzt bemerkte sie, dass sie ihn noch nie richtig angeschaut hatte. Natürlich wusste sie, wie er aussah, sehr genau sogar, doch die kleinen Details, die ihn erst interessant werden ließen, hatten sich zuvor ins Gesamtbild eingefügt. Da war die kleine Narbe, die seine rechte Augenbraue teilte und ihm einen leicht verwegenen Ausdruck verlieh. Die Nase, die ein ganz klein wenig schief stand, gerade so viel, dass sie die Symmetrie auflöste, die sonst für geleckte Langeweile gesorgt hätte. Da waren die kleinen Fältchen um die Augen, die seinem Lächeln etwas herrlich Verschmitztes geben konnten. Und da waren seine Lippen, die, sonst wohlgeformt, jetzt durch jedes Ausatmen ein wenig flatterten. Sie beugte sich vor und küsste ihn auf die Stirn. »Wir reden morgen«, flüsterte sie. Dann ging sie in ihr Zimmer.

›Was war denn das?‹, fragte Geister-Bernie neugierig neckend.

›Hättest du nicht im Koma bleiben können?‹, fragte Lara genervt zurück.

›Das ist die echte Bernie. Mich hattest du hinter ein paar Brettern verschanzt, wie du dich vielleicht erinnerst. Aber die bleiben halt nur solange bestehen, wie du sie aufrechterhältst. Also: Was war das, hm?‹

›Nichts! Schlafende Menschen sehen süß aus. Die küsst man eben!‹

›*Mich* hast du noch nie im Schlaf geküsst, wenn ich mich recht entsinne‹, singsangte sie in provozierend naiver Verwunderung.

›Woher willst du das denn wissen? Du schläfst dann ja schließlich‹, fauchte Lara.

›Laaraaa ...‹

›Herrgott, er tat mir einfach leid, okay?‹
›Na, wenn du meinst …‹
›Ja, meine ich! Gute Nacht!‹
›Gute Nahacht‹, flötete Bernie, dann war sie still.

Etwas erstaunt über diesen leichten Sieg, zog sich Lara aus und legte sich ins Bett. Offenbar hatte sie das alles mehr angestrengt, als sie zunächst angenommen hatte, denn kaum berührte ihr Kopf das Kissen, übermannte sie eine bleierne Müdigkeit, die keinerlei Gedankenchaos mehr zuließ. Kurz darauf war sie eingeschlafen.

Als am nächsten Morgen der Wecker klingelte, zeigte sich, warum Geister-Bernie scheinbar so schnell aufgegeben hatte. Es war eine Taktik gewesen. Sie hatte nur auf den richtigen Augenblick gewartet, bis Lara ihre Deckung vernachlässigte. Nun war er gekommen: ›Willkommen am Morgen danach!‹, begrüßte sie sie frohlockend. Lara stöhnte. Oh Gott, was für eine Nacht. Leider hatte sie hervorragend geschlafen. Sie fühlte sich frisch und ausgeruht und ihr Kopf arbeitete auf Hochtouren. Wie sollte sie sich jetzt verhalten? Wie würde er reagieren? Würde er sich noch erinnern? Daran, dass sie sich in den Armen gelegen hatten? Daran, dass er geweint hatte? An das, was er ihr gesagt hatte?

›Aber ich weiß, mehr als alles andere, dass ich dich dazu brauche. Ich wusste es in dem Moment, als ich dein Foto sah.‹

Was meinte er damit? Oh Gott, und sie hatte ihn geküsst! Auf die Stirn zwar, aber ein Kuss nichtsdestotrotz. Aber das konnte er nicht mitbekommen haben. Niemals. Doch der Rest? Was, wenn er sich jetzt komisch verhielt? Würden seine Eltern etwas merken? Sein Vater! Konnte sie jetzt noch frei mit ihm umgehen, da sie wusste, dass er so krank war? Vielleicht. Aber Nathan? Konnte sie sich noch normal ihm gegenüber verhalten?

›Das wirst du nicht herausfinden, wenn du in deinem Zimmer bleibst‹, stellte Bernie fest, als sei es die Erkenntnis schlechthin ›Aber eines ist sicher: Es wird definitiv merkwürdig sein, wenn du nicht zum Frühstück auftauchst, Lovergirl!‹

»Nenn mich nicht so!«, sagte Lara laut und zuckte zusammen. Hoffentlich hatte das keiner gehört. Die Lage war, auch ohne dass die Canavans mitbekamen, wie ihr Gast mit imaginären Freunden sprach, prekär genug.

Widerwillig zog sie sich an und öffnete die Tür. Das Wohnzimmer war leer. Nur die Steppdecke lag noch auf dem Sofa. Soweit so gut. Immerhin eine Gnadenfrist. Sie huschte in das kleine Bad und machte sich ein wenig frisch. Nachdem sie sich das Gesicht abgetrocknet und wenigstens etwas Lidstrich aufgetragen hatte, schaute sie in den Spiegel. Sie sah mindestens so fürchterlich aus, wie sie sich fühlte. Sie entfernte den Lidstrich und zog ihn erneut. Waren das Schatten unter ihren Augen? Vielleicht sollte sie ...

›Laralein, das Frühstück wartet.‹

Sie verzog das Gesicht, raffte ihre Haare zusammen und steckte sie irgendwie am Kopf fest. Das Ergebnis sah sogar recht passabel aus, doch das änderte nun auch nichts mehr. Sie musste aus dem Bad raus. »Auf geht's, Lara«, murmelte sie sich noch einmal zu, dann öffnete sie die Tür.

»Guten Morgen, Ms. Holmes«, begrüßte sie Francis, hinter einer Zeitung hervorschauend, als sie auf der Schwelle zur Küche erschien. Nathan war nicht da. Einerseits erleichterte sie das etwas, andererseits auch nicht, denn es zögerte das Unvermeidliche nur hinaus. »Wie war die Nacht?« Er faltete die Zeitung zusammen und legte sie beiseite.

War das eine Fangfrage? Hatte er doch etwas mitbekommen?

›Relax, Schatzi. Manchmal ist eine Frage auch nur eine Frage.‹

›Du hast Recht, danke!‹

›Ja, ich bin eigentlich ziemlich nützlich, wenn man mich nicht hinter zugenagelten Türen wegsperrt.‹

»Wundervoll«, antwortete Lara, bevor es auffällig wurde, dass sie einfach nur dastand und glotzte. »Ich glaube, abgesehen von Nathans Gästebett, habe ich selten so gut geschlafen.«

›Gute Güte‹, stöhnte Geister-Bernie. ›So was lipophiles wie dich habe ich selten gesehen. Fettnäpfe springen dir ja förmlich an die Füße!‹

Ellen betrat die Küche und rettete ihr den Hals. »Oh, guten Morgen! Setz dich, setz dich! Tee oder Kaffee?«

»Tee, bitte«, antwortete Lara und kam schnell der Aufforderung nach.

»Gern.« Ellen goss ein. In diesem Moment erschien Nathan in der Tür. Laras Herz setzte einen Schlag aus, doch äußerlich hatte sie sich im Griff. Er sah aus, als hätte er mindestens zehn Stunden geschlafen, frisch, rasiert, strahlend, und nicht wie jemand, der sich vor ungefähr viereinhalb Stunden die Lichter ausgeschossen hatte.

»Guten Morgen, zusammen!«, rief er fröhlich. »Ich hoffe, ihr habt alle gut geschlafen?«

»Kennst du eine Nacht, kennst du alle«, gab Francis zurück.

»Kaffee, Mom«, sagte Nathan, als Ellen zur Frage ansetzte. »Schwarz.«

Lara war etwas erstaunt über seine gute Laune. Allerdings war sie auch sehr froh darüber. Selbst wenn er sie nur vorspielte, ersparte es ihnen beiden zumindest für den Augenblick die Peinlichkeit.

Nach einem hervorragenden ›Full English Breakfast‹, das in gelöster Atmosphäre stattfand, signalisierte Nathan, dass es an der Zeit war aufzubrechen.

Lara ging in ihr Zimmer und packte ihre Sachen zusammen. Das mulmige Gefühl war zurück. Zwar war ihr erstes Aufeinandertreffen nach gestern Nacht wesentlich unkomplizierter verlaufen, als sie es befürchtet hatte, doch da hatten ja noch seine Eltern mit am Tisch gesessen und für Ablenkung gesorgt. Wie würde es aber sein, wenn sie alleine mit ihm im Wagen war? Dort gab es kein Entrinnen. Sie zog noch das Bett ab, dann waren sämtliche Möglichkeiten, Zeit zu schinden, ausgereizt.

Ellen und Francis warteten bereits draußen vor dem Haus. Nathan lud gerade seine Sachen ein. Francis hatte wieder seine Pfeife zwischen den Zähnen.

»Nun, Ms. Holmes, es war mir eine wirkliche Freude.« Er holte die linke Hand, die er bis jetzt hinter seinem Rücken gehalten hatte, hervor. Darin hielt er eine Flasche des Brombeerlikörs. »Als kleines Andenken.«

»Oh!« Andenken in der Tat. »Vielen Dank!«

Ellen trat vor und reichte ihr einen mit Alufolie bedeckten Teller. »Schön, dass du da warst, Lara. Ich habe dir zwei Stück Banoffee Pie eingepackt. Für unterwegs. du kannst mit Nathan teilen … musst es aber nicht.« Sie zwinkerte ihr zu. »Und solltest du mal wieder Lust auf Landluft verspüren, bist du jederzeit herzlich willkommen. Das meine ich so, Lara!«

Lara war von so viel Zuneigung ehrlich gerührt. Sie umarmte Ellen kurz, dann schüttelte sie Francis noch die Hand und begab sich zum Wagen. Während sie ihre Sachen darin verstaute, verabschiedete sich Nathan von seinen Eltern. Sie sah sie beide durch das Heckfenster winken, als Nathan vom Hof steuerte.

»Du hast sehr, sehr nette Eltern«, sagte sie, als er beschleunigte. Erstens, weil es ihr tatsächlich ein Bedürfnis war, ihm das mitzuteilen, und zweitens, weil es vielleicht eine gute Möglichkeit war, mit ihm ins Gespräch zu kommen.

»Ja«, sagte er und setzte sich die Sonnenbrille auf. Er wirkte jetzt doch deutlich verkaterter als noch im Haus. »Das habe ich wohl. Es freut mich, dass du das auch so siehst. Sie mögen dich. Sehr sogar.«

Lara spürte ein warmes Gefühl in ihrer Magengrube und schlug verlegen die Augen nieder.

»Was ist auf dem Teller?« Er machte eine Kopfbewegung in Richtung des Fußraums, wo dieser stand.

Lara grinste diabolisch. »Banoffee Pie. Und deine Mutter hat gesagt, ich kann teilen, muss aber nicht.«

»Oh, na ja.« Nathan kratzte sich an der Nase. »Wärst du denn eventuell bereit dazu?«

Lara war glücklich darüber, dass er ihr kleines Spiel mitspielte. »Hmm«, machte sie übertrieben nachdenklich. »Also ehrlich gesagt, eher nicht.«

Nathan nickte ergeben. »Ja, das hatte ich befürchtet.« Er griff sich in den Nacken. »Würde es denn helfen, wenn ich mich bei dir ganz lieb bedanken würde, dass du gestern Nacht für mich da warst?«

Lara war etwas überrascht, wie offen er war, behielt aber die Fassung. »Vielleicht? Versuch's doch mal.«

Sie sah Nathan schmunzeln, dann wurde er wieder ernst.

»Liebe Lara, vielen Dank, dass ich gestern mit dir reden konnte. Das hat mir sehr gut getan. Danke!«

»Ich fand es auch schön«, sagte Lara. Nathan lächelte. »Bis zu dem Zeitpunkt, als du ins Koma gefallen bist.« Sie sah, wie Nathan zusammenzuckte und genoss, wie er sich einen Augenblick wand.

»Oh, ja, das ... Ich habe irgendwie gehofft, ich würde darum herumkommen.«

»Nicht, wenn du Kuchen willst.« Lara lächelte unschuldig.

»Du bist aber auch hart«, murmelte Nathan verschnupft.

Lara schaute ihn ungläubig an. »Hallo? Kuchen?«

»Na gut. Ja, du hast eine Entschuldigung verdient. Kuchen hin oder her. Es tut mir leid.«

»Schon okay«, gab sich Lara großzügig.

»Heißt das, du gibst mir ein Stück ab?«, fragte Nathan vorsichtig. Er sah so süß dabei aus, trotz der Sonnenbrille, dass Lara nichts anderes konnte als lachen.

»Na klar.«

»Yes!«, rief Nathan und reckte eine Faust empor. »An der nächsten Tankstelle holen wir Kaffee!«

Lara war unglaublich erleichtert, dass die Atmosphäre zwischen ihnen nicht so gespannt war, wie sie befürchtet hatte. Aber nicht nur das. Generell hatte sie sich verändert. Nathan hatte sich verändert. Er wirkte viel relaxter als noch am Vortag. Er schaltete das Radio ein und trommelte den Rhythmus der Lieder auf der Türverkleidung mit. Er wies Lara auf besonders schöne landschaftliche Details hin, erzählte, wie sehr er es als Kind hier genossen hatte, und dass er es bedauerte, ihr nicht sein altes Kinderzimmer gezeigt zu haben.

Irgendwann erreichten sie eine Tankstelle, und nachdem Nathan sie wieder mit zwei dampfenden Pappbechern verlassen hatte, setzten sie sich auf den kleinen

Bordstein etwas vom Eingang entfernt und ließen sich den Kuchen schmecken.

»Fast wie früher«, sagte Nathan kauend und legte zufrieden die Arme auf die angewinkelten Knie.

»Früher?«

»Ja. Immer wenn wir in den Urlaub gefahren sind, und Dad eine Pause eingelegt hat, haben wir uns so auf die Randsteine der Parkplätze gesetzt und dort gegessen oder die Sonne genossen – wenn denn die Sonne schien. Er hasste die Restaurants und Schnellimbisse. Wegen der Preise, aber hauptsächlich wegen der Atmosphäre. Mastbetriebe hat er sie immer genannt.«

»Nicht ganz verkehrt«, musste Lara zugeben.

»Ja, mein Dad hatte schon immer eine gute Art, die Dinge beim Namen zu nennen.«

Lara hätte gerne gefragt, wie es Francis ging, und ob er sehr litt. Generell hätte sie sehr gerne noch etwas mehr über die vergangene Nacht gesprochen, doch sie hielt sich zurück. Und war es überhaupt nötig? Die Atmosphäre zwischen ihnen war doch gut. Sogar besser als vor dem Abend. Es gab absolut keinen Grund, sie durch ein trauriges Thema zu belasten. Oder durch Fragen, auf die sie vielleicht keine oder nur ausweichende Antworten erhielt. Und es war eine gute Entscheidung. Auch den Rest der Fahrt über blieb Nathan entspannt und gesprächig. Sie lachten darüber, dass, sowohl bei ihnen als auch wenn sie mit Freunden in den Urlaub gefahren waren, jedes Mal die gleichen Diskussionen stattgefunden hatten. Der Vater wusste immer, wo es lang ging, verfuhr sich doch und warf dann der Mutter vor, die Karte nicht richtig gelesen zu haben. Natürlich durfte auch nicht nach dem Weg gefragt werden, und es ging erst weiter, wenn die Mutter es einfach doch tat. Und natürlich gab es immer gekochte Eier, die das ganze Auto vollstanken.

»Und Bananen!«, ergänzte Lara.

»Oh ja! Eine einprägsame Mischung!« Er verzog das Gesicht.

Schließlich kam Blackwater Manor in Sicht. Lara hatte gar nicht gemerkt, wie die Zeit vergangen war. Und der Anblick machte ihr irgendwie Angst. Sie hatten sich in einem schönen Mikrokosmos befunden. Nur sie und Nathan. Na ja, rief sie sich zur Ordnung. Alles hatte mal ein Ende. Freizeit war Freizeit, und Arbeit war Arbeit.

»Was steht denn heute noch an?« fragte sie in einem etwas sachlicheren Tonfall, als sie die lange Auffahrt hinauffuhren.

»Oh«, machte Nathan. »Gut, dass du fragst.« Er brachte den Wagen vor dem Haus zum Stehen und schaltete den Motor ab. »Wir gehen in die Oper.«

Lara fiel der Unterkiefer herunter. »Was?«

»Ja, der ›Barbier von Sevilla‹«, antwortete er gelassen. »Ich muss vorher noch ein paar Dinge erledigen. Liegen gebliebener Papierkram, du verstehst? Sei bitte um sechs unten an der Treppe.« Damit stieg er aus.

Wow, dachte Lara. Dafür also die Abendgarderobe. Ein Kitzeln regte sich in ihrem Hals, als die Aufregung sie packte. Das einzige Mal war sie in der Oper gewesen, als sie zwölf war. Mit ihrem Vater. Die Atmosphäre hatte sie sofort fasziniert. Die Festlichkeit, die Männer in ihren Anzügen und die Frauen in ihren wunderschönen Kleidern, wie sie durch die Gänge und Hallen wandelten. Die Rituale, das Einstimmen des Orchesters, das Klopfen des Taktstockes, das für sofortige Ruhe sorgte. Und die Musik. Leider hatte es sich danach nie wieder ergeben. Ihre Eltern waren zwar ab und zu gegangen, doch als Teenie wollte sie einfach so tun, als sei es uncool. Und jedes Mal, wenn sie zurückkehrten, hatte sie es bedauert, nicht dabei gewesen zu sein. Wie dumm.

Sofort, als sie auf ihrem Zimmer war, holte sie ihr Telefon hervor. Bernie hatte sich immer noch nicht gemeldet. So langsam machte sie sich Sorgen. Aber dann wiederum konnte das alle möglichen Gründe haben. Besonders bei Bernie. Bis hin, dass sie ihr Telefon verloren oder bei irgendeinem Typen vergessen hatte. Sie wählte ihre Nummer.

»Dies ist die Mailbox von Mutter Oberin Maria Ignatia. Leider kann ich Ihren Anruf nicht entgegennehmen, da ich gerade Buße tue. In dringenden Fällen hinterlassen Sie bitte eine Nachricht, ich melde mich dann zurück … So Gott will. Gelobt sei Jesus Christus!«

Bernie hatte diesen Text draufgesprochen, weil sie glaubte, es würde zumindest einige der Typen filtern, denen sie ihre Nummer im Vollrausch gab, wenn sie feiern war. Einen Moment war Lara versucht, eine Nachricht zu hinterlassen, entschied sich dann jedoch dagegen. Jetzt war Bernie dran. Sie hatte sowieso genug zu tun. Sie wollte unbedingt ein paar der Dinge aufschreiben, die sie in den letzten beiden Tagen erlebt hatte. Bis jetzt war sie noch nicht dazu gekommen, abgesehen von den paar Stichworten, die sie sich gemacht hatte. Sie hatte dabei ihre eigene Technik. Sie brachte zunächst alles zu Papier, was ihr in den Sinn kam. So sah sie, was sich alleine den Weg bahnte und was erst nach längerer Überlegung an die Oberfläche kam. Oft ließ sich daran eine gewisse Bedeutsamkeit erkennen, die half, das Grundgerüst des Artikels zu bauen. Als sie fertig war, ließ sich zwar schon etwas erahnen, doch so ganz glücklich war sie mit dem Ergebnis noch nicht. Aber konzentrieren konnte sie sich auch nicht mehr. Zumindest nicht darauf. Eine innere Unruhe befahl ihr, sich jetzt gefälligst um ihr Aussehen zu kümmern. Es war schließlich beinahe vier. Also legte sie den Stift weg und der Leidensweg begann.

Nach einer ausgiebigen Dusche, die den eigentlich angenehmen, jedoch für die Oper völlig unpassenden Holzfeuerduft aus ihren Haaren gewaschen hatte, malte und stylte sie tatsächlich fast eindreiviertel Stunden an sich herum. Doch weder das Make-up noch die Frisuren wollten so richtig zu dem Kleid passen. Was sollte sie nur machen? Sie war kurz davor, irgendetwas in den Spiegel zu werfen, als Geister-Bernies Stimme plötzlich fragte: ›Hast du nicht etwas Wichtiges vergessen?‹

›Ja, ich habe vergessen, dass ich einfach nicht gut aussehen kann, egal, was ich mache‹, seufzte Lara frustriert.

›Ich meine das Collier. Zieh es an!‹

Lara stieß verächtlich die Luft aus. ›Ja, vielleicht hast du Recht. Das lenkt wenigstens von meiner fürchterlichen Frisur und dieser drittklassigen Kriegsbemalung ab.‹

Sie ging zum Koffer und legte es sich um. Kühl und seidig schmiegte es sich um ihren Hals und in ihren Ausschnitt. Sie trat wieder vor den Spiegel und ein kleines Wunder geschah. Sie wusste jetzt, wie sie sich zu stylen hatte. Sie wischte sich die ganze Farbe aus dem Gesicht, betonte nur dezent ihre Augen und legte einen leichten Lippenstift auf. Ihre Haare wickelte sie zu einem French Twist und es war vollbracht.

›Wer ist die Beste‹, hörte sie Bernie fragen. Als Antwort strahlte Lara nur in den Spiegel. Doch eine kleine Unsicherheit blieb. Sie selber mochte zwar zufrieden sein – etwas, das eigentlich einen roten Eintrag in ihrem Kalender verdient gehabt hätte – doch sie ging schließlich nicht mit Ihresgleichen in die Oper. War sie auch akzeptabel für Nathans Kreise? Sie überlegte einen Moment, wie sie dieses kleine Dilemma lösen konnte, dann kam ihr eine Idee. Sie ging zum Telefon und wählte eine Nummer.

»Was kann ich für Sie tun, Ms. Holmes?«, meldete sich Benson am anderen Ende.

»Ich habe ein kleines Problem, könnten Sie mal kurz raufkommen?«

»Selbstverständlich, Ms. Holmes.«

Bald darauf klopfte es an der Tür. »Und?«, fragte Benson, als Lara ihn einließ.

Lara schilderte ihm kurz, worum es ihr ging.

»Ms. Holmes, Sie sehen umwerfend aus, wenn ich mich so ausdrücken darf«, sagte Benson und Lara atmete auf. »Jedoch …«, seine Miene wurde nachdenklich, und Laras Herz sank. »Warten Sie einen Augenblick.«

Er verließ das Zimmer.

Oh nein. Welchen Fehler hatte sie gemacht? Nervös tigerte sie durch den Raum. Sie erschrak regelrecht, als sich die Tür öffnete und Benson wieder erschien.

»Verzeihen Sie, wenn ich direkt bin, aber Ihre Hände. Sie wirken etwas kahl im Vergleich zum Rest.« Er hielt ein Kästchen hoch. »Aber ich glaube, ich habe hier die Lösung.« Er öffnete es und darin lag ein wunderschöner, zierlicher Diamantring. »Die ehemalige Besitzerin dieses Anwesens hat ihn mir einst vermacht. Für … treue Dienste … in jungen Jahren.« Ein verschmitztes Grinsen huschte über sein Gesicht. Er nahm den Ring aus der Schatulle. »Wenn Sie erlauben?«

Lara nickte, und er steckte ihn an den Ringfinger der linken Hand.

»So, ich denke, nun sind Sie gerüstet.«

»Danke!«, hauchte Lara. Sie musste mit den Tränen kämpfen.

»Aber, aber, Ms. Holmes. Nicht doch. Denken Sie an ihr Make-up«, sagte er trocken und verließ den Raum.

Lara tupfte sich schnell die Augen und warf einen letzten Kontrollblick in den Spiegel. Ja, jetzt war sie bereit!

Nathan wartete bereits am Fuß der Treppe, als sie erschien. Er hörte sie, drehte sich um und … erstarrte. Mit halb geöffnetem Mund stand er da und schaute zu, wie sie die Stufen hinunterschritt. Als Lara ihn erreicht hatte, hob sie ihre Hand und legte sie ihm über die Augen.

»Ehe«, lachte Nathan verlegen. »Was machst du da?«

»Oh«, sagte Lara unschuldig. »Deine Augen. Sie sahen so aus, als fielen sie gleich auf den Boden. Das wollte ich verhindern. Wäre doch schade um sie.« Sie nahm die Hand wieder weg, lächelte in sein verdutztes Gesicht und ließ ihn stehen. »Kommst du«, fragte sie über die Schulter, als sie die Tür erreicht hatte. Er zuckte zusammen und beeilte sich, zu ihr aufzuschließen. Lara konnte nicht umhin, ein wenig stolz auf sich zu sein.

»Verzeih mein Verhalten eben«, sagte er, als sie im Fond der Limousine saßen und die Auffahrt hinunterrollten. »Du siehst absolut fantastisch aus.«

»Danke«, sagte Lara kokett.

Die Fahrzeit vertrieben sie sich mit einem Gespräch über das heutige Stück. Nach und nach fand Nathan zu seiner Sicherheit zurück, und schon bald spürte Lara wieder die Verbindung zwischen ihnen. Er ließ sich über die modernen Inszenierungen aus, die seiner Meinung nach unglaublich gewollt daherkamen, und regte sich herrlich lustig über die Kritiker auf, die auch noch versuchten, je nach Beliebtheit des Regisseurs, einen höheren Sinn hineinzuinterpretieren.

Als sie in die Straße einbogen, in der das Opernhaus stand, gefror Lara allerdings das Blut in den Adern. Durch die Windschutzscheibe sah sie, wie eine andere schwarze Limousine davor hielt und zwei Passagiere entließ, die sofort zwischen einer Menschenmenge verschwanden, die dort Spalier stand. Blitzlichter flammten auf und zuckten durch die Nacht.

»Was ist das denn?«, flüsterte Lara.

»Der rote Teppich«, antwortete Nathan, als sei es das Normalste von der Welt.

»Der was?«

»Der rote Teppich«, wiederholte Nathan im gleichen Tonfall.

»Seit wann gibt es denn einen roten Teppich bei Opernaufführungen?«, fragte sie tonlos. Als sie dort gewesen war, hatte es jedenfalls keinen gegeben. Daran hätte sie sich erinnert.

»Bei Premieren immer«, erklärte Nathan lapidar.

Schlagartig wurden Laras Hände feucht. Ein Gefühl, dass sie nicht vermisst hatte. Das hätte er ihr doch sagen müssen! Sie hatte doch überhaupt keine Ahnung! Nervös zupfte sie sich am Ausschnitt, dann am Saum des Kleides. Schließlich spielte sie mit dem Collier. Sie hatte zwar Hemmungen, doch sie rang sich zu der Frage durch. Es wäre noch schlimmer, wenn sie sich einen Fauxpas leistete. »Wie verhält man sich denn auf so etwas?«

»Lächeln«, antwortete Nathan. »Einfach nur lächeln und weitergehen.«

»Aha«, machte Lara verstockt. Ihre Hand spielte nun so stark mit dem Collier, dass die Steine klickerten.

»Aber vor allem: nicht zappeln und nicht an sich herumfummeln.«

»Was?«

»Du bist wunderschön. Hör auf zu zappeln und alles wird gut. Vertrau mir.«

»Mhm«, piepste Lara. Oh Gott, Benson hielt den Wagen an. Durch die getönte Seitenscheibe sah sie, wie sich sämtliche Kameras und Blicke auf den Wagen richteten. Die Tür wurde geöffnet und Nathan stieg aus. Sofort wurde es so hell, dass Lara kaum noch etwas sehen konnte. Sein Name wurde gerufen und Richtungsanweisungen geschrien. Durch die Blitze hindurch sah sie seine Hand, die sich ihr entgegenstreckte. Jetzt musste sie. Es gab kein Zurück. Wenigstens hatte er schon mal das Gröbste abgefangen. Es wurde tatsächlich etwas ruhiger da draußen. Sie nahm Nathans Hand, setzte ein Lächeln auf und stieg aus. Eine Millisekunde war es absolut still. Kein Abzug wurde betätigt, kein Blitz zuckte. Dann brach die Hölle los. Es war, als blicke sie direkt in die Sonne, und um sie herum tobe ein Sturm. Nur Nathans fester Händedruck signalisierte ihr, dass er noch neben ihr stand. Sehen konnte sie ihn nicht.

»Mr. Canavan!«, riefen dutzende von Kehlen. »Wer ist das? Wen haben Sie mitgebracht? Hier drüben! Bitte!« Teilweise wurde aber auch einfach nur gebrüllt: »Oy! Hey!« Erst, als einige der Reporter sich die Mühe machten, ein ›Miss‹ hinzuzufügen, realisierte Lara, dass sie gemeint war. Immer, wenn sie sich einem Rufer zuwendete, wurde sie weiter geblendet und ein anderer schrie aus einer anderen Richtung. Sie spürte, wie Nathan sie sanft mit sich zog und war ihm unglaublich dankbar. Sie selbst hatte die Orientierung komplett verloren. Selbst, als sie das

Foyer der Oper betraten, rissen die Schreie nicht ab. Immer noch wurden Fotos geschossen, obwohl sie sich nicht mehr umdrehten. Ganz langsam kehrte ihre Sicht zurück.

»Wow!«, stammelte sie und rieb sich die Augen. »Wie hältst du das aus?«

»Tatsächlich gewöhnt man sich irgendwie daran. Aber etwas blind bin auch ich.«

»Mr. Canavan. Herzlich Willkommen. Mein Name ist Simon. Darf ich Sie zu Ihrer Loge begleiten?« Ein junger Mann in einer altertümlichen Uniform und Perücke begrüßte sie mit einer Verbeugung.

»Danke, Simon. Das ist sehr freundlich«, erwiderte Nathan.

Sie folgten Simon, und er führte sie in den ersten Stock. »Bitte sehr«, sagte er, als sie ihre Loge erreicht hatten, und hielt mit einer Hand den Samtvorhang zur Seite. »Möchten Sie Ihre Erfrischungen in der Pause hier serviert bekommen?«

»Nein, das ist nicht nötig, wir werden uns nach unten begeben. Herzlichen Dank.« Nathan reichte Simon Trinkgeld.

»Wie überaus großzügig von Ihnen. Ich wünsche Ihnen beiden einen angenehmen Abend. Sollten Sie doch etwas brauchen, zögern Sie nicht.« Damit zog er sich zurück.

Lara trat an das Geländer und schaute in den Saal. Und plötzlich war es wie damals. Das goldene Licht, die fein gekleideten Menschen, das gedämpfte Gemurmel, das über allem lag.

»Lara, ist dir nicht gut? Du glühst ja förmlich.« Nathan hatte sich zu ihr gesellt und musterte sie leicht besorgt.

»Doch«, flüsterte sie ergriffen. »Ich freue mich nur so sehr.« Sie strahlte ihn an.

Nathan lächelte zurück. »Setzen wir uns, es fängt gleich an.«

Das Licht im Saal erlosch, und die Ouvertüre erklang. Lara spürte ein schönes Kribbeln im Bauch. Dann öffnete sich der Vorhang und gab den Blick frei auf eine mehr oder weniger kahle Bühne, auf der drei hohe, unverzierte Monolithen das Zentrum bildeten. Davor erschienen zwei Gestalten auf Mountainbikes. Lara war verwirrt. Sie schaute in das Programmheft. Sollte die Handlung nicht im 18. Jahrhundert stattfinden? Der eine wurde immerhin als Graf angeredet. Besonders ›gräflich‹ sah er allerdings nicht aus mit seiner Jogginghose und seinem weißen Ripp-Shirt. Wieder eine dieser modernen Inszenierungen. Und irgendwie ergab nichts wirklich einen Sinn, geschweige denn Zauber. Aber vielleicht verstand sie es nur nicht … Die Musik war alt, doch der Rest? Der Barbier schien eine Art Gang-Frisör zu sein, der seinen Kunden die Haare mit der Schermaschine schnitt, Rosina eher eine Ghetto-Braut. Lara ließ den ersten Akt über sich ergehen. Die schöne Musik half.

»Ich muss ein paar Leuten hallo sagen«, erklärte Nathan, als das Licht zur Pause anging. »Kommst du?«

Lara nickte. Sie verließen die Loge und begaben sich in das Foyer. Nathan besorgte ihnen zwei Gläser Champagner, dann steuerte er ein Paar in seinem Alter an. »Alan, wie geht es Ihnen? Jane, schön, Sie wiederzusehen. Darf ich Ihnen Lara Holmes vorstellen?«

»Nathan! Immer eine Freude!«, antworte der Mann, den er als Alan angesprochen hatte. »Angenehm.«

»Lara, das sind Jane und Alan Akerman. Alan ist Abgeordneter im Stadtparlament.«

»Sehr nett, Sie kennenzulernen«, sagte Lara und schüttelte nacheinander ihre Hände.

»Gleichfalls. Und?«, fragte Jane. »Wie sagen Sie zu der Inszenierung bis jetzt.«

Lara wurde kalt. Was sollte sie denn jetzt machen? Sie hatte doch überhaupt keine Ahnung von Opern. Sie würde sich vollkommen bloßstellen. Und, was noch viel schlimmer war, sie würde Nathan bloßstellen. Und das vor einem Abgeordneten und seiner Frau!

»Nun«, fingierte sie den Anfang einer Antwort und schüttete sich etwas von dem Champagner über die Finger. »Ups! Oh nein! Wie ungeschickt von mir! Ich bin gleich wieder da. Bitte entschuldigen Sie mich!«

Ohne sich noch einmal umzusehen, verschwand sie auf der Toilette und schloss sich in einer der Kabinen ein, die, wie durch ein Wunder, tatsächlich frei war. Erst dort realisierte sie, dass sie immer noch das Glas in den Händen hielt. Sie trank es in einem Zug aus und stellte es auf einen kleinen Absatz über dem Wasserkasten. Was für eine peinliche Situation! Zurück konnte sie jetzt auf keinen Fall. Selbst wenn Nathan gleich bei jemand anderem stehen würde, es änderte nichts. Jeder hier war irgendein hohes Tier, hatte Geld oder war bedeutend, und jeder würde sie fragen, was sie von der Oper hielt, und sie würde als das dastehen, was sie war: eine dumme kleine Studentin, die nichts wusste! Geknickt sank sie auf den Toilettendeckel und blieb dort, bis es dreimal gongte.

»Wo warst du?«, fragte Nathan, als sie in der Loge auftauchte.

»Ich habe mich verlaufen«, log sie. »Oh, es geht weiter!« Gott sei Dank rettete sie das erlöschende Saal-Licht vor weiteren Nachfragen.

Der zweite Akt war noch verwirrender als der erste, und am Ende war Lara froh, dass es vorbei war.

»So, dann wollen wir mal!«, sagte Nathan, als der Applaus verebbt war.

»Gern«, antwortete Lara.

Sie begaben sich in das Foyer, und Lara betete, dass Nathan nicht doch noch jemanden ansprach. Sie hatte Glück. Er lief direkt in Richtung des Haupteingangs … und daran vorbei auf einen abgesperrten Bereich zu … in dem es von Menschen wimmelte.

»Ähm«, machte sie und hielt ihn am Arm. »Wohin gehen wir?«

»Auf die Premierenfeier«, antwortete Nathan und lächelte sie an, als hätte er ihr gerade ein großartiges Geschenk gemacht.

Lara schluckte. Toll! Was jetzt? Jedes Mal etwas verschütten und auf die Toilette rennen? Abgesehen davon, dass die Gäste dann irgendwann knietief in Champagner wateten, würde sie sich und Nathan damit mindestens genauso blamieren.

»Ist was?«, fragte Nathan und schaute sie etwas besorgt an.

Lara seufzte. Was sollte es? Schweren Herzens erklärte sie ihm die Situation. »Es tut mir leid«, endete sie zerknirscht. Was für eine riesige Enttäuschung sie für ihn sein musste.

»Nein, mir tut es leid«, antwortete Nathan.

»Was genau?«, fragte sie vorsichtig.

»Ich verrate dir jetzt mal etwas, das ich dir schon im Auto hätte sagen müssen: Keiner da drin hat Ahnung von Opern. Zumindest die meisten nicht. Das ist alles nur Show. Bei den älteren musst du aufpassen, das gebe ich zu. Aber sonst ... Drei Worte reichen aus. Und zwar: faszinierend, beeindruckend und interessant. Diese kombinierst du beliebig mit Dingen, die du gesehen hast. Zum Beispiel so: Faszinierend, wie die Kostüme im Gegensatz zum Bühnenbild standen.«

»Im Ernst?«

»Vertrau mir! Und bei den älteren Herrschaften lobst du einfach die Musik.«

»Hm, ich glaube, das schaffe ich. Die war wirklich schön!«

»Den Rest schaffst du auch! Trau dich einfach.« Er hakte sie unter und führte sie in den VIP-Bereich.

Zunächst war Lara noch skeptisch. Doch irgendwie packte sie auch die Neugier. Mit einem leichten Ziehen im Magen ging sie mit. Nathan stellte ihr ein paar Leute vor und es dauerte nicht lange, bis die erwartete Frage kam. Jetzt galt's!

»Oh, faszinierend!«, antwortete sie. Es klang zwar noch etwas verhalten, doch sie gab nicht auf. »Beeindruckend, wie das Bühnenbild einen Gegensatz zur Musik gebildet hat.«

»Ja, nicht wahr?«, antwortete ihr Gegenüber. »Hoch interessant!«

»Das funktioniert ja wirklich!«, raunte sie Nathan kichernd zu, als sie wieder alleine waren.

»Habe ich dir doch gesagt«, flüsterte Nathan grinsend.

Gut, das war schon mal ein Anfang, doch jetzt packte sie der Ehrgeiz. Sie wurde immer mutiger. Worte wie Kontrapunkt und Dramatik und noch ein paar andere musikalische Fachausdrücke fielen ihr ein und flossen einfach dazu. Es war faszinierend wie viel man sagen konnte, ohne wirklich etwas zu sagen. Und jeder machte mit. So schwafelte sie sich durch den Abend, und es wurde sogar zu so etwas wie einem kleinen Sport. Irgendwann signalisierte ihr Nathan, dass es Zeit war zu gehen. Doch ihr Mund war so trocken, dass sie sich nach einem Glas Wasser sehnte. »Ich komme gleich«, rief sie und ging zur Bar. Sie trank es an Ort und Stelle. Als sie zu Nathan zurückkehrte, sprach er mit einem anderen Mann, etwas jünger als der Durchschnitt.

»Schade, dass Sie schon gehen wollen«, sagte dieser, als sie zu ihnen trat. »Aber ich würde doch noch gerne wissen, was Ihre charmante Begleitung zu der Aufführung zu sagen hat.«

Nichts leichter als das! Auf geht's Lara! Ein furioses Finale!

»Ngh...«, machte Nathan. Hatte er sich verschluckt? Egal!

»Unglaublich faszinierend! Die Dramatik der Kostüme spiegelte sich im Legato der Sänger wieder. Kontrapunktisch ein beeindruckendes Schauspiel!«

Der Typ blinzelte. »Aha«, sagte er dann. »Das ... freut mich. Einen schönen Abend noch.« Damit wendete er sich ab und verschwand.

Sehr unhöflich, fand Lara. »Wer war das denn?«, fragte sie Nathan leicht empört.

»Das war Patrick Rutherford.«

»Oh ... äh ...« Irgendwie kam ihr der Name bekannt vor, doch sie kam nicht drauf.

»Er hat den Barbier gesungen«, half Nathan nach.

Lara erstarrte. »OH! Oooooh, nein!« Sie sah, wie Nathan sich das Lachen kaum verkneifen konnte. »Du ... du bist unmöglich!«, rief sie so laut sie konnte, ohne dass es die anderen hörten. »Warum hast du mich nicht gewarnt?!« Sie wollte entrüstet sein, doch Nathans Lachen war einfach ansteckend.

»Habe ich doch versucht!«, presste er zwischen zwei Lachsalven hervor. »Aber du hast einfach losgelegt!« Er wischte sich eine Träne weg. »Sein Gesicht! Traumhaft!« Er gluckste erneut.

»Das tut mir so leid! Was denkt der jetzt bloß?« Für einen Moment war Lara wirklich bestürzt.

»Völlig egal! Ich mag ihn nicht besonders«, kicherte Nathan. »Er nimmt sich immer unglaublich wichtig.«

Jetzt musste Lara auch wieder lachen. »Oh Gott, bloß weg von hier!«

»Gute Idee!«

Sie amüsierten sich noch den ganzen Weg nach Hause über diese kleine Szene. Immer, wenn sie sich gerade beruhigt hatten, imitierte Nathan das Gesicht des armen Patrick, und das ganze ging von vorne los. Selbst Benson konnte ein Schmunzeln nicht unterdrücken.

»Vielen Dank für diesen wunderschönen und amüsanten Abend, Ms. Holmes«, sagte Nathan, als sie am Fuße der Treppe in Blackwater Manor angekommen waren.

»Ganz meinerseits, Mr. Canavan«, antwortete Lara.

»Schlaf gut, Lara.«

»Du auch.«

Lara ging die Stufen hinauf. Als sie auf der Hälfte angelangt war rief Nathan: »Ach, Lara?«

»Ja?«, fragte sie. In dem Moment, als sie sich umdrehte, setzte er noch einmal das Patrick-Gesicht auf.

»Blödmann!«, prustete Lara. Nathan grinste und verschwand.

Eine angenehme Euphorie glühte in Lara, als sie ihr Zimmer betrat. Sie summte einige Melodien aus der Oper, während sie sich abschminkte und fiel glücklich ins Bett. Sie gluckste noch einmal, als sie an das Erlebte dachte, dann löschte sie das Licht und schlief ein.

Sie träumte von einem Konzert. Lustigerweise klangen die Trommeln ganz merkwürdig. So hölzern. Bevor sie ausmachen konnte, woran sie der Klang erinnerte, wachte sie auf. Doch das Trommeln hörte nicht auf. Sie schrak hoch. Jemand klopfte an ihre Tür! Oh Gott, sie hatte vergessen, den Wecker zu stellen!

»Ich komme!«, rief sie, sprang aus dem Bett und stolperte über ihre Schuhe, weil sie versäumt hatte, das Licht einzuschalten. Sie tastete sich ins Bad, wusch sich schnell unter den Armen und das Gesicht, striegelte fahrig ihre Haare und steckte sie so, dass man nicht gleich sah, dass sie sie nicht gewaschen hatte. Dann schlüpfte sie in ihr Kostüm und hastete sie Treppe hinunter. Nathan erwartete sie bereits.

»Na, die Frage, ob du gut geschlafen hast, erübrigt sich wohl, was?«, bemerkte er leicht spöttisch grinsend.

»Tut mir leid!«, entschuldigte sich Lara geniert.

»Nicht schlimm, nur leider ist keine Zeit mehr für Frühstück. Ich muss dringend ins Büro.«

»Ich hab' sowieso keinen Hunger«, log Lara. In Wirklichkeit knurrte ihr der Magen. Sie hatte, außer ein paar Häppchen auf der Premierenfeier, seit gestern Mittag nichts mehr gegessen.

»Schade, dann habe ich das Brötchen wohl ganz umsonst geschmiert.« Er holte eine Hand hinter seinem Rücken vor und betrachtete den Inhalt nachdenklich.

»Du hast ...« Ein warmes Gefühl durchströmte Lara. Wie süß! Sie riss es ihm förmlich aus der Hand und biss hinein.

»Ähm, ich dachte, du hast keinen Hunger?«

»Ach, sei still«, nuschelte Lara. »Danke!«

Schon auf dem Weg in die Limousine klingelte Nathans Telefon. Er blieb daran, bis sie in die Tiefgarage fuhren. Dort erwartete sie Jack Cisko.

»Nathan!«, begrüßte er ihn überschwänglich »Bist du bereit? Was habe ich dir gesagt? Überlass alles mir. Buchanan ist erledigt! Ich habe dafür gesorgt, dass die Aufträge praktisch auf Eis liegen. Er ist um zehn hier, um die Verträge zu unterzeichnen. Na, wie habe ich das gemacht?«

»Wie immer unvergleichlich bissig«, antwortete Nathan, doch es klang nicht wirklich begeistert.

Jack schien das jedoch nicht aufzufallen. Er bleckte die Zähne und biss dreimal in die Luft. Dann lachte er.

»Es liegt alles in deinem Büro. Wir haben noch eine Stunde, um die Details zu besprechen.«

Sie fuhren nach oben. Natürlich trafen sie dort auf Rhonda.

»Nathan«, rief sie. Offenbar hatte sie sich zur Feier der Tages noch einmal eine Botox-Behandlung gegönnt, denn ihr Lächeln wirkte noch falscher als sonst. »Hier ist deine Kopie des Vertrages.« Sie hatte ihren typischen Singsang drauf, doch noch etwas anderes schwang in ihrer Stimme mit. Eine Kühle, die, wenn sie schon vorher dagewesen war, sonst von ihrer schleimigen Überfreundlichkeit verborgen wurde.

Sie nahmen auf der Sitzgruppe Platz und begannen mit der Arbeit. Lara hielt sich im Hintergrund.

»Ja, sieht gut aus«, sagte Nathan, nachdem er die Seiten überflogen hatte. »Ich habe allerdings noch eine Frage zu den Aufträgen. Du sagtest, sie liegen auf Eis. Was bedeutet das?«

Jack setzte ein süffisantes Lächeln auf. »Sagen wir so, einem der Abgeordneten sind Bedenken hinsichtlich der ökonomischen Rentabilität des Projektes gekommen. Er hat eine Prüfung beantragt.«

»Vollkommen haltlos.«

»Vielleicht. Aber sie muss bearbeitet werden. Und das dauert. Und die Banken leihen Buchanan schon jetzt kein Geld mehr. Wenn sie erfahren, dass einer der Abgeordneten zweifelt, verlieren sie endgültig die Geduld.«

»Hm«, machte Nathan.

»Der Typ ist am Ende! Machen wir ihn fertig!«

Lara konnte nicht glauben, was sie da hörte. Sie fand es so abstoßend, dass ihr tatsächlich übel wurde.

»Sieht ganz so aus«, sagte Nathan nickend. »Dann wollen wir mal.« Er stand auf.

Was machte er da? Warum? Wie konnte er sich nur so verhalten und dann gleichzeitig auf Umweltsymposien reden? Sie konnte und wollte kein Teil davon sein! So nicht! Sie hatte nur die Aufgabe einen Artikel zu schreiben, und das würde sie auch tun, doch sie würde nicht neben ihm sitzen, wenn er eine Existenz zerstörte.

»Kommst du, Lara?«, fragte er, als sie stehen blieb.

Sie sah, wie Rhonda die Augen verdrehte, doch es störte sie nicht. Im Gegenteil! Je weniger Rhonda sie mochte, desto besser. Sie wollte nicht von einem Menschen gemocht werden, der sich so verhielt. So falsch, so egoistisch, so skrupellos.

»Nein«, antwortete sie ruhig. »Ich glaube, es ist besser, wenn ich hierbleibe.«

Nathan schaute sie an. »Warum?«

»Ist doch okay!«, rief Rhonda zickig. »Lass sie doch, wenn sie nicht will!« Doch Nathan beachtete sie nicht.

»Geht schon mal vor«, sagte er in Richtung Jack und ihr, ohne sie dabei anzusehen. »Ich komme gleich nach.«

»Herrgott, Nathan …«, setzte Jack an, doch Nathan schnitt ihm das Wort ab.

»Bis gleich!«

»Wie du meinst. Komm, Rhonda!« Er verließ den Raum. Rhonda folgte ihm kopfschüttelnd.

»Warum?«, fragte Nathan noch einmal, als sie allein waren.

Lara seufzte. »Nathan, ich will dich nicht aufhalten. Ich erkläre es dir nachher, okay?«

Nathan schüttelte den Kopf. »Nein, Lara. Bitte erkläre es mir jetzt.«

Laras Hände begannen, sich selbstständig zu machen und an den Knöpfen ihrer Jacke zu spielen. »Gut, wenn du es unbedingt jetzt hören möchtest …« Sie kaute einen Moment auf ihrer Unterlippe, dann straffte sie sich. »Ich möchte hierbleiben, weil du gesagt hast, ich soll in Meetings meinen Mund nicht aufmachen, wenn ich nicht gefragt werde. Und bei diesem Meeting weiß ich ganz genau, dass ich das nicht schaffen werde. Ich könnte nicht stumm danebensitzen und zuschauen. Das ertrage ich nicht. Es tut mir leid, ich weiß, damit erfülle ich nicht meine Aufgabe als Journalistin, doch ich habe einfach meine Grenzen.« Sie sah ihn unsicher an.

Nathans Blick war schwer zu deuten. »Könntest du etwas deutlicher werden?«, fragte er ohne Anzeichen von Ärger.

Lara stieß in einem Anflug von Verzweiflung die Luft aus. Dann sagte sie: »Ich will und kann kein Teil von dem sein, was du gleich vorhast. Ich halte es für moralisch … bestenfalls fragwürdig … nein«, korrigierte sie sich nach einer kurzen Pause. Er hatte gefragt, und nun bekam er seine Antwort. »Ich halte es für moralisch, ökologisch und nicht zuletzt auch ökonomisch für falsch!« Sie merkte, wie ihre Dämme brachen, doch sie tat nichts, um sie zu flicken. »Du redest auf Symposien über nachhaltige Energiewirtschaft, über Umdenken in der Industrie, und gleichzeitig verhinderst du den Bau eines Biogas-Kraftwerks, und nicht nur das, du zerstörst ein Lebenswerk und gefährdest hunderte Existenzen. Ich weiß, so ist das Business nun mal, und ich habe einfach keine Ahnung. Aber ich kann das nicht mit mir vereinbaren. Tut mir leid.«

Oh Gott, was hatte sie getan? Ihre Hände zitterten und ihr war schlecht. Sie mochte Nathan doch! Am liebsten hätte sie ihm das gesagt, aber sie schaffte es nicht. Die Angst war zu groß. Was dachte er jetzt von ihr? Er war bestimmt zutiefst verletzt und fühlte sich unverstanden. Konnte man ihm ja auch nicht verübeln. Er stand bestimmt unter immensem Druck. Und dann kam eine blöde kleine Studentin und hielt ihm einen Vortrag über Moral! Wie dumm sie doch war. Wie vermessen!

»Danke, Lara«, sagte Nathan.

»Was?«, stammelte sie.

»Ich danke dir«, wiederholte er. »Ich wusste, dass ich das Richtige tat, als ich dich zu mir holte.«

»Wie meinst du das?«

»Es würde zu lange dauern, es bis ins Detail zu erklären, und ich bin mir ziemlich sicher, dass du im Prinzip schon einiges durchschaut hast. Die Kurzform lautet: Ich brauchte jemanden völlig unbeteiligtes. Jemand, der in diese Firma kommt, ohne die Absicht zu haben, hier zu arbeiten. Jemanden, der mich nicht kennt. Jemanden mit einem unverstellten Blick, der beobachtet und seine Schlüsse zieht, unvorbelastet die Menschen in meiner Umgebung wahrnimmt, ihr Verhalten und meines. Und der mir die Wahrheit sagt, die ich hören muss. Und vor allem, die ich annehmen kann, weil ich weiß, dass sie nicht durch Egoismus, Geldgier oder falsche Ehrfurcht geprägt ist.«

»Dir ging es gar nicht um den Artikel?«, murmelte Lara verwirrt.

»Doch. Ich wollte und will immer noch, dass die Öffentlichkeit erfährt, wie es in meiner Welt aussieht. Warum Nathan Canavan ist, wie er ist, warum die Finanzwelt ist, wie sie ist. Ich sah darin die Chance, etwas zu verändern, da ich mich danach auf die öffentliche Meinung würde berufen können.«

»Du kannst jetzt schon etwas verändern«, rief Lara, bevor es ihr richtig bewusst wurde.

»Das werde ich«, antwortete Nathan. »Du hast es gerade möglich gemacht.« Auf den verwirrten Blick von Lara fügte er hinzu: »Ich musste sicher gehen, was deine Motive sind.«

Lara verstand immer weniger. »Meine Motive?«

»Später. Die Herren warten schon zu lange. Komm bitte mit. Ich verspreche dir, du wirst keinen Grund haben, ungefragt den Mund zu öffnen. Vertrau mir.«

Lara starrte ihn einen Moment an, dann nickte sie.

»Danke!«, sagte er.

Sie verließen sein Büro und gingen hinüber in den Konferenzraum.

Eisiges Schweigen empfing sie, als sie durch die Tür traten. Der alte Buchanan saß mehr oder weniger gefasst in seinem Stuhl und nickte Nathan zu. Sein Sohn hingegen schaute ihn nur voller unverhohlener Verachtung an und würdigte ihn dann keines Blickes mehr. Nathan ging zu seinem Stuhl. Er wartete, bis Lara saß, dann begann er: »Mr. Buchanan, Sie haben um dieses Treffen gebeten. Womit kann ich Ihnen dienen?«

»Das wissen Sie doch ganz genau!«, fauchte David dazwischen. »Nachdem Sie dafür gesorgt haben, dass der Auftrag der Regierung auf Eis liegt, haben wir keine andere Wahl, als Ihr großzügiges Angebot anzunehmen.«

Nathan hielt seinem Blick locker stand. »Dieses Angebot gilt nicht mehr.«, sagte er ruhig. Lara sah, wie Jack und Rhonda freudig überraschte Blicke austauschten, und ihr Magen rebellierte.

»Was?« David schrie jetzt. »Sie haben uns Ihr Wort gegeben! Ihr Wort! Sie sind ein mieses Schwein, Canavan!«

»David«, ging der alte Buchanan dazwischen. Dann wendete er sich an Nathan. »Aber ich kann die Aufregung meines Sohnes nachvollziehen. Ich dachte, man könne sich auf Ihr Wort verlassen.«

»Aufgrund neuer Entwicklungen habe ich mich entschlossen, Ihnen ein anderes Angebot zu unterbreiten.«

»Natürlich!«, giftete David. »Es war so klar, dass Sie unsere Notsituation ausnutzen!«

»Hier ist die Lage«, fuhr Nathan unbeirrt fort. »Die Regierung wird für Monate damit beschäftigt sein, den Auftrag zu prüfen. Wenn dies bekannt wird, streichen die Banken Ihnen die Kredite und Ihre Aktie fällt ins Bodenlose. Warum sollte ich jetzt noch so viel Geld dafür bezahlen, wenn ich sie spätestens übermorgen für Peanuts haben kann?«

David keuchte.

Lara spürte, wie sie bleich wurde. Das konnte Nathan doch nicht machen! Er wollte doch etwas ändern!

»Das kann ich einfach nicht mit meinem unternehmerischen Geist vereinbaren«, erklärte Nathan.

Lara sah, wie Jack und Rhonda unter dem Tisch abklatschten.

»Unternehmertum, wie Sie am besten wissen, setzt immer sinnvolle Investition voraus.«

»Sie widerlicher ...«, setzte David an, doch Nathan sprach einfach weiter: »Aus diesem Grund habe ich mich dazu entschlossen, Ihnen folgendes Angebot zu unterbreiten. Ob Sie es annehmen, liegt selbstverständlich bei Ihnen.«

»Ich höre«, sagte der alte Buchanan.

»Dad! Was soll das?«, schrie David. »Das lässt du dir doch nicht gefallen!«

»David!«, sagte der Alte scharf. »Wenn du dich nicht beherrschen kannst, musst du den Raum verlassen!«

David starrte seinen Vater an, dann stand er auf und ging wortlos nach draußen.

Lara hätte es ihm am liebsten gleichgetan, doch sie wollte hören, was Nathan zu sagen hatte.

»Bitte, fahren Sie fort, Mr. Canavan.«

»Ich habe mich erkundigt und habe erfahren, dass Ihre Biogas-Kraftwerke die besten sind, die zur Zeit auf dem Markt sind. Aus diesem Grund biete ich Ihnen an, zwei davon auf Grundstücken zu errichten, die der Canavan-Group gehören. Eines hier, das andere in Deutschland. Die Finanzierung übernehmen wir. Die Gewinne werden geteilt, Abschreibungen kommen natürlich uns zugute.«

Jetzt wurden Jack und Rhonda bleich. Sie saßen da, als hätte man ihnen mit einem Baseballschläger in die Magengrube geschlagen.

»Was, bitte?«, rief Jack.

»Du hast mich gehört«, antwortete Nathan, ohne ihn dabei anzusehen.

»Das kannst du doch nicht machen!«, empörte er sich.

»Doch, Jack, das kann ich. Die Firma gehört mir, soweit ich weiß.«

Jack wurde noch bleicher, hielt aber den Mund.

Rhonda warf Lara einen Blick zu, der ihr einen kalten Schauer über den Rücken jagte, doch gleichzeitig freute sie sich auch. Es schien sie schwer zu treffen. Gut so!

Der alte Buchanan starrte Nathan einen Moment an, dann breitete sich ein Lächeln über seine Züge. »Ich bin beeindruckt«, sagte er respektvoll. »Mr. Canavan, ich nehme Ihr Angebot an.«

»Das freut mich sehr, Mr. Buchanan. Überlassen wir die Details unseren Anwälten. Ich danke Ihnen für Ihr Kommen!« Damit stand er auf und schüttelte Buchanan die Hand. »Auf eine gute Zusammenarbeit.«

»Nathan! Was hast du getan! Weißt du, wie viel Geld uns gerade durch die Lappen gegangen ist?«, ereiferte sich Jack, als sie wieder in Nathans Büro waren. Er lief zu den Glaskaraffen in einem der Schränke und goss sich einen Drink ein, den er in einem Zug runterstürzte.

»Jack, es ist eine nachhaltige Investition.«

»Nachhaltige Investition?«, keuchte dieser. »Seit wann interessiert dich denn so etwas? Glaubst du jetzt etwa den Scheiß, den du auf deinen Vorträgen von dir gibst?«

»Jack ...« Nathans Stimme hob sich warnend.

»Ich begreife es einfach nicht! Was ist los mit dir? Das ist nicht der Nathan Canavan, den ich kenne!«

»Damit hast du vollkommen Recht«, antwortete Nathan.

Jack blinzelte, dann zuckte sein Blick zu Lara. »Jetzt kapier' ich! Das alles hat angefangen, als deine ...«, er lachte abstoßend verächtlich, »Assistentin hier aufgetaucht ist. Gratuliere! Hoffentlich war sie gut! Teuer genug war sie ja! Hm, vielleicht schnapp' ich sie mir, nachdem du mit ihr fertig bist. Schließlich habe ich ja auch dafür bezahlt!«

Nathans Rechte traf Jack mitten im Gesicht. Dieser gab ein merkwürdiges Geräusch von sich und ging zu Boden. Ehe er sich versah, hatte ihn Nathan an Gürtel und Kragen gepackt und schmiss ihn in den Fahrstuhl. Er prallte krachend an dessen Rückwand und blieb stöhnend liegen.

»Ich erwarte deine Kündigung morgen bei mir auf dem Schreibtisch!« Nathan drückte den Knopf für abwärts, und die Türen schlossen sich.

»Gibt es irgendetwas, dass du mir sagen willst?«, fragte er Rhonda, die das ganze ängstlich und mit offen stehendem Mund verfolgt hatte. Diese zuckte zusammen und schüttelte dann den Kopf.

»Gut! Dann an die Arbeit! Die Verträge schreiben sich nicht von allein!«

Rhonda nickte und verschwand.

»Das alles tut mir sehr leid, Lara!«, sagte Nathan, als sie fort war.

»Das muss es nicht! Im Gegenteil! Mir tut es leid, dass du deinen Freund rausschmeißen musstest. Das habe ich nicht gewollt!«

»Aber ich!«, antwortete Nathan grimmig. »Es war längst überfällig. Ich bedauere nur zutiefst, dass es erst soweit kommen musste.«

»Warum musste es denn überhaupt erst soweit kommen? Ich meine«, bemühte sie sich um etwas mehr Präzision, »wenn du Veränderung gewollt hast, warum hast du sie nicht schon viel früher eingeleitet? Was ist so anders an mir, dass du auf mich hörst, nicht aber auf deinen Vater zum Beispiel?«

Nathan holte sich Eis für seine geröteten Knöchel, dann sagte er: »Bei dir konnte ich mir sicher sein, dass ich nicht handele, um es dir recht zu machen oder du mich absichtlich beeinflusst, um zu bekommen, was du möchtest. Das brauchte ich. Ich bin umgeben von Leuten, bei denen ich nie weiß, aus welchen Motiven sie handeln. Einige sind abhängig von mir, haben Angst, andere wollen mich für ihre Zwecke einspannen ... aber vielleicht auch nicht. Vielleicht bilde ich mir das ja auch nur ein. Verstehst du?«

Lara überlegte kurz. »Aber was ist mit deinem Vater? Du hast ganz offensichtlich darunter gelitten, dass er enttäuscht war darüber, was aus dir geworden ist. Weshalb musste ich erst kommen? Weshalb die indirekte Sache mit dem Artikel?«

»Das ist es ja: Ich habe darunter gelitten, dass mein Vater nicht stolz auf mich war. Aber darf das ein Motiv sein, jahrelange, erfolgreiche Arbeit grundlegend zu verändern? Ich konnte mir nicht trauen. Was, wenn ich, nur um ihm zu gefallen, genau das Falsche getan hätte? Die ältere Generation hatte ihre Ansichten. Ihre Moral. Doch die Welt ändert sich ständig. Ich war schon zu lange in dem Business, um noch klar sehen zu können. Und dann kam deine E-Mail. Und ein einziges Mal habe ich auf mein Bauchgefühl gehört. Du wolltest nicht zu mir, weil du mich so toll fandest, oder weil du groß rauskommen wolltest. Du wolltest Freiheit. Und du hast keinen Hehl daraus gemacht. Ich spürte, dass ich dir trauen kann.«

Lara errötete etwas angesichts dieser Worte. Doch noch eine Frage stellte sich ihr: »Weshalb musstest du dann nochmal sicher gehen, was meine Motive sind, vorhin?«

»Weil … weil wir uns näher gekommen sind. Und ich wollte nicht schon wieder in die Falle tappen, etwas zu tun, worum mich jemand, den ich mag, bittet.«

Lara war irritiert. »Aber das habe ich doch.«

Nathan schüttelte den Kopf. »Nein, das hast du eben nicht. Du hast nur von dir gesprochen. Nicht einmal fiel der Satz: ›Tue mir den Gefallen‹ oder: ›Tue es mir zuliebe‹. Du hast neutral deine Meinung gesagt wie so häufig während der letzten Tage.«

»Aber die basiert doch auf meinen Erfahrungen, meinen Werten und meinen Vorstellungen von der Welt.«

»Ja, aber du hast nicht erwartet, dass ich sie teile, oder versucht, mich dazu zu bringen, danach zu handeln. Du warst dir treu und doch selbstlos.«

»Hm«, machte Lara. »So habe ich das gar nicht gesehen.«

»Ich weiß«, sagte Nathan und lächelte. »Das gehört dazu.«

»Und jetzt?«, fragte Lara unsicher.

»Fährst du zurück nach Blackwater Manor und schreibst deinen Artikel. Du hast meine Erlaubnis, ihn, wenn dein Professor es absegnet, einer Zeitung deiner Wahl zu deinen Konditionen anzubieten. Hier ist eine unterzeichnete Einverständniserklärung.« Er reichte ihr ein Couvert.

Lara war sprachlos. »Danke«, hauchte sie, als sie schließlich ihr Stimme wiederfand.

»Ich danke dir«, sagte Nathan. »Und jetzt: auf! Wir haben beide viel zu tun!« Er lachte.

Den ganzen Weg nach Blackwater Manor war Lara verwirrt. Sie konnte nicht fassen, was passiert war, zu was sich ihre harmlose Anfrage entwickelt hatte. In der kurzen Zeit, die sie mit Nathan verbracht hatte, war so viel geschehen. Auch zwischen ihnen. Sie hatte jetzt das Gefühl, ihn schon wesentlicher länger zu kennen, als es eigentlich der Fall war, doch gleichzeitig noch viel weniger über ihn zu wissen als vorher. Doch als sie an dem Schreibtisch in ihrem Zimmer Platz nahm, spürte sie eine unglaubliche Energie. Die Worte brodelten in ihr, wie in einem Dampfdruckkessel, dem man über Tage kräftig eingeheizt hatte.

Kaum war der Computer aufgeklappt, strömten sie aus ihr heraus, als wäre ein Ventil geplatzt. Sie schrieb auf, was sie erlebt hatte, wie und was sie wahrgenommen hatte. Sie schrieb über die Zwänge, unter denen Nathan handelte, sein Dilemma der mangelnden Ehrlichkeit ihm gegenüber, seinen immensen Zwiespalt, den er jahrelang mit sich herumgetragen hatte, und schließlich seinen Entschluss zur Wandlung. Sie nahm ihn als Beispiel für die Finanzwelt generell, hütete sich aber davor zu verurteilen. Sie legte nur die Mechanismen offen, welche die Menschen ergriffen, sobald sie in diese Welt eintraten, und wie es mit der Zeit völlig selbstverständlich wurde, nach ihnen zu handeln, da alle es taten.

... Hätte Nathan es nicht zu einer Bedingung gemacht, absolut ehrlich mit ihm zu sein, ich weiß nicht, ob ich die Charakterstärke und die Geistesgegenwart gehabt hätte, ihnen zu widerstehen.

Sie lehnte sich zurück und schaute auf die Uhr. Kurz vor acht. Wahnsinn, wie die Zeit verflogen war. Sie hatte es gar nicht bemerkt. Jetzt allerdings knurrte ihr der Magen. Nathan war noch nicht zurück, also ließ sie sich etwas auf das Zimmer bringen. Während sie aß, musste sie an Bernie denken. Ob sie sich endlich gemeldet hatte? Sie holte ihr Telefon. Tatsächlich zeigte das Display einen Anruf von ihr. Allerdings keine Nachricht. Sie rief zurück. Nach dreimal Klingeln meldete Bernie sich: »Hey, Laralein! Da hast du aber Glück. Ich habe gerade Empfang!« Ihre Stimme klang verzerrt durch Störgeräusche.

»Was? Wo bist du denn?«, fragte Lara verdutzt.

»Hä?«

»Wo du bist«, wiederholte Lara lauter.

»In Irland, campen!«, kam die Antwort.

»Was?«

»Mit Tommy!«

»McIntyre?«

»Ja!«

»Wie das?«

»Zwei Tage nachdem du weg warst, hat er angerufen und gemeint, da ich ein Freund von grünen Büschen sei, wolle er mir mal zeigen, wo die grünsten der Welt wachsen. Süß, oder?«

Lara verdrehte die Augen. »Oh Bernie ...«

»Bitte?«

»Ich sagte: Total, Bernie!«,

»Nicht wahr? Wie läuft es bei dir? Aber mach schnell, ich muss ganz still stehen, damit die Verbindung nicht abreißt!«

Lara gab ihr eine kurze Zusammenfassung der Dinge.

»Echt?«, keuchte Bernie, als sie fertig war. »Er hat ihm tatsächlich eine reingehauen?«

»Ja, und ihn in den Fahrstuhl geschmissen.« Jetzt, nachdem etwas Zeit vergangen war, empfand Lara einen gewissen Stolz dabei, wie Nathan ihre Ehre verteidigt hatte.

»Das ist ja genau wie bei ›Pretty Woman‹!«

»Immer musst du übertreiben!«

»Schau dir den Film noch mal an, meine Süße, dann sprechen wir uns wieder! Ich muss jetzt auflegen! Tommy will Gärtner spielen!« Sie kicherte.

»Na dann, viel Spaß!«, erwiderte Lara und legte auf.

Wie bei ›Pretty Woman‹ ... Lara ließ die Szene, auf die Bernie anspielte, noch einmal Revue passieren. So ganz Unrecht hatte sie nicht. Aber Richard Gere hatte aus anderen Motiven gehandelt als Nathan. Oder hatte er? Sollte er doch etwas für sie empfinden? Sie waren sich schon recht nahe gekommen, die letzten Tage. Die Vorstellung, dass Nathan an ihr interessiert sein könnte, war zwar immer noch unglaublich ängstigend, doch auf eine merkwürdige Weise erzeugte es in ihr auch ein warmes, aufregendes Gefühl.

›Was ein wenig Zurschaustellung roher Männlichkeit für den guten Zweck doch bei dir so bewirken kann‹, säuselte Bernies Stimme hinter ihrer Stirn.

»Ach, lass dir doch einfach den Rasen trimmen«, schoss Lara laut zurück. Sie hatte keine Zeit für so was. Der Artikel musste korrigiert werden und an ihren Professor gehen. Als dies endlich geschehen war, wollte sie nur noch ins Bett. Es war, als hätte sie den Sende-Button mit dem letzten Rest ihrer Energie gedrückt. Danach schaltete sich ihr Körper ab, wie ein Notebook dessen Akku leer war, unaufhaltsam und ohne weitere Warnung. *Ihr Körper wird jetzt heruntergefahren, um Datenverlust zu vermeiden.* Immerhin schaffte sie noch ein Lächeln, als sie tatsächlich diesen bescheuerten Satz dachte, während sie sich Bett-fertig machte, dann plumpste sie in die Decken und schlief sofort ein.

Dieses Mal träumte sie nichts, als sie das Klopfen an der Tür aus dem Schlaf riss. Sie hatte schon wieder versäumt, den Wecker zu stellen! Das durfte doch nicht wahr sein! Immerhin war das Licht schon an, weil sie der Schlaf ereilt hatte, noch bevor sie es löschen konnte. So konnte sie wenigstens nicht wieder vergessen, es anzuschalten wie letztes Mal, als sie blind durchs Zimmer gestolpert war.

»Komme!«, rief sie und sprang aus dem Bett.

»Kein Grund zu großer Eile, Ms. Holmes«, hörte sie Lilys Stimme. »Sie haben noch ein halbe Stunde.«

»Danke, Lily! Sie sind … unbezahlbar!«, rief Lara, während sie nach frischer Unterwäsche kramte.

»Das hat mein erster Chef auch immer gesagt. So bin ich zu Mr. Canavan gekommen.«

Lara gluckste trotz des Stresses, dann hüpfte sie unter die Dusche.

»Es tut mir wirklich leid«, sagte sie, als sie schließlich zu Lily auf den Flur trat. »Ich erkenne mich nicht wieder!«

»Das ist das Mysterium von Blackwater Manor«, witzelte Lily.

Nathan erwartete sie bereits im Esszimmer. »Guten Morgen«, rief er fröhlich. »Und so pünktlich!«

»Mr. Canavan, Sie sind unmöglich!«, rügte Lily ihn.

»Was? Was habe ich gesagt?«, gab er sich unschuldig, doch Lily ging nur kopfschüttelnd aus dem Raum.

Lara schmunzelte. »Möchtest du den Artikel jetzt lesen? Ich habe mein Notebook dabei.«

»Hast du ihn schon gesendet? Ich habe dir gesagt, vorher werde ich ihn nicht lesen, geschweige denn ihn kommentieren«

»Selbstverständlich!«, tat Lara entrüstet.

»Dann: gern«, sagte Nathan. »Her damit!«

Während sie frühstückte, las er das, was sie verfasst hatte.

»Wahnsinn!«, sagte er, als er den Computer zuklappte. »Lara, das ist ganz großartig! Ich wusste, dass er gut werden würde, doch das hier ...« Er hob die Hände.

»Er gefällt dir also?«, fragte Lara überflüssigerweise.

»Gefallen? Lara, er übertrifft meine kühnsten Erwartungen bei Weitem! Ich bin zwar nicht vom Fach, doch ich habe schon sehr viele Zeitungen und E-Papers in meinem Leben gelesen, und meiner Meinung nach hast du das Zeug zu einer Spitzenjournalistin. Ich bin unglaublich froh, dich kennengelernt zu haben und auch ein wenig Stolz auf mich.«

»Stolz auf dich?«

»Ja, weil ich die Chance, die sich mir geboten hat, im richtigen Moment erkannte und dich trotz meiner Angst in mein Leben gelassen habe.«

»Angst? Du hattest Angst?«, fragte Lara verwundert.

»Natürlich!«, antwortete Nathan.

»Aber wovor denn? Ich hatte doch viel mehr Grund, Angst zu haben.«

»Du?«

»Ich, eine kleine Studentin, darf zu dem großen Nathan Canavan!«

»Ja, und?«

»Und?« Lara konnte es nicht fassen. Was fragte er denn noch? Es war doch ganz offensichtlich, was das für sie bedeuten musste.

»Ja: und? Der große Nathan Canavan. Wovor hattest du denn Angst?«

»Dass ... na, dass ich eine Enttäuschung bin. Dass ich mich aus Unwissenheit danebenbenehme und es vergeige.« Dass ich ein fürchterlicher Bauerntrampel bin und hässlich und du über mich lachst, dachte sie, sagte es aber natürlich nicht laut.

Nathan lachte.

»Was ist daran so komisch?«, fragte sie leicht getroffen.

»Nichts ... alles ... also ich lache dich nicht aus, entschuldige bitte. Es ist nur ... und wenn schon? Was hätte das für Konsequenzen für dich gehabt? Du wärst verletzt gewesen – unangenehm, das gebe ich zu – du hättest das Semester nicht frei gehabt, und dann? Was hätte ich dir antun können? Du hingegen warst in der Lage, mich komplett zu zerstören. Ich habe mich dir völlig ausgeliefert. Du hättest behaupten können, dass ich versucht habe, dich sexuell zu belästigen oder Schlimmeres. Aber selbst wenn es nicht dazu gekommen wäre, hättest du mich immer noch komplett abstoßend finden und einen dementsprechend einseitig gefärbten Artikel schreiben können. Wer hatte die Macht, Lara? Der große Nathan Canavan oder die *kleine* Studentin?«

Lara war völlig platt. So hatte sie das nie gesehen. Niemals im Leben hätte sie gedacht, dass Nathan auch Angst vor ihr haben könnte. Im Gegensatz zu dem, was er ihr eben gesagt hatte, wirkten ihre Befürchtungen geradezu lächerlich. Aber es führte auch dazu, dass sie ihr genommen wurden. Sie fühlte sich mit einem Mal viel leichter und freier. »Es ist schon eigenartig, wie einem die eigenen Ängste den Blick auf das große Ganze verstellen können«, sagte sie schließlich.

»Ja, spannend, nicht wahr?«, sagte Nathan.

Sie redeten noch eine ganze Weile angeregt über dieses Thema, dann war es Zeit, ins Büro zu fahren. Gerade, als sie in die Tiefgarage einbogen, klingelte Laras Telefon.

»Das war die Sekretärin meines Professors«, erklärte sie, nachdem sie aufgelegt hatte. »Ich soll sofort in die Uni kommen.«

»Ich sagte doch, der Artikel ist großartig. Gratuliere! Benson kann dich fahren. Bis morgen gebe ich dir frei. Ich wollte dich damit überraschen, da wir uns aber vielleicht bis dahin nicht mehr sehen, verrate ich es dir schon jetzt: Morgen Abend ist eine große Party auf dem Anwesen der Buchanans. Ich würde mich sehr freuen, wenn du mich dorthin begleitest.«

»Sehr gerne!«, antwortete Lara glücklich.

»Sehr schön«, rief Nathan. »Dann bis morgen.« Er verließ den Wagen und Benson wendete, um die Garage wieder zu verlassen.

Eine halbe Stunde später erreichten sie das Uni-Gelände. In Laras Magen flogen tausend Schmetterlinge, als sie die Tür zum Vorzimmer ihres Professors erreichte.

»Guten Morgen«, sagte sie, nachdem sie geklopft und Einlass bekommen hatte. »Lara Holmes für Professor Allister.«

»Gehen Sie durch, Ms. Holmes«, antwortete die Sekretärin und widmete sich wieder ihren Unterlagen.

»Gern!« Sie klopfte kurz, öffnete freudig die Tür und erstarrte. Auf einem der zwei Stühle vor Professor Allisters Schreibtisch saß Rhonda.

»Ms. Holmes«, adressierte sie Allister, bevor sie etwas sagen konnte. »Nehmen Sie bitte Platz.«

Unfähig irgendetwas anderes zu tun, folgte sie seiner Bitte. Was war hier los?

»Ms. Holmes. Ich muss sagen, dass ich in all den Jahren, die ich hier als Professor arbeite, noch nie derart entsetzt über das Verhalten eines Studenten gewesen bin, wie es jetzt der Fall ist.«

»Ich verstehe nicht ...«, stammelte Lara.

»Wir lehren hier Journalismus, Ms. Holmes. Echten und ehrlichen Journalismus. Dazu gehört es nicht, ein intimes Verhältnis mit dem Interview-Partner einzugehen, um sich sein Vertrauen zu erschleichen.«

Lara wurde bleich. Ihr Herz schlug bis zum Hals. »Ich weiß nicht, was Sie meinen?«

»Ach nein?« Allister drehte den Bildschirm seines Computers. Dort prangte in großen Buchstaben: Canavan's Mystery-Date! Wer ist die Neue an seiner Seite? Darunter war ein Foto von Nathan und ihr. Auf dem Roten Teppich. Händchen haltend.

»Es ist auf sämtlichen Klatschportalen zu finden. Und diese Headline ist noch die unverfänglichste. Ist das Ihre Vorstellung von seriösem Journalismus? Sich mit dem Interview-Partner so zu zeigen? Abstand ist das A und O in unserem Geschäft!«

Lara rang nach Atem. »Sir, haben Sie meinen Artikel gelesen?«, brachte sie schließlich heraus.

»Nein! Und das werde ich auch nicht. Ms. Jackson hier war so freundlich, mich über Ihr Verhalten zu informieren. Nicht nur, dass Sie sich auf persönlicher Ebene mit Mr. Canavan eingelassen haben, Sie haben auch noch Einfluss auf seine Geschäfte genommen. So etwas verstößt gegen jegliche journalistische Grundsätze, die diese Universität vertritt. Egal, was Sie geschrieben haben, durch Ihr unethisches Vorgehen haben Sie es zu unlesbarem Schund gemacht! Und was noch viel schlimmer ist: Sie haben dem Ansehen dieser Institution geschadet. Sie sind in jedem Falle für dieses Semester durchgefallen. Und unter diesen Umständen sehe ich mich sogar gezwungen, ein Disziplinarverfahren einzuleiten. Ms. Jackson, ich danke Ihnen, dass Sie mich unterrichtet haben. Sie können gehen, ich habe Ihre wertvolle Zeit schon zu lange in Anspruch genommen.«

»Aber nicht doch«, säuselte Rhonda. »Es ist meine Pflicht, meinen Chef und seine Firma vor derartig hinterhältigen Attacken zu schützen.«

Lara sah, wie sich ein selbstzufriedenes Grinsen über Rhondas Züge breitete und Wut packte sie. Und sie gab ihr plötzlich eine ungeahnte Kraft.

»Ist dir eigentlich schon mal in den Sinn gekommen, dass es Nathan war, der das so wollte?«, fuhr sie sie an.

»Ms. Holmes!«, rief Allister, doch Lara ließ sich nicht beeindrucken. Wenn sie schon unterging, dann mit fliegenden Fahnen.

»Professor Allister! Ich habe vor Mr. Canavan nie einen Hehl daraus gemacht, was und wer ich bin! Es gibt E-Mails als Beweis dafür! Es war seine Idee, dies geheim zu halten! Und zwar genau wegen Leuten wie Ms. Jackson!« Sie legte sämtliche Verachtung in den Namen. »Ich sollte einen unverfälschten Blick in seine Welt erhalten. Menschen verhalten sich anders, wenn sie Angst haben, es könnte morgen in der Zeitung stehen, das wissen Sie genau! Ms. Jackson mag es als unfair empfinden, nicht darüber informiert worden zu sein, doch wenn sie ein Problem damit hat, muss sie es mit Mr. Canavan klären. Er war derjenige, der mich zu sich geholt hat und ihm war ich verpflichtetet. Es ging um ihn! Nur um ihn, sein Leben und seine Schwierigkeiten damit! Nicht um Ms. Jackson, seine Firma oder irgendwen, auch wenn sie ein Teil

Nathans Lebens sind. Es ist sein ausdrücklicher Wille, dass mein Artikel erscheint.«

Allister legte die Hände aneinander. »Ms. Jackson?«

»Lächerlich! Nathan hat niemals einen Reporter in sein Leben gelassen und würde das nie wissentlich tun!«

»Hat er auch nicht! Er hat eine Journalistik-Studentin in sein Leben gelassen!«, gab Lara zurück. »Und er wusste genau, was er tat! Er hat mir sogar eine Einverständniserklärung zum Verkauf dieses Artikels an eine Zeitung meiner Wahl unterschrieben.«

»Ist das so?«, fragte Allister sichtlich überrascht.

»Ja, das ist so!«, sie holte das Schriftstück hervor und überreichte es ihm. »Ms. Jackson mag hehre Intentionen gehabt haben, als sie Sie unterrichtete, doch sie kennt nicht alle Fakten. Und anstelle Mr. Canavan zu schützen, hat sie das in Gefahr gebracht, was ihm am wichtigsten war!«

»In der Tat«, sagte Allister, nachdem er das Papier überflogen hatte. »Mr. Canavan hat sein Einverständnis gegeben.«

Rhonda schaute einen Augenblick unentschlossen, dann stand sie auf, und so etwas wie ein Strahlen mühte sich seinen Weg in ihre starr gespritzte Mimik. »Dann bin ich froh, dass sich diese unschöne Geschichte doch noch zum Guten gewendet hat. Professor Allister, es war mir eine Freude.«

»Ganz meinerseits, Ms. Jackson. Und vielen Dank!«

Rhonda verließ den Raum und Allister fixierte Lara.

»Ms. Jackson scheint zufrieden. Ich bin es noch nicht ganz. Auch wenn ich Ihr Engagement schätze und sehr überrascht bin, dass Sie es tatsächlich geschafft haben, Kontakt zu Mr. Canavan zu bekommen, so muss ich Sie doch daran erinnern, dass Sie noch keine Journalistin sind. Wenn Sie dieses Studium erfolgreich abgeschlossen haben, sind Sie keinem außer sich selbst gegenüber verantwortlich. Oder der Zeitung, für die Sie arbeiten. Solange dies aber noch nicht der Fall ist, repräsentieren Sie diese Universität und ihre Werte. Das nächste Mal halten Sie mich auf dem Laufenden, haben Sie das verstanden?«

Lara nickte. »Lesen Sie den Artikel, Professor. Wenn Sie dann immer noch der Meinung sind, ich hätte das Ansehen der Universität beschmutzt, werde ich freiwillig gehen.«

Allister musterte sie, dann lächelte er. »Ich hoffe sehr, dass es nicht soweit kommt. Und das ausdrücklich nicht des Rufes der Uni wegen. Sie können gehen, Ms. Holmes!«

»Auf Wiedersehen, Professor.« Lara gab sich gefasst, doch innerlich fiel ihr ein Stein vom Herzen, der Stonehenge mickrig aussehen ließ. Ihre Laune sank allerdings sofort wieder, als sie das Gebäude verließ. Rhonda stand auf der Treppe und rauchte eine Zigarette.

»Lara«, rief sie, als sie sie sah. »Warte bitte einen Augenblick.«

Laras Unterkiefer wurde fest. »Was wollen Sie noch, Ms. Jackson?«

Rhonda zog noch einmal an der Zigarette, ließ sie fallen und trat sie aus. »Ich wollte mich bei dir entschuldigen«, sagte sie und blies den Rauch aus.

Lara schaute sie misstrauisch an. »Im Ernst?«

»Mach es mir bitte nicht so schwer«, sagte Rhonda zerknirscht.

»Okay, tut mir leid.«

»Danke. Mir ist eben einiges klar geworden. Ich bin hierhergekommen, weil ich die Situation falsch eingeschätzt habe. Ich wusste ja nichts von Nathan und deinem Deal. Ob du es glaubst oder nicht, er ist mir wichtig. Nach der Sache mit Buchanan habe ich recherchiert und fand heraus, wer du bist. Ich wollte ihn schützen. Das ist alles.« Sie strich sich eine Strähne aus dem Gesicht. »Ich muss auch zugeben, dass ich eifersüchtig auf dich war. Dein gutes Verhältnis zu ihm, wie er dich anschaute.« Laras Magen bekam einen Stich. »Er mag dich wirklich, das konnte ich sehen. Und dann fand ich heraus, dass du nicht die bist, die du vorgibst zu sein – zumindest dachte ich das – und habe einfach überreagiert.« Sie schüttelte den Kopf. »Doch dort drinnen habe ich realisiert, dass wir etwas gemeinsam haben.« Lara starrte sie an. »Wir wollen beide nur das Beste für Nathan.«

Lara stand einen Moment unschlüssig da, dann nickte sie.

»Es gibt also keinen Grund für eine Feindschaft. Friede?« Sie reichte ihr die Hand.

Lara kämpfte einen Augenblick mit sich. Vielleicht hatte sie Rhonda doch falsch eingeschätzt. Ihre Entschuldigung wirkte echt. Auch wenn sie es nur tat, weil sie Angst um ihren Job hatte. Wer konnte es ihr verübeln? Lara war sich nicht sicher, wie sie sich an ihrer Stelle verhalten hätte. Und was hatte sie davon, Rhonda zur Feindin zu haben? Nichts. Außerdem würde es Nathan nur unnötig aufregen und Stress für ihn bedeuten. Er hatte schon einen langjährigen Mitarbeiter verloren ihretwegen.

»Friede«, antwortete sie und schüttelte Rhonda die Hand. »Für Nathan.«

Rhonda lächelte. »Du magst ihn auch sehr, nicht wahr?«

»Ich glaube schon«, murmelte Lara versonnen.

»Er ist ja auch großartig«, schloss Rhonda. »Sehen wir uns morgen auf der Party?«

»Ja.«

»Sehr schön. Bis dann! Und danke!« Damit drehte sie sich um und ging.

Lara wusste noch nicht so ganz, wie ihr geschehen war, doch schon im Auto fühlte sie sich richtig gut. All ihre Probleme hatten sich in Luft aufgelöst. Heute war ein guter Tag. Und sie wollte ihn mit Nathan verbringen.

»Wohin darf ich Sie fahren?«, erkundigte sich Benson.

»Ins Büro«, antwortete sie glücklich.

»Lara! Was machst du denn hier?«, begrüßte sie Nathan fröhlich, als sie aus dem Fahrstuhl trat.

»Och, ich hatte frei und dachte, du hast vielleicht Lust, mit mir etwas essen zu gehen«, antwortete sie schelmisch.

»Frei, hm?«, erwiderte Nathan. »Klingt toll! So einen Chef möchte ich auch mal haben. Meiner lässt mich bestimmt nicht gehen.«

»Er muss ja nichts davon erfahren«, flüsterte sie verschwörerisch.

»Oh, er würde es erfahren. Er weiß immer alles.«

»Das klingt ja grauenvoll! Dann solltest du ein Zeichen setzen. Ein sehr kluger Mensch hat mir mal gesagt: ›Freiheit, Ms. Holmes. Das ist es, worauf es ankommt!‹«

»Muss ein toller Typ sein!«

»Sagen wir, er hat seine Momente … wenn er nicht volltrunken an meiner Schulter einschläft.«

»Autsch! Was ein Trottel!« Er schüttelte empört den Kopf. »Aber was er über die Freiheit gesagt hat, stimmt uneingeschränkt.« Er ging zu seinem Telefon, drückte zwei Tasten und Lara konnte den Klingelton hören.

»Ja bitte, Mr. Canavan?«, meldete sich eine Frauenstimme.

»Ms. Peterson, sagen Sie meinem Chef, ich nehme mir den Rest des Tages frei!«

Lara musste sich ein Lachen verkneifen.

»Äh, wie?«, kam die verwirrte Reaktion.

»Sie haben mich gehört, Ms. Peterson. Und wenn er etwas dagegen hat, sagen Sie ihm mit Verlaub, er kann mich mal!«

»Wie Sie wünschen«, sagte Ms. Peterson, immer noch etwas zögerlich.

»Danke!« Nathan legte auf. Eine Sekunde später klingelte das Telefon.

»Ja, Ms. Peterson?«

»Mr. Canavan, ich soll Ihnen von Mr. Canavan ausrichten, dass er sich den Rest des Tages freinimmt. Und wenn Sie etwas dagegen haben, dann, mit Verlaub, können Sie ihn mal.«

Lara riss die Augen auf und biss in ihre Faust.

»Danke, Ms. Peterson. Zur Kenntnis genommen. Melden Sie der Zentrale, dass das Büro von Mr. Canavan heute nicht besetzt ist und alle Anfragen an Ms. Jackson weitergeleitet werden sollen. Dann gehen Sie nach Hause. Es hat ja keinen Sinn, dass Sie bleiben.«

»Oh, vielen Dank, Mr. Canavan!«

»Gern!« Er legte auf. »Ah, die gute Ms. Peterson. So pflichtbewusst, wie man nur sein kann.« Er grinste.

»Unglaublich!«, amüsierte sich Lara, nicht ganz ohne Bewunderung.

»Und Gold wert! Wohin gehen wir denn? Marco's?«

»Nein, zu Bruce.«

»Nie gehört.«

»Dachte ich mir! Auf geht's!«

Nathan zuckte mit den Schultern, und sie fuhren in die Garage und bestiegen die Limousine.

»Stopp, Benson, das ist weit genug«, rief Lara einige Straßen später.

»Ich sehe hier aber kein Restaurant«, bemerkte Nathan.

»Aber eine U-Bahn-Station«, sagte Lara.

»U-Bahn?«

»Freiheit, Mr. Canavan«, sagte Lara und zwinkerte ihm zu.

»Gott, ich weiß nicht, wie lange ich schon nicht mehr in einer U-Bahn war«, murmelte Nathan, als sie am Gleis standen.

»Riechst du das?«, fragte Lara. »So riecht die Stadt, das Leben! Ich liebe es!«

Nathan atmete ein und lächelte. Sie bestiegen den Zug und suchten sich einen Platz. Ein Mann mit einer Gitarre stieg ein, setzte sich und begann, einen Blues zu spielen. Ganz für sich. Spontaner Applaus entbrannte, als er fertig war. Er bedankte sich und spielte weiter. Geld wollte er keines.

»Großartig«, murmelte Nathan.

Am Fuße der Treppe ihres Zielbahnhofes erklangen die Töne einer Geige. Eine Frau in einem schwarzen Abendkleid spielte Vivaldi.

»Wahnsinn«, murmelte Nathan. »Ich hatte das vollkommen vergessen.«

»Die Stadt ist voller Musik«, sagte Lara. »Überall!« Sie ließ ein paar Münzen in den Geigenkasten fallen. »Das macht mir jedes Mal gute Laune, egal, wie der Tag war.«

Schließlich standen sie vor einem kleinen Eckrestaurant in einem Haus, dass man mit gutem Willen als ›shabby chique‹ bezeichnen konnte. Drinnen saßen junge Leute, aber auch der ein oder andere in einem Anzug, vor Burgern und Pommes, die in Körben serviert wurden.

»Wir sind da!«, erklärte Lara freudig. Sie öffnete die Tür. »Hi, Bruce!«, begrüßte sie den Mann hinter der Theke.

»Lara, schön dich zu sehen! Das Übliche?«

»Ja, zweimal, bitte!« Und zu Nathan gewandt fügte sie hinzu: »Heute nehme ich dich mal mit in meine Welt!« Kurze Zeit später saßen sie vor zwei Ungetümen mit Bacon, Barbecue Sauce und Jalapeños. »Und damit fangen wir an!«

Nathan grinste und sie ließen es sich schmecken. Danach führte sie ihn über den Campus, zeigte ihm die Bibliothek und die Hörsäle. Sie tranken Kaffee unter ihrem Baum, kühlten ihre Füße in einem Brunnen in der Nähe und räumten kichernd das Feld, als ein Aufseher ihnen dies verbat. Sie schlenderten in ein Kino, schauten sich einen stumpfen Actionfilm an, amüsierten sich über die hölzernen Dialoge und aßen klebriges Popcorn. Nathan machte sich einen Spaß daraus, es an die Lehne des Vordersitzes zu werfen, wo es ganz von alleine hängen blieb.

»Du bist unmöglich!«, flüsterte Lara.

»Das höre ich in letzter Zeit öfter«, gab er zurück und warf eines in die Locken des Vordermannes, der dies jedoch nicht mitbekam.

Sie beschlossen den Abend in Laras und Bernies Lieblings-Pub, wo Lara ihm sämtliche Männer zeigte, mit denen Bernie mal etwas gehabt hatte.

»Eine tüchtige Frau, diese Bernie«, kommentierte Nathan.

Irgendwann nahmen sie die letzte Bahn zurück zu der Station, wo alles begonnen hatte. Benson stand noch immer dort und hielt ihnen die Tür auf, als wären sie nur fünf Minuten weg gewesen.

»Vielen Dank für diesen wunderschönen Abend, Mr. Canavan«, sagte Lara, als sie wieder am Fuße der Treppe in Blackwater Manor standen.

»Ganz meinerseits, Lara«, sagte Nathan … und er schaute ihr in die Augen.

Lara wurde plötzlich ganz heiß und kalt zugleich.

Nathan beugte sich vor und küsste sie auf die Stirn. »Gleiches Recht für alle«, sagte er. Dann dreht er sich um und ging.

Lara stand da. Schmetterlinge wechselte sich ab mit Krämpfen in ihrem Magen, als versuche dieser, die wild gewordenen Flattermänner einzufangen. Was meinte er damit? Hatte er den Kuss bei seinen Eltern doch mitbekommen? Musste er! Oh Gott! Bedeutete das jetzt, dass er ähnlich fühlte wie sie? Oder war das nur wieder eines seiner Spielchen?

›Himmel, Lara!‹, meldete sich Bernie – wie konnte es auch anders sein! Sie musste ja immer ihnen Senf dazugeben! – ›Es ist doch wohl ganz offensichtlich, dass er dich mag! Freu dich, und alles andere fügt sich schon, du Memme!‹

›Aber …‹, setzte sie an, doch Bernie haute dazwischen.

›Nein! Hör einfach auf mich!‹

›Ja, gut, du hast ja Recht‹, seufzte sie, und mit einem Mal ließ ihr Magen die Schmetterlinge in Ruhe.

Ein Geräusch holte sie aus ihrem Schlaf, mit dem sie nicht gerechnet hatte. Es war die Weckfunktion ihres Telefons. Sie musste grinsen angesichts der Ironie darin. Am letzten Tag. Na ja, besser spät als nie! Sie stieg aus dem Bett. Ein letztes Mal. Gott, sie würde es vermissen. Doch sie war nicht traurig. Die Erinnerung an den gestrigen Abend hatte die Schmetterlinge aufwachen lassen, und sie flatterten freudig in ihr umher. Allerdings war da noch etwas: die Befürchtung, die sie schon in Nathans Elternhaus befallen hatte. Wie würde er sich verhalten? Immerhin hatten sie etwas getrunken. Es könnte also der berühmte Fall nach der Weihnachtsfeier eintreten. Sie hatte das schon ein paarmal erlebt an der Uni. Gut, da war das Argument, dass er sie nach ihrem Kuss auf seine Stirn am nächsten Morgen ja auch nicht komisch behandelt hatte, und sie wusste ja jetzt mit ziemlicher Sicherheit, dass er diesen doch – wie, war ihr zwar völlig schleierhaft – mitbekommen hatte. Aber genau da lag der Unterschied. *Sie* hatte *ihn* geküsst. Gestern aber war er aktiv gewesen. So etwas belastete das Gewissen unter Umständen wesentlich mehr. Das wusste sie aus eigener Erfahrung. Sie wusste aber auch, dass er sich ihretwegen nicht komisch zu fühlen brauchte. Sie hatte diese Geste unglaublich süß von ihm gefunden, und genau wie er ihr danach unbefangen und offen entgegengetreten war, würde sie nun ihm entgegentreten. Es war ein kleiner Kuss auf die Stirn gewesen. Mehr nicht. Er hatte nett sein wollen. Es hatte nichts weiter zu bedeuten ... oder?

›Was ist aus dem einfach-mal-freuen geworden?‹, erkundigte sich Geister-Bernie.

›Ist ja gut, ist ja gut!‹, antwortete sie genervt. ›Ich freue mich ja schon!‹

Sie machte sich fertig und begab sich nach unten.

»Guten Morgen, Ms. Holmes!«, begrüßte sie Lily, als sie das Esszimmer betrat. »Irgendwelche speziellen Wünsche zum Frühstück?«

»Oh, also wenn Sie so fragen: Ich hätte gerne einen Stapel Pfannkuchen mit Butter und Ahornsirup.«

»Selbstverständlich!«

Lara schaute sich um. »Hat Mr. Canavan verschlafen?«, fragte sie, halb in der diebischen Hoffnung, dass es tatsächlich so war.

»Nein«, machte Lily sie sogleich zunichte. »Mr. Canavan lässt ausrichten, dass er heute schon sehr früh im Büro sein musste, um die Verträge weiter vorzubereiten.«

»Ach«, machte Lara enttäuscht. Warum hatte er sie denn nicht wecken lassen? Dann entdeckte sie den Umschlag neben ihrem Teller. »Ist der für mich?«

»Ich vermute es«, antwortete Lily. »Sonst noch etwas, Ms. Holmes?«

»Nein, danke, Lily.«

Nachdem sie gegangen war, setzte sich Lara und öffnete das Couvert. Darin befand sich ein zusammengefalteter Zettel und eine merkwürdig aussehende, fast schwarze Kreditkarte. Verdutzt legte sie sie beiseite und las die Zeilen auf dem Papier.

Liebe Lara

Ich hoffe, Du hast gut geschlafen. Leider musste ich schon früh ins Büro, sonst hätte ich Dir die Karte persönlich gegeben. Lass Dich von Benson in die Stadt fahren, und mach Dir einen schönen Tag damit. Siehe es nicht als Bezahlung, sondern als Zeichen meiner Dankbarkeit. Eine einzige Bedingung ist daran geknüpft: Du musst Dir ein Kleid für heute Abend kaufen.

Viel Spaß

N.

PS. Leg die Karte bitte gleich zu Anfang auf den Tresen der Geschäfte und bitte sie, den VIP-Service der Company anzurufen.

Lara starrte den Brief an, und die Schmetterlinge explodierten in einer Wolke von Glück. Wie lieb von ihm! Sie konnte es nicht fassen. Den letzten Satz verstand sie zwar nicht so recht, aber wenn Nathan es so wollte …

Lily brachte die Pfannkuchen, und sie verschlang sie förmlich. Sie schmeckten wunderbar. Danach begab sie sich nach draußen, wo Benson schon auf sie wartete.

»Na, dann wollen wir mal, Ms. Holmes«, begrüßte er sie ungewohnt strahlend. Offenbar freute er sich darauf, etwas Abwechslung zu haben. Lara nannte ihm das Geschäft, in dem sie mit Bernie ihr Abendkleid gefunden hatte.

»Eine gute Wahl«, sagte er. »Jedoch keine exzellente, wenn ich bemerken darf.«

Laras Glücksgefühl bekam einen Dämpfer. »Ich kenne kein anderes Geschäft«, murmelte sie schüchtern.

»Dann schlage ich vor, Sie überlassen diese Kleinigkeit mir.«

»Okay«, sagte Lara und zuckte mit den Schultern.

Eine dreiviertel Stunde später fiel ihr der Unterkiefer herunter, als sie vor einem Haus hielten, dass so aussah, als könne es ein Palast sein oder ein Luxushotel. Es war jedoch ein Bekleidungsgeschäft. Natürlich kannte Lara es, jedoch wäre sie nie auf den Gedanken gekommen, dort hinzufahren. Es war das teuerste und exklusivste der Stadt. Überall war Gold, weißer Marmor und kristallene Leuchter. Hier kauften Könige und Filmstars ein.

»Hier?«, fragte sie tonlos.

»Wenn es Ihnen nicht zusagt, fahre ich Sie selbstverständlich zu Ihrer Adresse. Ich dachte nur, Sie sollten es zumindest gesehen haben«, antwortete Benson ergeben.

»Nein!«, rief Lara schnell. »Es ist nur ...«

»Nur Mut«, sagte Benson und zwinkerte ihr zu.

»Danke«, sagte sie verlegen und stieg aus.

Unsicher betrat sie das Geschäft und lief zu dem Empfangstresen, der eher aussah wie eine Tafel. Fünfarmige, goldene Kerzenleuchter standen darauf, riesige Blumensträuße und eine Obstschale. Dahinter saß ein grauhaariger Mann in einem schwarzen, eleganten Anzug.

»Einen wunderschönen guten Tag, Miss, was kann ich für Sie tun?«, fragte er höflich, aber doch reserviert, als Lara vor ihm stand.

»Guten Tag. Ja, also, ich brauche ein Abendkleid«, stammelte sie etwas unbeholfen. Sie kam sich ganz klein und fehl am Platz vor. Trotzdem sie den Prunk mittlerweile von Blackwater Manor her kannte. Aber das hier war doch anders.

»Für welchen Anlass, wenn ich fragen darf?«

Laras Mut schwand mit jeder Sekunde. Wieso musste das so kompliziert sein? Sie wollte doch nur ein Kleid!

»Hm, also … ja … eine Party … glaube ich ...«

Der Mann legte die Stirn in Falten. »Einen Empfang, meinen Sie?«

»Ja!«, rief Lara lauter, als gewollt. »Ja, einen Empfang, natürlich.«

»Mit anschließendem Dinner?«

Fuck! Wenn sie das wüsste!

»Ja, ich denke schon«, antwortete sie. Essen gab es bestimmt irgendwo bei den Buchanans.

Der Mann hob eine Augenbraue.

»Ach und ich habe das hier! Sie möchten bitte den VIP-Service der Company anrufen«, fügte sie hinzu, als ihr Nathans letzter Satz wieder einfiel. Sie legte die Kreditkarte auf den Tisch.

Im gleichen Augenblick, als der Mann sie sah, weiteten sich seine Augen. »Einen winzigen Augenblick bitte. Ich bin dazu verpflichtet, da die Karte nicht auf ihren Namen läuft. Verzeihen Sie!« Er wählte eine Nummer und zog sich kurz zurück. Als er wiederkam, war er wie ausgewechselt. »Es ist mir eine Ehre, Ihnen mein Team zur Verfügung zu stellen, Miss …?«

»Holmes«, antwortet Lara etwas überrumpelt.

»Sehr wohl.« Er wedelte mit der Hand und sofort kamen vier Frauen herbeigeeilt. »Bridgitt, Laura, Ann, Mara, das ist Ms. Holmes. Sie werden sie beraten und ihr jeden Wunsch erfüllen. Und damit meine ich *jeden*, haben Sie verstanden?«

»Natürlich, Mr. Johnson«, kam es wie aus einem Mund. »Wenn Sie uns bitte folgen mögen, Ms. Holmes?«

Sie gingen zusammen in einen anderen Teil des Geschäftes, und ehe Lara sich versah, saß sie in einem bequemen Sessel, und auf einem kleinen Tischchen daneben stand ein Kühler mit einer Flasche Champagner, ein paar Häppchen mit etwas darauf, dass aussah wie Kaviar, einigen Pralinen und noch ein paar andere Leckereien. Die Frauen fingen an, ihr die verschiedensten Modelle zu zeigen. Sie huschten durch den Laden wie Elfen, kaum mehr als verschwommene Schatten. Lara probierte alle Kleider durch, die ihr halbwegs gefielen, aber keines hatte den berühmten Aha-Effekt.

»Was ist mit dem dahinten?«, fragte sie, als sie ein unglaubliches Kleid entdeckte. Es war prachtvoll, jedoch in keiner Weise aufdringlich. Es wurde von einer Puppe getragen, die in einer Glasvitrine stand.

»Oh«, machte eine der Frauen, Lara meinte, es sei Bridgitt. »Dieses Kleid ... also, das ist eigentlich nicht für den Verkauf bestimmt. Es wurde für Audrey Hepburn angefertigt und uns nach ihrem Tode übereignet.«

»Ach so, wie schade«, sagte Lara und hatte sich eigentlich schon damit abgefunden, als Mr. Johnson neben Bridgitt erschien.

»Was ist schade?«, erkundigte er sich.

»Ach nichts«, antwortete Lara schnell. »Ich hatte nur gefragt, was mit dem Kleid da drüben sei, aber Bridgitt war so freundlich, mich aufzuklären, dass es nicht zum Verkauf steht. Vielleicht haben Sie so etwas Ähnliches?«

»Bridgitt«, sagte Mr. Johnson ruhig, aber sehr bestimmt. »Holen Sie das Kleid aus der Vitrine.«

Bridgitt bekam große Augen und beeilte sich, der Anweisung nachzukommen.

»Bitte entschuldigen Sie, Ms. Holmes. Offenbar habe ich mich vorhin gegenüber meinen Mitarbeitern nicht klar genug ausgedrückt.«

Lara war das ganze ziemlich unangenehm. »Ach, bitte, keine Umstände.«

»Keineswegs, Ms. Holmes«, antwortete Mr. Johnson würdevoll.

Bridgitt kam zurück, und Lara schlüpfte in das Kleid. Insgeheim hatte sie gehofft, es würde nicht passen oder an ihr nicht gut aussehen, doch diese Hoffnung zerbröselte wie ein trockener Keks unter einem Vorschlaghammer, kaum dass sie es trug. Es sah fantastisch aus.

»Wenn mich nicht alles täuscht, haben wir einen Gewinner«, sagte Mr. Johnson, noch bevor sie ganz aus der Kabine getreten war. »Sie haben einen exzellenten Geschmack. Es scheint, als hätte es auf sie gewartet.«

Lara war hin und hergerissen. Es war ganz eindeutig ihr Kleid, doch es hatte nicht zum Verkauf gestanden.

»Was soll es den kosten?«, fragte sie geniert.

Mr. Johnson lächelte, aber es war nicht mitleidig oder bösartig. Er beugte sich zu ihr herunter und sagte leise. »Ms. Holmes, ich sehe Ihnen an, dass Sie sich um die Finanzen des Herren sorgen, der Ihnen die Kreditkarte zur Verfügung gestellt hat. Das ehrt Sie. Man sollte Geld nie verachten oder es unbedacht ausgeben. Aber ich versichere Ihnen, und das nicht als Geschäftsmann, der Ihnen unbedingt ein teures Kleid verkaufen möchte, sondern als Mensch: Sie könnten mein ganzes Geschäft erwerben, das Haus darum herum und meines noch dazu – und ich lebe in einem sehr, sehr schönen Haus – und das Limit dieser Karte wäre nicht einmal annähernd ausgeschöpft. Wenn sie denn überhaupt eines hat, was ich bezweifele. Der Wert dieses Kleides verursacht auf seinem Konto ungefähr so viel Verlust, wie ein Fingerhut voll Wasser aus einem Ozean.«

Lara schluckte.

»Es ist sehr deutlich, dass es diesem Mann wichtig ist, dass Sie genau das bekommen, was Sie möchten. Und, dass er Ihnen vertraut. Machen Sie ihm die Freude.«

Lara hatte zwar gewusst, dass Nathan reich war, doch wie unglaublich vermögend er wirklich war, hatte sie bis eben nicht einmal geahnt. Es war ihr nicht wichtig gewesen. Und auch jetzt war es nur bedeutend im Zusammenhang mit dem Vertrauen, das Nathan ihr entgegengebracht hatte, als er ihr diese Karte gab. Die Schmetterlinge waren zurück und sie spürte, wie ihre Wangen zu glühen begannen. Sie nickte.

»Ich lasse es sicher verpacken und zu Ihrem Wagen bringen«, erklärte Mr. Johnson.

An der Tür überreichte er ihr noch eine Schachtel.

»Was ist das?«, fragte Lara überrascht.

»Schuhe, Ms. Holmes. Ich müsste schon sehr versagt haben, wenn sie Ihnen nicht passen sollten. Ich schenke sie Ihnen.«

»Ich danke Ihnen sehr, Mr. Johnson. Da wäre aber noch etwas.«

»Ja?«

»Bitte seien Sie Bridgitt nicht böse. Sie wollte nur keinen Fehler machen, das konnte ich sehen. Sie respektiert Sie. Es ist nicht leicht als Angestellter.«

»Sie sind eine bemerkenswerte Person, Ms. Holmes.«

»Ach ...«, sagte Lara verlegen.

»Ms. Holmes, nach dreißig Jahren in diesem Business weiß ich, wovon ich spreche.«

Lara lächelte. »Auf Wiedersehen, Mr. Johnson.«

»Jederzeit, Ms. Holmes. Auch ohne diese spezielle Karte.«

»Ich habe Ihnen etwas mitgebracht«, rief Lara, als sie wieder im Wagen saß und reichte dem überraschten Benson ein paar der Häppchen, die sie in eine Serviette eingewickelt hatte. »Ich habe sie eingesteckt, als keiner geschaut hat.« Sie grinste.

»Ms. Holmes, Sie sind zu gütig.« Er nahm sie entgegen und wickelte sie auf. »Das sieht köstlich aus. Darf ich?« Er deutete eine Bewegung zum Mund an.

»Natürlich!«

Er lächelte dankbar und führte die Bewegung zu Ende. »Sie sind fündig geworden?«, erkundigte er sich, nachdem er genüsslich gekaut und geschluckt hatte.

»Allerdings«, antwortete Lara strahlend. »Es war unglaublich! Vielen, herzlichen Dank!«

»Dafür nicht, Ms. Holmes.«

Während Benson aß, überlegte Lara, was sie mit dem angefangenen Tag noch anstellen konnte. Sie hatte das Bedürfnis, Nathan eine Freude zu machen. Natürlich, das Kleid würde ihn bestimmt freuen. Aber letztendlich war es für sie. Sie wollte ihm etwas kaufen. Etwas, das nur für ihn war. Und plötzlich kam ihr eine Idee.

»Können Sie mich zu einem Geschäft fahren, das DVDs verkauft?«, fragte sie Benson.

»Selbstverständlich!«

Ein paar Minuten später hielten sie vor HMV. Lara sprang aus dem Auto und hoffte, dass sie den Film auch auf Lager hatten. Das Glück war auf ihrer Seite. Kurze Zeit später saß sie wieder im Wagen mit einer DVD von ›Pretty Woman‹.

»Interessante Wahl«, bemerkte Benson.

»Ich hoffe nur, Nathan versteht den Spaß«, sagte sie.

»Ich denke schon«, erwiderte Benson schmunzelnd.

Zurück in Blackwater Manor vertrieb Lara sich die Zeit mit Fernsehen, bis Nathan zurück war. Er hatte den größten Fernseher, den sie jemals zu Gesicht bekommen hatte.

»Wenigstens wird er jetzt einmal benutzt«, kommentierte Lily, als sie kurz den Raum betrat, um ein wenig Staub zu wischen.

Die Stunden vergingen quälend langsam, doch schließlich war es an der Zeit, sich umzuziehen. Sie begab sich nach oben und begann mit den Vorbereitungen. Nachdem sie noch einmal geduscht hatte, suchte sie im Internet ein paar Bilder und machte sich die Haare so, dass sie perfekt zum Stil des Kleides passten, aber gleichzeitig eine Brücke in die Jetztzeit schlugen. Ebenso viel Sorgfalt legte sie in das Make-up.

Als sie fertig war, konnte sie es selbst kaum glauben. Sie strahlte eine schlichte Eleganz aus, die sie noch nie zuvor bei sich gesehen hatte. Das Kleid war der absolute Hammer. Auch ohne das Collier sah sie umwerfend aus. Sie hatte es weggelassen, da es einfach zu pompös gewirkt hätte. Den Ring jedoch zog sie an.

Sie schaute auf die Uhr. Zeit, nach unten zu gehen.

Sie drehte sich noch einmal vor dem Spiegel, nahm die DVD, dann verließ sie das Zimmer.

Nathan stand, wie immer, bereits am Fuß der Treppe. Und wieder hatte er ihr den Rücken zugekehrt. Als sie die Hälfte der Treppe hinter sich gelassen hatte, drehte er sich um. Er hielt eine Schüssel vor sich.

»Was hast du denn da?«, fragte Lara irritiert.

»Eine Schüssel«, antwortete Nathan trocken. »Für die Augen, sollten sie rausfallen. Ich habe dazugelernt. Und … uh, oh!« Er schlug die linke Hand vor das Gesicht, dann fiel plötzlich etwas in das Gefäß. »Ich habe gut daran getan!« Er langte in die Schüssel und holte etwas heraus, das aussah wie ein Augapfel.

»Iieeeh!«, kreischte Lara, musste aber sofort laut lachen. »Du Spinner!« Sie trat zu ihm. »Woraus sind die?«

»Kaugummi!« Er grinste und steckte sich einen in den Mund.

»Oh Mann!«

»Muss ich noch sagen, wie umwerfend du aussiehst?«, fragte er.

»Och«, sagte Lara und schaute verschmitzt. »Kann nie schaden.«

»Du siehst absolut und ohne Übertreibung fantastisch aus. Das Kleid! So eines habe ich zuletzt an Audrey Hepburn gesehen. Und nur sie konnte es tragen!«

»Tja«, sagte Lara »Deine Karte macht so einiges möglich.«

»Ich wusste, dass sie sich eines Tages auszahlen würde!«

»Ich habe auch etwas für dich, als kleines Dankeschön. Es ist nicht viel und ... hier!« Sie reichte ihm die DVD.

»›Pretty Woman‹?« Nathan lachte laut. »Ich fasse es nicht!«

Lara war erleichtert über die Reaktion. »Passt irgendwie, nicht wahr?«

Nathan riss die Augen auf und lachte noch einmal. »In Anbetracht des Berufes von Vivian sage ich mal lieber nichts.« Er schüttelte den Kopf, dann schaute er ihr in die Augen. »Du hast eine schöne Art von Humor.«, sagte er, dann umarmte er sie und küsste sie auf die Wange. Seine Berührung war fast nicht zu spüren, so leicht und flüchtig war sie, doch gerade das ging Lara durch und durch. Die meisten Männer drückten sie fest an sich. Wenn sie auf die Wange geküsst worden war, hatte es sich meistens so angefühlt, als bohrten die Lippen dort nach Öl. Nicht so bei Nathan. Er berührte sie, wie man eine Blüte berührt. Gerade fest genug, dass sie nicht herunterfällt, ihre zarten Blätter jedoch nicht einen Millimeter eingedrückt werden.

»Ich habe auch noch etwas für dich«, sagte Nathan, griff in seine Jacke und holte ein Kästchen hervor. Dann schmunzelte er und fügte hinzu: »Aber gerate nicht gleich aus dem Häuschen ...«

»Alles nur geliehen«, beendete Lara das Zitat und lachte. »Aber bitte nicht zuklappen, wenn ich danach greife, ich bin so schreckhaft, dass ich mir dann bestimmt in die Hose mache.«

»Versprochen«, gluckste Nathan, dann öffnete er die Schachtel. Darin lag eine schlichte, silberfarbene Kette mit einem tropfenförmigen blauen Stein. Darum herum glitzerten winzige weiße Steine, so dass es aussah, als sei er in frischem Schnee gebettet.

»Wie wunderschön!«, flüsterte Lara. »Ist das ein Saphir?«

»Ein blauer Diamant«, erklärte Nathan. »Vier Karat und unglaublich selten. Die Kette besteht aus Platin. Darf ich?« Er nahm das Schmuckstück heraus und öffnete den Verschluss.

Lara nickte. Er legte es ihr um den Hals, und sie ging zu einem der Spiegel, die in dem Foyer hingen. »Wow«, hauchte Lara, als sie sich sah.

»Perfekt«, bestätigte Nathan.

Laras Finger strichen über den Stein. »Was kostet so etwas, wenn man es kauft?«

»Knapp vierhunderttausend Pfund«

»Oh Gott!«, keuchte Lara. »Was, wenn ich ihn verliere?«

»Dann wird eine Versicherung sehr unglücklich sein«, bemerkte Nathan. »Aber das wirst du nicht. Wollen wir?« Er reichte ihr seinen Arm.

»Ja«, strahlte Lara. »Sehr gerne«. Sie hakte sich unter, und sie gingen zum Wagen.

Das Anwesen der Buchanans war nicht ganz so imposant wie Nathans, aber immer noch beeindruckend. Fackeln säumten die Auffahrt, und in den Bäumen glitzerten

Lichterketten. Der alte Buchanan begrüßte sie höchstpersönlich, als sie der Limousine entstiegen.

»Nathan, ich freue mich sehr! Ms. Holmes! Die Sterne erblassen vor Neid.« Er deutete einen Handkuss an. Er führte sie in das Haus, in dem schon zahlreiche Gäste standen und sich bei Champagner unterhielten. »Es tut mir leid«, fuhr Buchanan fort. »Ich muss Ihnen Nathan gleich entführen. Ich möchte ihm ein paar Leute vorstellen, die ihm danken wollen.«

»Kein Problem«, sagte Lara.

»Lara!«, hörte sie eine bekannte Stimme, als die beiden Männer verschwunden waren. Sie drehte sich um und sah Rhonda auf sich zukommen. »Wie schön, dass du da bist!« Sie umarmte sie. »Du siehst … unglaublich aus.«

»Danke, du aber auch«, antwortete sie etwas verlegen.

»Tolles Kleid! Und was für eine Wahnsinns-Kette! Ist die von Nathan?«

»Nur geliehen«, beeilte sich Lara zu sagen.

»Na, immerhin«, sagte Rhonda. »Komm, ich stelle dir ein paar Leute vor.« Sie nahm sie bei der Hand, und die nächste halbe Stunde verbrachte Lara damit, sich mit den unterschiedlichsten Menschen zu unterhalten. Es war sehr angenehm. Sie hätte nie gedacht, dass Rhonda so nett sein konnte. Sie holte Lara sogar Nachschub, als ihr Glas leer war. Irgendwann wurde das Buffet eröffnet.

»Amüsierst du dich?«, fragte Nathan, als sie ihn dort traf.

»Sehr!«, antwortete Lara. »Alle sind so nett. Inklusive Rhonda.«

»Das freut mich«, entgegnete Nathan.

Sie suchten sich einen Platz und aßen zufrieden. Später am Abend erschienen Musiker und spielten auf.

»Möchtest du tanzen?«, fragte Nathan.

»Ich glaube nicht, dass ich das kann«, murmelte Lara schüchtern.

»Doch, bestimmt«, sagte Nathan. »Es ist ganz einfach. Lass dich nur führen.« Er zog sie auf die Tanzfläche, ehe sie noch ein weiteres Wort herausbringen konnte. Und er hatte Recht. Mit ihm zu tanzen, war wirklich einfach. Es war, als könne sie jede Bewegung ahnen, die er machte und brauchte nur zu reagieren. Sie verlor sich, und die Welt um sie herum hörte auf zu existieren. Es gab nur sie und Nathan.

»Siehst du?«, sagte er, als die Musik geendete hatte. »Ich wusste, dass du es kannst.« Er strich ihr mit dem Rücken seines Zeigefingers über die Wange und Lara spürte eine Welle der Wärme durch ihren Körper strömen. Sie fühlte sich plötzlich ganz leicht und glücklich und gleichzeitig ganz klein und verwundbar. Sie schaute ihm in die Augen, und sie zogen sie an wie ein Magnet. Sie spürte, wie ihr Kopf sich langsam auf ihn zubewegte. Sie konnte nichts dagegen tun. Diese Augen! Gleich …

»Darf ich um Ihre Aufmerksamkeit bitten?« Die Stimme des alten Buchanan riss sie brutal zurück in den Raum. Gott, keine Sekunde zu früh! Sie hätte ihn geküsst!

Auf den Mund! Vor allen Leuten! Aber was sie noch viel mehr beschäftigte: Er hätte es zugelassen!

Schnell drehte sie sich weg und schaute in die Richtung, aus der die Stimme gekommen war. Buchanan stand vor den Musikern.

»Wie Sie alle wissen, ist der Grund dieser Feier die neue Zusammenarbeit von Buchanan-Industries mit der Canavan-Group. Diese Entwicklung verdanken wir einzig und allein dem Mann an der Spitze dieses mächtigen Unternehmens, unserem Ehrengast heute Abend: Nathan Canavan!«

Applaus brandete auf.

»Ihm gebührt unser Dank. Aus diesem Grund bat mich Ms. Jackson, ein paar Worte sagen zu dürfen. Bitte, Ms. Jackson.« Er machte eine einladende Geste und Rhonda schritt feierlich neben ihn.

Lara blickte Nathan an, der nur mit der Schulter zuckte.

»Danke, Mr. Buchanan.« Sie straffte sich, dann fuhr sie fort: »Mr. Canavan ist ein großartiger Mann. Er hat Unglaubliches erreicht. Mit Mitte dreißig leitet er ein Multimilliarden-Pfund-Unternehmen, dass er nicht etwa geerbt, sondern mit seiner eigenen Arbeit und jeder Menge Schweiß aufgebaut hat. Nun«, sie hüstelte. »Ein wenig Schweiß von mir und seinen Mitarbeitern war auch dabei«, sie machte eine winzige Pause, dann ergänzte sie: »Aber im Vergleich zu ihm sind wir doch eher Finger-Gymnastiker zu einem Marathonläufer.«

Die Menge lachte.

»Nathan Canavan hat alles, was man sich nur vorstellen kann. Geld, Erfolg, doch eine Sache blieb ihm verwehrt: Glück in der Liebe!«

Lara zuckte zusammen. Worauf lief das hinaus? Hatte Rhonda das eben etwa mitbekommen?

»Dieser Mann verdient nicht nur unseren Dank«, verkündete Rhonda in einem ergriffenen Tonfall. »Er verdient alles. Und deshalb ist es mir eine besonders große Freude, Ihnen mitzuteilen, dass es mir gelungen ist, eine ganz besondere Person heute Abend hierherzuholen.«

Laras Handflächen wurden klamm. Rhonda hatte doch nicht etwa vor, jetzt auf sie Bezug zu nehmen …

»Ladies and Gentlemen, hier ist Nathans verloren geglaubte Liebe, hier ist Josephine Fairchild!«

Ein Raunen des Erkennens ging durch die Anwesenden, und auf der Treppe hinter den Musikern erschien sie: Josephine Fairchild, Hollywoodstar. Groß, blond, schlank, fantastisch! Ihr Kleid glitzerte wie von tausend Diamanten besetzt. Applaus brandete auf. Sie schwebte die Stufen hinunter und blieb vor Nathan stehen. Dann fiel sie ihm um den Hals.

All das geschah um Lara herum wie in Zeitlupe. In erschreckender und grausamer Klarheit. Sie sah die Menge jubeln, als Josephine Nathan einen Kuss auf den Mund drückte. Sie sah, wie Nathan ihr ergriffen in die Augen schaute und sie anlächelte. Und sie sah, wie Rhonda auf sie zukam.

»Nur das Beste für Nathan«, sagte sie grinsend. Dann ging sie zu den beiden und schob sie in Richtung des Mikrofons.

Wie ferngesteuert drehte sich Lara um und lief zur Eingangstür. Ihr Körper fühlte sich an, als sei er im Begriff, sich aufzulösen. Wie in Trance ging sie die Auffahrt hinunter. Gelächter drang aus dem Haus hinter ihr, und sie beschleunigte ihre Schritte. Sie wollte nur noch fort.

»Ms. Holmes!«, hörte sie eine Stimme, fern, als sei sie Meilen weit weg. Doch plötzlich erschien ein Mann neben ihr. Es war Benson. Sein Gesicht war besorgt. »Ms. Holmes! Was machen Sie hier draußen? Ist Ihnen nicht gut? Sie sehen sehr blass aus!« Seine Worte erreichten sie zwar, doch sie klangen, als hätte sie Watte in den Ohren.

»Ich ... muss ... nach Hause ...«, murmelte sie tonlos.

»Warten Sie hier«, befahl Benson und verschwand.

Lara blieb stehen. Wie lange, konnte sie nicht sagen. Es hätten zwei Minuten sein können oder ihr ganzes Leben. Es machte keinen Unterschied für sie. Denn sie war eigentlich gar nicht da. Sie war zurück in ihrer Dimension. Da, wo sie hingehörte. Das, was sie erlebte, war nur noch das Echo der anderen Welt, in der sie fälschlicherweise gelandet war. Was hatte sie sich gedacht? Dass Nathan wirklich Interesse an ihr haben könnte? An ihr? Der fetten, kleinen Studentin, die so dumm war? So dumm, dass sie einen falschen Italiener nicht erkannte? So dumm, dass sie nichts über Opern wusste? So dumm, dass sie wirklich geglaubt hatte, Nathan würde mehr für sie empfinden als bloße Neugier an einer Kuriosität? Sie hatte nicht auf sich gehört. Sie hatte gedacht, sie könne tatsächlich ein Teil dieser Welt werden. Sie hatte geglaubt, es gäbe eine Ausnahme für sie. Sie sei etwas Besonderes. Doch das Universum hatte seine Gesetze. Wenn man sich nicht an sie hielt, bekam man dies mit aller Macht zu spüren. Sie nickte. Sie hatte verstanden.

Ein Wagen hielt neben ihr. Benson stieg aus, öffnete die Tür und schob sie mit sanfter Gewalt in den Fond.

»Zu mir«, stammelte Lara. Ihre Hände suchten den Verschluss der Kette, öffneten ihn und legten sie neben sie auf den Sitz. Dann tasteten sie nach dem Reißverschluss des Kleides.

»Ms. Holmes?«, hörte sie die alarmierte Stimme Bensons, als sie es auszog und nur noch in Unterwäsche dasaß. »Was machen Sie denn da?«

Es war ihr egal. Sie musste aus diesem Kleid raus. Sie reagierte nicht, sondern schaute nur aus dem Fenster. Ihr Kopf war leer. Irgendwann erkannte sie ihre Straße, und kurze Zeit später hielt das Auto. Sie öffnete die Tür und stieg aus.

»Ms. Holmes!«, rief Benson entsetzt. »Warten Sie!« Er sprang aus dem Wagen und erreichte sie gerade, als sie sich aufrichtete. Hastig legte er ihr sein Jackett um. »Nehmen Sie das! Und keine Widerrede!«

»Danke«, murmelte Lara, während Benson sie, einem Arm schützend um sie gelegt, zur Tür brachte.

»Ich weiß zwar nicht, was vorgefallen ist, Ms. Holmes«, sagte er ernst, als sie die Tür aufgeschlossen hatte. »Es geht mich auch nichts an. Doch es tut mir sehr leid,

Sie so zu sehen. Ich habe die Zeit mit Ihnen sehr genossen. Bitte, zögern Sie nicht, mich anzurufen, wenn Sie irgendetwas brauchen. Egal was. Sie sind eine außergewöhnliche Person, Ms. Holmes. Bitte, vergessen Sie das nie!«

Lara nickte nur. Hätte sie etwas gesagt, hätte sie die Tränen nicht mehr zurückhalten können, und diese Blöße wollte sie sich nicht geben. Auch nicht vor Benson. Mit letzter Kraft schleppte sie sich die Treppen hoch. Die Wohnung war dunkel, leer und kalt. Ohne Licht zu machen, kroch sie in ihr Zimmer und kletterte in ihr Bett.

›Sie sind eine außergewöhnliche Person, Ms. Holmes‹, echote Bensons Stimme in ihrem Kopf.

Ja! Außergewöhnlich dumm und dämlich! Sie vergrub das Gesicht in ihrem Kissen und weinte bitterlich, bis der Schlaf sie irgendwann erlöste.

―――

Lautes Lachen weckte Lara. Eines gehörte zu Bernie, das andere einer männlichen Person: Tommy. Offensichtlich waren sie zurück von ihrem Campingtrip. Ihr ganzer Körper schmerzte. Sie registrierte, dass sie merkwürdig verdreht auf dem Bett lag, den Kopf immer noch halb in dem Kissen vergraben. Sie fühlte sich, als hätte sie die Nacht durchgesoffen. Sie ließ ihren rechten Arm, der sich in einem merkwürdigen Stadium zwischen Taubheit und Leben befand, über den Rand fallen und tastete eine Weile, bevor ihr einfiel, dass sie das Handy bei Nathan gelassen hatte. Wie auch ihren Computer und den Rest ihres Zeugs. Die Erinnerung an ihn versetzte ihr einen Stich, und sie musste schlucken. Sie hob den Kopf, um auf die Uhr in ihrem Zimmer zu schauen. Halb neun. Warum waren sie so früh zurück? Und warum waren sie so laut? Sie überlegte kurz, ob sie einfach liegen bleiben sollte, doch ihr Hals war trocken und brannte wie Feuer. Sie quälte sich aus dem Bett und schlurfte in die Küche, um sich ein Glas Wasser zu holen.

»Lara?«, hörte sie Bernies verwunderte Stimme, als sie den Hahn aufdrehte. »Was machst du denn hier? Du siehst furchtbar aus! Was ist passiert?«

Bevor Lara sich irgendeine Geschichte ausdenken konnte, erschien Tommy neben Bernie im Türrahmen. »Hi, Lara! Solltest du nicht bei Nathan sein?«

Ohne es zu wollen, schossen ihr die Tränen in die Augen und sie begann zu schluchzen.

Tommy stand einen Augenblick betroffen da. Bernie warf ihm einen eindeutigen Blick zu, und er zuckte zusammen. »Oh, äh, ich geh' dann mal besser!«, stammelte er. »Wir sehen uns nachher, ja?« Bernie nickte und brachte ihn zur Tür.

»So«, sagte sie, als sie wieder zu Lara in die Küche trat. »Jetzt mache ich uns erst mal Frühstück, und du erzählst mir alles!«

»Ich habe keinen Hunger!«, wimmerte Lara, doch Bernie ließ sich nicht beirren.

»Na und? Iss trotzdem was! Das hilft.« Bernie begann mit Eiern, Schüssel und Pfanne zu hantieren. »Schieß schon los«, befahl sie, als Lara nur weiter dasaß und auf den Tisch starrte.

Lara seufzte und begann.

»Was für ein Arschloch!«, sagte Bernie, als sie fertig war.

»Aber Nathan kann doch nichts dafür«, greinte Lara.

»Herzchen!« Bernies Stimme wurde mahnend. »Du fällst in den typischen Verteidigungsmodus.«

»Er hat doch aber nichts gemacht!«

»Das ist es ja!«, erklärte sie empört. »Du, sein Date für den Abend – und sag mir nicht, dass es kein Date war!«

»Hatte ich nicht vor«, schnüffelte Lara.

»Um so schlimmer!«

Lara rollte mit den Augen und ließ ihren Kopf auf ihre Oberarme fallen.

»Also: Sein Date – von dem jetzt also klar ist, dass dieses Date sich ebenso als Date gesehen hat – verschwindet einfach von der Feier. Von einer Sekunde auf die andere. Weg! Und er macht nichts!«

»Was hätte er denn tun sollen?«

Bernie schaute Lara ungläubig an. »Hallo? Hinterherlaufen, vielleicht?«

»Er hat es doch nicht mitbekommen!«, protestierte Lara kläglich.

»Nein, er hatte nur noch Augen für diese Josephine Blairwitch«, sagte Bernie mit hochgezogenen Augenbrauen und schief gelegtem Kopf.

»Fairchild«, korrigierte Lara, was ihr einen finsteren Blick von Bernie einhandelte.

»Das wäre dir doch genauso gegangen. Mir bestimmt auch! Es ist doch alles Rhondas Schuld! Sie hat Josephine auf diese Party gebracht, um mir eins reinzuwürgen!«

»Und hat sie auch dafür gesorgt, dass er nicht angerufen hat, als ihm schließlich auffiel, dass seine Begleitung für den Abend nicht mehr da ist?«

»Mein Handy ist noch bei ihm«, sagte Lara matt.

»Ach, Lara!« Auf Bernies Stirn erschien eine Falte des Zorns. »Er weiß, dass wir Telefon haben. Und: Ja, ich habe die Rechnung bezahlt!« Sie stopfte sich etwas Ei in den Mund, kaute entschlossen, schluckte und fuhr fort: »Er hätte auch hierherfahren können! Er hätte es *müssen*, wenn er auch nur einen Funken Anstand gehabt hätte!«

Lara starrte auf die Maserung des Tisches. Was machte sie sich vor? Bernie hatte Recht. Nathans Verhalten in dieser Sache war alles andere als vorbildlich. Sie hatte sich getäuscht. In sich, in ihm, in allem.

»Ich habe alles im Auto gelassen«, schluchzte sie schließlich, als die Trauer sie erneut übermannte. »Das Kleid, den Schmuck! Und ich war nicht in Blackwater Manor, als er dorthin zurückkam. Und ihm war das egal! Arschloch!«

»Bravo, Laralinchen. Das ist der erste Schritt zur Besserung!«, lobte Bernie. »Schon bald hast du ihn vergessen. Vertrau mir.«

»Wie hältst du das bloß jedes Mal aus?«

»Wird immer leichter, je öfter es passiert. Die Welt dreht sich weiter.« Bernie lächelte warm und küsste Lara auf die Stirn. »Es tut mir leid, dass ich frage, aber ... kann ich dich alleine lassen? Tommy und ich wollten eigentlich zusammen frühstücken gehen. Du kannst aber auch gerne mitkommen oder ich sage ab, wenn du mich brauchst.«

»Bist du verrückt?«, rief Lara in gespielter Empörung. »Wenigstens eine von uns sollte glücklich sein!«

»Okay, danke! Aber versprich mir, dass du mich sofort anrufst, wenn es dir zu schlecht geht, ja? Und heute Abend machen wir einen drauf! Nur wir zwei!«

»Abgemacht.« Lara nickte tapfer.

»Gut, bis dann!« Bernie sprang auf und zog sich ihren Mantel an. Bevor sie ging, schaute sie noch einmal zur Küche hinein. »Halt die Ohren steif«, sagte sie, dann verschwand sie, und die Eingangstür fiel ins Schloss.

Lara saß einen Moment da. Die Leere war zurück. Aber Leere musste ja nicht unbedingt etwas Schlechtes bedeuten. Leere gab Raum für Neues.

Sie spürte, wie sich ihre Augen wieder mit Tränen füllten.

Dummer Spruch!

Sie stand auf und wollte gerade in ihr Zimmer gehen, um sich für die nächsten zehn Jahre – mindestens – in ihrem Bett zu verkriechen, als es an der Wohnungstür klopfte. Lara warf genervt den Kopf in den Nacken. Konnte Bernie nicht einmal ihren Schlüssel nicht vergessen? Sie suchte kurz den Flur ab, fand ihn nicht und nahm einfach ihren. Es klopfte noch einmal, bevor sie die Tür erreicht hatte. Sie riss sie auf. »Hier, nimm meinen!«, fauchte sie und streckte die Hand mit dem Bund darin aus, noch ehe sie sah, wer davor stand.

»Ähm, danke, aber ich glaube, wir sollten erst reden«, hörte sie eine vertraute Stimme.

»Nathan«, keuchte sie. Freude, Wut und Entsetzen lieferten sich einen heftigen Kampf in ihr. Noch war nicht klar, wer die Oberhand gewinnen würde. »Sehr witzig«, murmelte sie dann. Offenbar war es die Wut.

»Verzeih«, entschuldigte sich Nathan. »Darf ich reinkommen?«

»Nein!«, sagte sie grimmig, trat aber zur Seite.

»Du sendest gemischte Signale«, bemerkte Nathan etwas unsicher.

»Oh, entschuldige bitte, aber ich hätte nicht gedacht, dass dir das auffällt«, säuselte Lara.

Nathans Blick senkte sich und er nickte. »Lara, ich wusste nichts von dieser Sache, das musst du mir glauben.«

»Nathan, das war ziemlich deutlich«, schnappte sie, etwas heftiger, als sie eigentlich wollte. »Darum geht es auch nicht!«

Nathan hob beschwichtigend die Hand. »Ich weiß, ich weiß, ich wollte es nur noch einmal klarstellen.«

»Warum?«, fragte Lara irritiert. »Warum ist dir das wichtig? Es war dir doch offensichtlich völlig egal, dass ich plötzlich weg war. Du hast es noch nicht einmal mitbekommen. Du hattest nur noch Augen für Josephine.«

»Ich habe sehr wohl mitbekommen, dass du plötzlich weg warst, Lara«, antwortete Nathan ernst. »Ich sah dich sogar noch rauslaufen und wollte hinterher, doch Rhonda sagte mir, du hättest ausrichten lassen, ich solle mir keine Sorgen machen, du würdest in Blackwater Manor auf mich warten.«

»Und das hast du ihr geglaubt?« Lara schaute Nathan fassungslos an.

»Es kam mir schon komisch vor. Aber was hätte ich denn tun sollen?« Er zucke hilflos mit den Schultern.

Lara presste die Lippen aufeinander. Sie konnte Nathan keinen Vorwurf in dieser Hinsicht machen. Sie selbst war ja auf Rhondas Tour hereingefallen. Und das, nachdem sie versucht hatte, sie von der Uni werfen zu lassen. Sie selbst hatte Nathan noch gesagt, Rhonda sei nett zu ihr gewesen.

»Erst, als ich im Auto deine Sachen fand, habe ich realisiert, dass etwas nicht stimmt. Benson erzählte mir dann, was vorgefallen war. Warum, Lara? Warum bist du weggelaufen?«

Lara starrte ihn an. Hatte er sie das wirklich gefragt? Sie spürte, wie ihr Tränen in die Augen stiegen, verfluchte sich dafür, konnte aber nichts dagegen tun.

»Du ... du sahst so ... unglaublich glücklich aus, als du sie gesehen hast«, stammelte sie. »Und ich ... und sie war so hübsch und ... ich ...« Sie brach ab.

»Lara«, sagte Nathan sanft. »Wäre es dir nicht auch so gegangen, wenn du einen Menschen wiedergetroffen hättest, mit dem dich einmal etwas verbunden hat, du ihn aber aus den Augen verloren hast?«

Lara zuckte mit den Schultern. »Vielleicht ... ich weiß nicht ... ja bestimmt, besonders, wenn es meine große Liebe ist.«

»Das war sie mal«, rief er entgeistert. »Vor sehr, sehr langer Zeit ...« Er brach ab und schüttelte den Kopf. »Das ist völlig egal«, sagte er dann entschlossen. »Nichts von dem hat Bedeutung. Deswegen bin ich auch nicht hier.«

»Nicht?«, fragte Lara ängstlich. Seine plötzliche Entschlossenheit bereitete ihr Unbehagen.

»Nein«, sagte er ernst. »Ich bin hier, weil mir an diesem Abend etwas klar geworden ist. In dem Moment, als sie mich küsste.«

Ein Stich fuhr in Laras Magen, so schmerzhaft, dass sie glaubte, sein Inhalt hätte sich in Batteriesäure verwandelt. Jetzt kam es. Jetzt würde sie hören, für wie bescheuert er sie hielt, und was für einen Fehler er gemacht hatte, ihr das Gefühl zu geben, sie sei wichtig für ihn. Und natürlich die Bitte, sich von ihm und Josephine fernzuhalten und die Drohung, sie zu vernichten, wenn sie sich nicht daran hielt. Rein vorsorglich, natürlich.

»In dem Moment, als ihre Lippen die meinen berührten, ist mir klar geworden, dass ich niemals mehr von einer anderen Frau geküsst werden will ...« Laras Glieder wurden zu Eis. Es tat wesentlich heftiger weh, als sie gedacht hatte. Warum war er überhaupt gekommen? Er hätte sie doch einfach in ihrem Elend alleine lassen können!

»als von dir«, beendete er den Satz.

Was? Hatte sie richtig gehört?

Sie blinzelte durch den Schleier ihrer Tränen und sah sein Gesicht. Es war voller Wärme. Es kam näher, und schließlich spürte sie seine Lippen zärtlich auf ihren. Alles um sie herum war vergessen. Es war wie auf der Tanzfläche, nur tausendmal intensiver. Es fühlte sich an wie der allererste, richtige Kuss in ihrem Leben. Lara erwiderte ihn und die Zeit schien stillzustehen. Irgendwann löste sich Nathan. »Ich habe etwas für dich«, sagte er und griff in seine Manteltasche. Als er seine Hand wieder hervorholte, hielt sie die DVD, die sie ihm geschenkt hatte. Das Wort ›Woman‹ war durchgestrichen. Darunter stand in krakeliger Männerhandschrift ›Lara‹. Anstelle ihres eigenen, trugen Richard und Julia nun – leicht überdimensioniert – Nathans und ihren Kopf auf den Schultern. Nathan versuchte auf dem Bild Richards Gesichtsausdruck zu imitieren, was ihm aber so gar nicht gelang, und für sie hatte er ihr Bewerbungsfoto verwendet. Es sah so unglaublich lustig und grotesk aus, dass Lara nicht anders konnte als lachen.

»Ich glaube, jetzt stimmt es«, sagte Nathan und grinste verschmitzt. »Ich meine natürlich nur den Titel«, fügte er entschuldigend hinzu.

»Pretty Lara«, flüsterte sie bewegt. »Das klingt wunderschön.«

Nathan legte seine Arme um sie und schaute ihr in die Augen. »Es ist die Wahrheit.«

Die Autorin

Wer ist Sarah Way? Mit dieser Frage sind Sie, geschätzte Leserinnen und Leser, nicht alleine. Die Autorin stellt sie sich des öfteren selbst. Und je intensiver sie sich mit ihr beschäftigt, desto klarer wird ihr, dass sie geboren wurde, um Geschichten zu erzählen. Nur das zählt, und sie ist glücklich damit. Wenn Sie es jedoch noch nicht sind und etwas mehr erfahren wollen, schauen Sie doch einfach mal bei www.christianbulwien.com vorbei. Sowohl Sarah als auch Christian würden sich darüber freuen.